U0737282

Baota
Chuanqi

宝塔传奇

长安游客 ——— 著

中国言实出版社

图书在版编目(CIP)数据

宝塔传奇 / 王军著. -- 北京：中国言实出版社，
2019.12
ISBN 978-7-5171-3301-8

Ⅰ.①宝… Ⅱ.①王… Ⅲ.①长篇小说—中国—当代
Ⅳ.①I247.5

中国版本图书馆CIP数据核字（2020）第000658号

责任编辑　史会美
责任校对　崔文婷

出版发行　**中国言实出版社**
　　　　　地　　址：北京市朝阳区北苑路180号加利大厦5号楼105室
　　　　　邮　　编：100101
　　　　　编辑部：北京市海淀区北太平庄路甲1号
　　　　　邮　　编：100088
　　　　　电　　话：64924853（总编室）　　64924716（发行部）
　　　　　网　　址：www.zgyscbs.cn
　　　　　E-mail：zgyscbs@263.net
经　　销　新华书店
印　　刷　北京中科印刷有限公司
版　　次　2020年4月第1版　　2020年4月第1次印刷
规　　格　710毫米×1000毫米　1/16　18印张
字　　数　205千字
定　　价　39.80元　　ISBN 978-7-5171-3301-8

目　录
CONTENTS

第一章
三秦古地

　　我姓王，原名叫王雨霆。起这个名字是因为我没出生的时候，北京平原正赶上久旱不雨，田野里原本葱翠挺拔的树木草叶被晒得都打了卷，人们也都被连续很多天的艳阳酷暑蒸烤得蔫头耷脑又烦躁不堪。恰恰在我呱呱落地，哇的一声啼哭的时候，天空中轰隆隆一声炸雷响亮，瓢泼大雨从天而降。于是我就被起了这样一个名字。上学以后，觉得雨霆这俩字太阴柔，我就自己改了名字，把大雨的雨改成了宇宙的宇，于是，我的名字就叫王宇霆。我住在北京东边的通州，在通州网站论坛上发帖灌水使用的网名叫通州水站。

　　我目前在北京国贸顶级写字楼的一家金融公司上班，喜欢旅游探险，爱读野史逸文、神怪探险小说。平时西装革履朝九晚五，天天盯股票大盘走势，研究国际金融市场风云变幻。

十几年前的我可不是现在这个样子。那时我还在陕西，跟在一家大型三线单位工作的父母一起生活。我小时候调皮捣蛋，掏过鸟窝抓过蛇，爬过墙头掉过冰窟窿。记得有一次爬到家属区两座住宅楼之间一个小房子的房顶上玩，突然啪嚓一声，一个存钱罐在我旁边摔碎了。原来是隔壁楼上夫妻俩打架，不知道是谁把家里的存钱罐扔窗外了，我就跟捡了宝一样，一分两分五分的硬币装了一裤兜。那时候的冰棍儿三分钱一根，这一大捧硬币足够我美美地吃一夏天小豆冰棍儿了。打那以后，我只要有空就去那小房子附近转悠，盼着那户人家赶紧打架。

出于国防需要，三线单位一般都建设在人烟稀少的地方，有些保密单位更是整个就窝在了大山沟里，周边几十上百里地都是荒山野岭狼嚎猿啼杳无人烟。

我们所在的工厂十分难得地建在了陕西的关中平原上，附近的县城有一个奇怪的名字叫武功县。小时候交笔友与人通信的时候，好多人看到地址都好奇地问我们，那里是不是像少林寺一样人人都会武术。后来长大一点，了解的事情多了才知道，我们这里历史上也是大大有名的。

远在历史还靠大家口耳相传的时代，武功就是著名的农桑中心，是尧舜时期农师后稷教民稼穑的地方，至今武功老县城还有一座教稼台遗址。武功县西边的杨陵区，是隋朝开国皇帝杨坚陵墓的所在地，如今已经发展成为全国著名的农业科学城。

老武功发展到汉武帝时期，这里更是出了一位在中国历史上赫赫有名的人物——苏武！

对！就是那个著名的留胡十九载，被匈奴发配北海苦寒之地牧羊的苏武。

我们工厂的南边铁路那里，就有一块大石碑，上刻着汉典属国苏公墓。

武功县北边的乾县，安葬着中国历史上唯一女皇——武则天。工厂向东是马嵬坡，即古代的马嵬驿，白居易有诗描写道："翠华摇摇行复止，西出都门百余里。六军不发无奈何，宛转蛾眉马前死。"这里就是中国古代四大美人之一杨玉环被缢死埋葬的地方。大唐"安史之乱"发生的时候，唐玄宗带着杨贵妃从长安城一路逃难到这里，历史上有名的马嵬之变就发生在此处，一代倾国红颜香消玉殒于此。不过后来也有传说杨贵妃其实并没有死，而是被人移花接木救了下来，一路飘零去了日本。

那时的我们正值青春年少，学校放了假，左右无事，就约了同样在厂区里闲得发慌的两个伙伴——猴子和大涛，一同去关中平原南面的终南山游玩。

终南山为道教的发祥地。

这里古木参天，群峰耸翠，尤其是大片茂密的竹林，为我国北方所罕见。相传周朝函谷关令、天文星象学家尹喜，喜爱这里的青山秀水，在此结草为楼，观看天象，故名楼观。后来老子入关，被尹喜迎至楼观。老子在这里写下了《道德经》五千言，并于楼南高岗上筑台授经，因此得名楼观台。

老子说经台坐北朝南位于一个小山包上，山门前石阶盘道，蜿蜒至台顶。说经台山门两侧钟鼓二楼遥遥相望，门前生长的银杏古树据传为老子亲手所栽，树径粗大数人合抱不拢。山门西侧不远处有一石砌泉池，名为上善池，池内石雕龙头终年吐水不断。

我们存了自行车进了说经台。楼观台道观里面身着道服，白袜麻鞋的大小道士们在道观内外上香洒扫各司其职。整个观内整洁如洗，苍松翠竹两相依傍，伴随着道士们朗朗的诵经声，道观里面香烟缭绕，人流不断。

随着人流转遍了说经台的前院、山门、碑廊、灵官殿、老子祠、斗姥殿、修道院、救苦殿，又拜了三清之后，我们看到观内还保存有一方巨大的老君八卦碾药台，石质坚硬。我拿起旁边的木棒一敲这个八卦碾药台，发出的是金铁相击一样的噌噌回响。

游罢了说经台道观，我们出了观门又去爬香炉峰。在说经台南面的香炉峰上，有一座八卦形的老子炼丹炉，我们气喘吁吁地攀上香炉峰炼丹台回望秦川，但见远处平野之上白云缥缈，白云之下红花绿树锦绣成堆，田野村庄尤似画染，使人顿生乘风归去，从此闲云野鹤不受世俗牵绊的念头，果然好一个名山脚下仙家妙界。

香炉峰炼丹台顶只存有一座孤零零的无门四角丹炉形制小庙，四周矮松低垂，山石嶙峋。

香炉峰炼丹台的东南方有一个"仰天池"，仰天池附近有老子修真养性的"栖真亭"。台的西边有化女泉，是老子教训弟子徐甲之处。虽然老子隐居，但是这里民间有关他的传说故事很多，其中老子与徐甲的故事最能说明道家的道义。

传说太上老君化身为老子，下凡救世。老子在周朝做过几任小官后，因为一心想要潜心学道，就辞官回归故里商丘。回家路上，他看见徐夷路旁有一堆嶙嶙白骨，用慧眼一观，发现白骨之上似有魂魄在飘荡，顿起恻隐之心，便施展道家仙术，用一枚

"太玄符"将白骨点化成一个年轻人，并且给他取名为徐甲，让他为自己牵牛。

老子和徐甲讲好了，徐甲牧牛的工钱为日薪一百文钱，但是徐甲从来没拿到过工钱，天长日久心里不免耿耿于怀。老子离开中原前往西域时跟徐甲说："请你保持坚定之心，等你跟着我到了安息国，我再以黄金给你当工资，并且还会传授你道法，你看可以吗？"徐甲对老子唯唯诺诺，便答应了。

等到老子骑青牛过函谷，被函谷关关令尹喜迎到楼观台讲学时，徐甲已经为老子牧牛二百年了。

老子来到楼观台，终日说经讲道，忙得不亦乐乎，从来也不提给工钱的事情。徐甲心中甚为不悦，一方面觉得终日给老子牧牛，风餐露宿，苦不堪言，另一方面感到学道清苦寂寞，太劳神费力了。于是打算向老子讨了工钱去过逍遥自在的舒心日子。

有一天，徐甲在化女泉这个地方牧牛，他牵着牛转过一片树林，忽然眼前出现了一座美丽的庄园。一位老员外手拄拐杖，正站在庄园门口望着他，员外的旁边还跟着一位十八九岁，娇滴滴标致美丽的姑娘。老员外笑嘻嘻地招手把徐甲叫过去问："小伙子，你给谁放牛呀？"

徐甲满脸不高兴，瓮声瓮气地说："给那个讲经论道的老子。"

老者又问："他给你工钱吗？"

徐甲不满地说："当初讲好的是一天给一百个钱，可至今连一个大子儿也没见着！"

老者听罢，笑眯眯地说："小伙子，人生一世，草木一秋，何必要修道成仙，受那些苦折磨呢！你看老夫有这么大的庄园，膝下又只有这么一个女儿，她虽无天姿国色，却也是这方圆百里挑着灯笼也找不着的。你若不嫌弃，便向老子讨清工钱，过来给我做个上门女婿，你们小两口会有享不尽的荣华富贵，不知你意下如何？"

徐甲眉头一皱说："这件事好是好，不过主人与我相约在安息国付款，还要传给我道法，我不能违背承诺。"老头身边的少女一听，立刻哭哭啼啼起来："道法重要还是我重要呢？"

徐甲听言，满心欢喜，不由得又偷偷觑了那姑娘几眼，那姑娘也正在扭扭捏捏地朝他暗送秋波。徐甲百爪挠心，急不可耐地对老头连声说："好呀！好呀！不过您可不能反悔呀。我这便去找老子讨工钱！"

徐甲说罢刚要动身，说来奇怪，也就是眨了一下眼睛的工夫，唰地一下，那庄园、老者、姑娘倏忽之间一阵风一样在他眼前化为乌有。徐甲大惊失色，只见老子已经怒容满面地站在了他的面前。

原来，老子想把道家的玄妙真经传给徐甲，但他观察发现徐甲常常面有愠色，又不肯吃苦，便打算用法术来试探他。那个姑娘是他用吉祥草变出来的，他自己则变成了那个老员外。这一试，他眼见徐甲道心不坚，私欲过多，不由得勃然大怒。老子瞪着徐甲，用手里的铁铲在那美女站过的地方狠狠地捅了一下，地下霎时出现一眼清泉，这就是如今楼观台的"化女泉"。

徐甲见自己的心思被老子窥破了，羞臊得满脸通红。回去之后恶人先告状，拿状子向函谷关令尹喜申诉，说老子赖他工钱，要求老子清偿工款七百二十万文钱。尹喜思索再三，觉得老子绝不是赖账之人，这其中必有蹊跷。于是他就去向老子寻问事情的缘由。

老子冷笑一声，说："你把徐甲给我叫来。"

徐甲悻悻地走了过来。

老子生气地说："我所谓的拿黄金当工资，就是要传给你金丹大道，所谓安息国，就是无为之境，所谓道法，就是长生之诀，我原本想让你得到太上玄妙，以便修真成仙永世成为不死之身。你不能领会我的隐喻，就让我告诉你实情吧。你知道你自己的来历吗？"

徐甲茫无所知。

老子说："其实你早就死了，是我把'太玄符'借给你，你才活到今日，常人不能活过百岁，更何况你都为我做了两百年的工，你还不能体会？既然你要跟我索讨工资，那请你先把'太玄符'还给我。你张开口。"徐甲莫名其妙地将嘴张开。

老子伸指一引，便将那"太玄符"从徐甲肚腹深处收了回去。"太玄符"从徐甲嘴里刚一飘出，原先还直挺挺地站在老子面前的徐甲顷刻之间复原为一堆嶙嶙白骨，垮塌堆积在地上。

尹喜见状，大惊失色，当即跪倒在地苦苦哀求："师父，徐甲虽然罪有应得，但念他跟随了你二百年，还是饶恕他这一次吧，让他悔改前过，重新做人！"

在尹喜的百般哀求之下，老子用手一指，"太玄符"又飘荡贴附到了白骨之上，地上那一堆白骨重新变成了徐甲。徐甲满面羞惭，跪在老子面前不敢抬头，恨不得钻到地下去。

老子喟然长叹道："贪财好色，好逸恶劳，你这样道心不坚，将来何以能成正果？尹喜，付给他七百二十万文钱，让他走吧！"

徐甲明白自己辜负了师父的一片苦心，捶胸顿足，懊悔不迭。他痛哭流涕，哀恳老子将他留下。

老子气稍稍消了后说："等你以后真正回心转意了，还可以再回来。记住，只要你真心学道，咱们还会有见面的日子的。"

徐甲明白老子是要继续考验自己，便只好和老子、尹喜洒泪而别。从此以后，徐甲把在"化女泉"发生的事情铭刻在心，去除了一切私心杂念，精心钻研，终于得道成仙，修成了道教中被人们推崇的"白骨真人"。

我们在楼观台里闲逛时无意中看见石碑上刻着一段话：老子在楼观台、说经台讲授《道德经》后，于次年四月二十八日在楼观大陵山南台羽化升天。尹喜依山为陵，将老子肉体葬于吾老洞，老子墓就在离此五公里的大陵山脚下。由于当年老子羽化升天和埋葬的地方在距离楼观台以西五公里处，所以人称"西楼观台"。

我们三人原本就抱定要去人迹罕至之处探奇的念头，于是就骑着车一路往不远的大陵山脚下寻去。大涛这时也想起来了，好多年前他爸就带他到过老子墓。只是那时还小，他也记不得老子墓的具体方位了。

数公里的路骑行一会儿就到了，我们围着山脚的一个荒僻村庄绕来绕去却始终没有一个村民说得清楚老子墓究竟在哪里。我忍不住请教这个村庄的名字，一个村妇声音响亮地回答："西楼村！"哦，老子墓就在西楼村旁边的大陵山脚下啊，怎么会没有人知道老子墓的确切方位呢？

我们把车锁在村里，从北面穿出西楼村，走过一座小石桥，终于远远望见半山峪口有一处小小的破庙般的建筑，大涛终于想了起来，用手一指："那就是老子墓！"

老子墓前有一条水色漆黑的小河蜿蜒而过，它的名字叫就峪河。两天后我回到家中翻书，从一本陕西旅游的小册子里看到，北魏郦道元在他的《水经注》里早就写到了老子墓："就水出南山就谷，北经大陵西，世谓老子墓。""就水"指的是就峪河。就峪河从终南山的就峪里流出，因而得名。

老子墓依山而建，如果不是看到墓碑上刻着"周老子墓"四个大字，以及陵墓周围的护墙，我们还真看不出这到底是墓还是山体。我们当时看到的老子墓荒僻不堪，只是一座在杂草和灌木丛覆盖下的大土冢，脏兮兮的小院落，面积不过二十多平方米，满地衰草枯叶、泥垢污痕。

在西楼观大陵山的山顶附近，有一个天然的古溶洞，洞额嵌有一块汉白玉石匾，上镌"吾老洞"三字，这个溶洞深不可测，民间传说这个洞直通四川的峨眉山。

大陵山山顶的吾老洞是老子晚年生活、著经、羽化之地。相传在洞里深处藏着一个石匣子，石匣子里面存放着老子的头颅骨，年深月久，头颅骨已经玉石化了。据明万历初年《重修吾老洞殿宇记》石碑记载，当时重修吾老洞大殿，所有人都亲眼看到老子的头骨并刻碑记载下来：圣骸头骨，宛然犹存，玉匣宝像，昭然俱在。

吾老洞洞口青砖券顶，洞口两侧刻着一副楹联，楹联上的文字是我从来没有见过的。每个字都由两到三个汉字拼合在一起组成，如天书一般。好在吾老洞外有一处类似庙宇的民居，我们敲门后，房内走出一个满脸胡子的道士，胡子老道言称他是专为老子守墓的人。听他介绍，才知这是老子传下来的十四字养生诀，念作"玉炉烧炼延年药，正道行修益寿丹"。

据老道讲，他以前曾经手持蜡烛和松明火把进过洞里深处，顺溶洞下行五里地，可以看见一个地下峡谷，里面有地下暗河由南向北奔涌咆哮，峡谷里面风声水声震耳欲聋。洞中地形复杂，藏有老子玉化头骨的石函数百年来就封存在某个拐洞里面。

我们进了溶洞里面一看，这个石洞宽度有八尺，高丈余，洞内有石级直通而下，里面有老子的泥身塑像。再往里面走就黑咕隆咚一片，我们也没带手电筒，只能在光线相对明亮的地方走走看看。

第二章
兽径惊魂

　　参观完吾老洞已是下午，有砍柴的山民指引我们，南面山梁还有一座庙，为吾生母庙，吾生母乃是老子李耳的生母。喜爬山的我们于是便非常高兴地向吾生母庙走去。

　　今天不知道什么原因，大家精神都十分爽快，一点也没感觉到疲劳，所以一路上几乎没有停歇。我们沿着上山的小路一边唱着不成调的歌曲，一边稳步向上攀登。攀爬了半个小时左右，我们走进了一片橡树林，这片橡树开着形似核桃花样的绿色絮花，像毛毛虫一样吊着，满树都是，走在其中，别有一番情趣。

　　三点的时候，我们爬上了山梁。这里确实有一座很小的山庙。我们被这里的景色迷住了。对面的山梁上开着一大片白色的花，山风送来阵阵花香。

稍作休息，我们沿着小路向那座开满鲜花的山梁走去。路越来越难行，但没有阻挡住我们对那满山花海的向往。大约过了半个小时，我们钻到了那片树林中，白花点点，幽香飘荡。带着兴奋，带着探险的激情，我们继续向另一座山峰前进。

这条路草茂林密，走了不久，背后远远追上来一个小道士拦住了我们。我们一看，原来是在吾老洞旁摆摊售卖各种山中采挖的野生中草药材的那个小道士，我们还曾就他摊位上的草药好奇地询问过半天。

小道士追上来有什么事呢？

我们正在疑惑，小道士冲我们施了一个礼说："请问三位施主要往哪里去？"

大涛搭腔说："我们也就是随便逛逛。"

小道士说："下山之路在山前，此处为山后小道基本无游人，而且林径复杂，几位不熟地理只怕会迷路的。"

我笑着扬了扬运动手表上的指北针说："谢谢道长提醒，我们分得清东西南北。"

小道士又打了一个揖，看了看我们接着劝道："大陵山背后的群峰都是野山密林，没有什么风景可看的，而且山林之中林深草茂人迹绝少，常有野兽出没，为几位安全打算，还是听劝从前面下山吧。"

如果他没有提及野兽，我们没准也就听他劝说回去了，一听说有野兽，我们三人反而来了兴致。因为前不久我们的同伴胖子和他爸周日去围网猎野兔，竟然逮回一只小刺猬，胖子终日用铁丝笼子提了在我们跟前炫耀显摆。现在一听说这里有野兽，凭我

宝塔传奇

们三个年轻力壮的小伙子，像刺猬这样的小动物，逮它一两只回去压倒胖子还不是手到擒来？

我看了看猴子和大涛，他俩嘴角全是笑意，眼睛里几乎放出光来，看来大家都想到一块去了。我们摇头谢绝了小道士的好意，继续向密林中的小道走去。小道士追了两步，见我们态度坚决便只得回去。

一看道士走远，猴子先蹦了起来，招呼我和大涛说："咱们沿途注点意，别把小动物放跑了。"

大涛在地上随手拣了两根趁手树棍，递给我一根说："放心吧，这回咱们一准得把胖子他们震翻，我还就看不惯胖子那副嘴脸，跟汉奸似的。"我们一齐哄笑起来。

我们三人说说笑笑往山后行去，越向下行树木越是变得高大浓密起来，顺着草丛间的小路下到山腰，嶙峋怪石间涌出一股清泉。

猴子说："咱们就顺着泉水找，小动物也得喝水不是。"大涛接茬说："没错，《动物世界》里猛兽都是在水源附近捕获猎物的。"

正说话间，草丛中一动，一只野兔蹿了出来。我和大涛将手里的棍子猛扔过去但都没打到兔子，野兔受惊三蹦两跳就不见了。我们累得呼哧带喘的，追了一阵没追上，十分泄气。

愈往前，山路愈加难走，前面又突兀地耸起一座巨岩挡住去路，我们似乎已经到了绝境。然而定睛一瞧，巨石上面明显有条小路，我们互相帮助着翻上了巨石。

我们继续向前，行走在一条狭窄的山脊小道上，透过两边杂乱的林木间隙，可以看到两侧都是草木密集的山谷。

大涛突然停下来，一脸紧张地指着地上一处说："你们看！"
我和猴子闻声看去，一棵树下杂乱地散布着几个梅花状的脚印，
个个都有碗口大小。

这是什么野兽留下的？我们小心地蹲过去，大涛从树上捏下
几根黄色毛发，指着树皮上的爪痕一脸紧张地说："我看这是豹
子留下的，咱们不能再往前走了。"

一听说有豹子，我和猴子都吓了一跳，不由自主地握紧了手
里的棍子抬头四处环顾，生怕老豹子就在附近。

环顾良久，周围并无异常，我问大涛："你确定这是豹子？"

大涛俯身闻了闻树皮说："肯定是豹子，而且应该是昨晚留下的
痕迹。"

我学着大涛的样子也俯身一嗅，树根处一股腥臊味直蹿鼻
腔。我指着身侧的小路说："难道这人迹稀少的道路是深山里的
兽径？！"

大涛点点头说："我看八成就是这样。"

猴子白了脸，噌地一下蹦了起来说："这里太危险了，咱们
赶紧往回走。"我和大涛起了身，三人一言不发提了棍子急步往
回赶。

山脊上突然起了风，走着走着，猴子突然停步伸手止住了我
们。空气中有一丝危险的气息在渐渐逼近，前面传来一阵咻咻的
气喘声，我们三人靠在一起全神戒备着。

兽径前面的草丛一阵摇晃，呼啦一声从中间蹿出来一头浑身
骏黑，长着獠牙钢鬃的大野猪。猛然间在这山脊上狭路相逢，三
人一兽都吓了一跳，双方一时都有些不知所措。

野猪过来的方向是我们要下山回家的方向，估计也是野猪回

窝的方向。山道只有这么窄，两边都是陡峭的山石斜坡，怎么办？正犹豫着，从大猪身后又钻出两只花斑小野猪，探头探脑向我们望来，老猪哼哼两声，用屁股和长嘴把小猪拱回了原处。

老野猪转身一看我们还僵在原地没让道，小眼睛里一下子冒出两股凶光，獠牙闪着寒光，嗷的一声长嚎，震得草叶瑟瑟抖动，随即头一低向我们猛冲过来。我们三人赶紧往两旁跳开。野猪来势极猛，我们的棍子还没抢开，野猪已经从我们身边冲了过去。一看没撞到人，大野猪闪电般一个急刹车扭过身来，用蹄子在山道上啪啪刨着地。

我们一看眼前的路已经让了出来，齐喊一声"快跑"，便不约而同地撒丫子就朝下山的路玩命跑去，边跑边听见身后大野猪急促的蹄子踏地擂鼓一样紧追在后。那一回大概是我有生以来跑得最快的一回了，就感觉自己一路连跑带跳脚都没沾地似的往前蹿。灌木树枝、山石岩壁在眼前闪过，已经全然不顾脸颊和身上被刮划了多少血口子了。

慌不择路。前面的猴子竟跑错了方向，惊叫一声没刹住脚，一下跌没了身影。

紧跟在后的我和大涛发现脚下是个林木掩映的斜坡陡崖，我们刚刚互相拉扯着站住脚步，身后的野猪咚的一下一头撞在了我们屁股上。我和大涛被撞得拉着手在空中翻腾了一圈，眼角还看到那头野猪立住脚步，得意扬扬地昂着头看着我们掉下去，随即就眼前一花，落在了灌木丛里。

长这么大头回遭遇这样的危险，慌乱之下只顾抱住头脸，滚地葫芦似的顺着山坡滚下去。山势虽然陡峭，好在一路之上草木茂盛，连消带挡，最后越过了一个沟坎，扑通一声跌入一条山溪，这才止住身体。

这一路跌得我们七荤八素全身酸痛晕头转向，不过到底是年轻气旺，在溪水中半躺了一会儿，胳膊腿竟没事，半泥半水地爬起来互相看看彼此的惨样，我们不禁哈哈大笑起来。

草草就着溪水擦洗了身子，全身上下被树枝山石划开的伤口火辣辣地疼，不过好在伤口不深，都是皮外伤，唯独大涛在山崖上被野猪一侧的獠牙扎到了屁股，豁了个血槽疼得没法坐。

休息了半天，我们看看两旁的山坡，明显是无法再爬上去了，只能顺着山谷溪水往下走寻找出路。给大涛找了根木棍拄着，我们匆匆往山下走。

这是一道长长的山谷，两边是高耸的山崖，山谷中间有一条两米左右的溪流，这其实已很难说是条路了。天色阴沉，荒山野谷渺无人烟，忽然，一阵大风顺着山谷猛烈吹来，我们感觉到了无言的恐慌。

第三章
神秘山谷

山谷中突然起了风。

我抬头看看天，乌云翻滚，眼看一场大雨将至。这真是"屋漏偏逢连夜雨，船迟又遇打头风"。

我搀着大涛紧跟前面开路的猴子，一路顺着山谷急行。越向下行，山谷越宽，溪流里被山水冲刷沉积下来的石头块头越大，最后我们已经不是在地面上走了，而是在一块块卧牛般大的石头上蹦来蹦去往前跃进。

不知走了多远，前方的山谷转了一个弯，隐隐有水声传来，往前看去，转弯处的谷口若有若无地飘荡着几缕白雾。

大涛在石头上跳了半天，屁股上的伤口实在疼得不行，瞅见前面有一块平坦干净的大石头，一下挣脱我的搀扶，单脚蹦过去，歪倒在石头上捂着屁股直哼哼。

我叫住猴子歇了一会儿，大家吃了点挎包里的干粮后继续向前走。到了山谷转弯处，薄雾渐渐笼在身周，望出去，四周的山石树木都是朦朦胧胧的，山谷中只有这一条通道，我们只有提高警惕往里走。

拐过谷口的弯道，雾气浓郁得只能看到眼前数步距离，哗哗的水声清晰入耳。我们三人拉着手瞎子摸象般走了一会儿，已然裹在雾中不辨东西南北，只觉得有凉丝丝的水汽不断打在脸上，十分舒爽怡人。

这是个什么地方？山谷前面到底能不能走出去？回过头一看，进来时的路已经隐在了浓雾中，四周白茫茫一片。

糟糕，我们三人竟然没想到应该沿着来路留下记号，刚才只顾往平坦的地方走，又离开了引路的溪流，这里四面八方都是雾，原地转了一圈已经找不到进来的谷口了。

焦急间，山谷外刮进来一股穿堂风，如同一把巨人的大手，为我们缓缓撩开了山谷那张被浓雾笼罩的神秘面纱。山谷中的青山碧树、流泉飞瀑在山风的作用下于雾气中隐现，这场景如梦似幻、如诗似画，我们三人一时如入仙山画境，贪看美景奇迹，竟都忘了身在何处。

这里是一个小型的环形山谷，四周青岩高耸，一道飞瀑流珠溅玉一样从高处飞流而下，锦缎般的水流被半空的岩石撞得粉碎，大半化作了迷蒙的水雾飘逸开来，把整个山谷里的山石草木滋润得青翠非凡，苍翠欲滴。一路引导我们走来的溪流，在瀑布下的青岩之畔自然地拐了一个弯，形成一个碧玉般的翠绿水潭。

面对美景呆立良久，大涛长吁了一口气说："咱们没做梦吧？我怎么感觉像走进桃花源一样？"

我拉起大涛的胳膊说："没做梦！要不我咬你一口看看疼不疼？！"

大涛吓了一跳，一甩手回道："去你的，我咬你一口还差不多。"

猴子指着远处半山坡喊道："你们看！"

顺着猴子手指的方向，前面半坡上，绿树掩映之中露出一角红墙，这里有住户？！

我们一看精神大振，俗话说："要知湖上事，须问打鱼人。要知山中事，须问打柴人。"找到住户人家问清下山路径，很快就可以回去了。

趁着浓雾被风吹散还没有重新聚合的空当，我们瞅准方向，沿着一条几乎被绿草青苔完全掩盖的石板小路攀上了半山坡。浓雾受山风的压制上不来，半坡上一抹围墙掩在几丛绿树之后，山树石缝间长满了不知名的花草，到处绿得耀眼。湿润清新的空气中夹杂着奇异的香味，像是有人在炮制什么中草药，看来这山坡上遍布着中草药材啊，可惜我们一味草药也不认识，真是空入宝山不识宝。

绕过遮眼的绿树来到院墙跟前一看，我们大失所望，院墙的门楼上悬着半块剥落的残匾，只能看清"修真观"三个字。院门紧紧关着，塌了一角的门楼上杂草丛生残破不堪，院墙更是坍塌了大半，看来这是一个荒废多年的道院，久无人居了。

深山野谷之中怎会有此道观？此观是何年由何人所建？因何又导致了这般残破衰败的现状，藏在深山渺无人知？

透过门缝看去，院里有个大殿还算完好。我看了看天色，回头与猴子和大涛商量："太阳就要落山了，如果我们在天黑之前赶不到有人烟的地方，在黑夜的荒山野岭里不论是继续赶路，还是野营露宿都是异常危险的。先不说会不会迷路，就是遇上大野兽也会没命的。不如我们兄弟三人同心协力，进去探查下这座深山雾谷里的神秘道观，今晚就在这里将就一晚，明早再下山，如何？"

大涛和猴子想了想确实也只能如此，天色向晚，如果没有凑巧发现这几间破房子，恐怕真的就得露宿在荒山野岭之间了。

商量妥当之后我们轻轻一推，道观的院门从里面别着没有开。我们找到一处低矮的围墙坍塌处，垫了几块散落的墙砖攀爬进去。

院子里漫地的青石已经残破，石缝间到处都是丛生的野草，空气中依然荡漾着药草散发的香气。小院寂静无声，抬眼看去，眼前沉默古旧的大殿在灰蒙蒙的暮霭山气中像一个垂暮的老人一言不发地只顾低眉打坐。

来到大殿近前正想推门进去，大涛拉住了我和猴子，用手一指大殿破旧的门窗。只见有丝丝缕缕的白烟正从大殿的门窗缝隙向外飘散，同时从屋子里飘出更为浓郁的药草香味，难道屋里有人？

我们推开虚掩的大门抬脚迈进了大殿，一下子满鼻腔都是直透肺腑的药香。大殿里面光线不好，一时间什么也看不清，眯着眼睛适应了好一阵才渐渐看出个大概来，似乎整个大殿的墙面上都是神仙壁画，这倒也没什么。再一仔细看，我的天，只见左手角落里，一个蓝袍老道正被一条黄斑巨蟒紧紧缠绕。

看到这一幕，我和猴子都是吓得后退了好几步，直接退出了大殿。大涛的第一反应却是一句吐槽："我去！这什么情况？假的吧？"紧接着也反应过来了，直冲我和猴子喊："别跑啊，救人啊！"

壮着胆子凑到跟前一看，应该是蟒蛇无疑了，也就是无毒的，没听说过毒蛇还能长成这般体态的，至少也有三四米长了吧？

至于那老道，满脸通红，五官扭曲，应当是看见或者听见有人来了，似乎想说些什么，却又完全发不出声来，两手紧紧抓着蛇身，却又不知道该做些什么，徒劳地较着劲。

人肯定是要救的，可我们三人除了大涛手里有根木头棍子外什么家伙都没有，这怎么救？总不能徒手上吧？

情急之下，还是猴子眼尖，从大殿角落里寻来了一根一尺多长的烧火铁棍。

铁家伙有了，该怎么用？往那儿用？都说"打蛇打七寸"，七寸在哪儿？蛇头都找不到啊！再说这蛇身这么长，心脏还在"七寸"的位置吗？

若是搞错了要害位置，这蟒蛇一发狠，老道直接"一步登天"了也说不准吧？

"别拖了，往哪儿扎不是扎啊？"我们三人里面属大涛力气大，他说完一把抢过铁棍，指挥我和猴子抓起靠近蛇尾的一截，冲着浅色的蛇腹不管不顾地狠命一戳。

也是巧了，大涛的这一莽还真莽对了位置——直直地给那巨蟒的粪门来了一下狠的。只这一下，那巨蟒便如遭雷击，痉挛片刻，随即收展了身子，远窜而去。

听着老道躺在那里呼呼喘气，我们仨知道妥了，这回实打实地捡回了一条人命，随即瘫软在地上，只觉浑身没了力气。

老道喘了片刻，翻身便拜："三位小友的救命之恩，贫道没齿难忘。"

眼见这老道须眉皆白，一把年纪做我们爷爷都够了，我们又哪好意思受此大礼，连忙扶他起来。

一番询问才知道，这老道今年八旬有余，年轻时曾在榆林白云观研习道藏，后来孤身一人来到终南山寻得这处废弃了的道观独修，时至今日已有十余载。此次为山中巨蟒所袭，他知道必须要闭气，因为每呼吸一次巨蟒都会缠得更紧，可他手头并无匕首一类的尖锐物品，只这么闭气解决不了任何问题，若不是我们三人凑巧赶到，他跟巨蟒这么相持下去终归是死路一条。

天色已晚，我们三人从大殿后的菜园子里趔摸到了两根萝卜与半筐土豆，就着老道的锅和米熬了一锅乱炖，和老道一起吃了个肚饱溜圆，又守着一炉子炭火聊了半宿闲话。其间老道单独给了我四句人生批语："策马扬鞭争名利，少年做事费筹论，一朝福禄源源至，富贵荣华显六亲。"

第二天天一亮，我们就按老道的指点找到下山小路回了家。

第四章
水漫通州城

后来我离开了陕西，来到北京生活。时间如白驹过隙，一晃就过去了小二十年。

来到北京后，我居住在北京的通州。通州城位于北京正东，建城至今已有一千多年历史。

三国时期，曹操远征乌桓，患军粮难至，乃凿通潞水漕运军粮。这是关于通州大运河最早的记载。自元代定都北京，历朝历代均视通州为九重肘腋，咽喉雄镇，为万国朝拜、四方进贡、商贾行旅水陆进京必经之地。享有"一京二卫三通州"之称。

过去的老通州，城墙高耸，被城墙围起来的通州城外形就像一艘大船，漂在白河（北运河）上，北城墙内的燃灯塔就立在船头，像粗壮高大的船桅杆。古城中心位置建有一座高大鼓楼，上边是五脊六兽，下层中间是砖券大门洞，巍峨壮观，这就是舱。要让这艘大船稳稳停住，就要有锚。所以过去在城南十几里的地方，即张家湾城北，玉带河西岸建有一座铁锚寺，当作大锚；那条玉带河，出城南流，弯曲盘旋，就是那条拴锚的大缆绳。这样，船才算稳当。

在通州，我听到过许多传说故事，其中有一个"穷书生娶妻生怪病，鲇鱼精水淹通州城"的传说故事给我留下了深刻的印象。

话说从前，在这通州城里，有一个姓吕的穷书生，父母双亡，只剩下家徒四壁的两间草房，穷得叮当响，平日靠给大户人家抄抄写写，教授几个童生诗文度日。有一天吕书生想起远房的一个姑妈曾经说过要给自己介绍一个媳妇，于是一大早就收拾利落出了门去拜访姑妈。可惜姑妈没在家，吕书生左等右等，等了一天也没等到姑妈，只能垂头丧气地一个人回来。

姑妈家住得远，吕书生回家途中，天都黑了。好在记得从姑妈那里回家的路，就沿着河一路急走，不晓得走了多久，路过河边一处柳树林，吕书生又累又饿，准备休息片刻再赶路。于是他就在树林里找了块路边的石头坐下来。晚风新月，繁星闪烁，吕书生想到自己一个人穷困潦倒孤苦无依，情不自禁地发出一声声叹息。

正在歇腿的时候，树林外边走来一个姑娘，这姑娘抱着一个大包袱独自赶路，走得十分吃力。

吕书生走过去问："姑娘，你为什么这么晚一个人孤孤单单地赶路？"姑娘回答说："你这过路的人又不能替我排忧解愁，何必多问！"吕书生说："你到底有什么忧愁？如果需要我帮助，我决不会推辞。"姑娘神色忧伤地说:"父母贪钱,把我卖给一个大户人家。那家的大老婆嫉妒我,早晚不是打就是骂,我已无法再忍受下去,打算逃到远处。"吕书生问她究竟想去哪里,姑娘说:"逃难的人六神无主,哪有确定的地方。"

姑娘停了停,又瞄了书生一眼,说:"大哥如果能有地方让我借宿一宿,小女子感恩不尽。"吕书生是个老实人,立刻就想到自己家没有女人,留一个年轻姑娘住在家里不合适,万一毁了人家名誉可不是件闹着玩的事。于是便婉言劝她到别家去安歇,没想到那女人眼睛一眨,泪水就像断了线的珠子一样簌簌流了下来。

吕书生一看自己把人家给惹哭了,慌忙道:"别哭,别哭,妹子你别哭啊,你要是不嫌我家里破旧,那就去我家住吧,我到草棚睡去。"那姑娘听吕书生这么说,马上停止了哭泣。于是,吕书生替她拿着包袱,带她一同回了家。

到了吕书生家,姑娘打量了一番吕书生家里的情况,倒是没有嫌弃,十分勤快地烧水做饭干起活来,边干活边和吕书生搭讪。吃饭的时候,女人红着眼圈告诉吕书生,她刚刚遇到吕书生的时候说的话都是假的,她实际嫁过一次人,但是过门不到一年,丈夫就死了,婆婆欺负她寡妇失业,整天非打即骂,还不给饭吃,自己实在活不下去了,这才逃出家门。

末了,那女人瞟着吕书生道:"您的心眼真好,我要是能找到像您这样的男人就享福了!"吕书生听了,脸一红,却没敢搭话。

那女人看吕书生闷头没说话,就往吕书生跟前凑了凑,娇声道:"大哥目前没有家室,小女子我现在也是孤身一人举目无亲,您要是不嫌弃，我就留下给您烧火做饭吧。"吕书生看了看那个女人，除了嘴巴有点大，皮肤有点黑外，也长得柳眉杏眼，身段婀娜，颇有几分姿色。又想起自己年纪都快三十了还娶不到媳妇，就有点动心。但是心里又一想，这样娶媳妇连个三媒六证都没有，名声多不好啊！

那女人好像看穿了吕书生的心事，又娇声说道："大哥您甭担心，明早我就回家，我和家里商量好了再过来。"就这样，第二天女人起早就走了。

吕书生一开始心里也没把这当回事，以为这女人昨晚不过是为了借宿而逢场作戏随便说的。没想到过了三天，那个女人真的领着三个人拎着大包小包的礼物回来了。进门就说她爹娘如何满意，如何准备了陪嫁礼品，打发这三位家里亲戚前来主婚，等等。面对这天上掉馅饼，做梦娶媳妇的美事儿就要成真了，吕书生是喜上眉梢，心里一万个愿意。

吕书生家里也没什么人，就在街坊邻居的帮忙操办下和这个女子举办了婚礼。婚后，夫妻两人形影不离，恩爱无限。吕书生每天回到家里都能吃到热腾腾的饭菜。

可自打成婚以后，吕书生几次提起要去岳父岳母家里拜望，他媳妇都不同意，总是以各种理由搪塞过去。而且那女人每天晚上都必须要去白河里洗澡，必须熄灯才上床。吕书生开始也没在意，可是自从这女人娶进家门，吕书生每天一起床就感觉自己浑身没劲，身体虚软，而且满屋子有股说不清道不明的鱼腥味，吕书生心里纳闷却又找不出原因。

没多久吕书生就变得面黄肌瘦，眼窝深陷，精气神是一日不如一日。这一天，吕书生筋麻骨软四肢乏力，实在顶不住了，就决定到药房去看看大夫抓几服药。

吕书生在去药店的路上走得匆匆忙忙，一下和一个穿着八卦仙衣背着一口宝剑的道士撞了个满怀，吕书生被撞得身子一歪，幸亏被道士一把拉住才没摔跤。那道士拉住吕书生上下打量，顿时露出一脸惊愕。

他问吕书生："这位先生，你四肢虚软，面色焦黑，邪气很重，是不是最近遇到了什么东西？"吕书生纳闷地说："我什么也没遇到啊。"道士说："不对，我刚才拉你手腕的时候，感觉你身上有邪气萦绕，又看你脸上一股黑气隐透印堂，很快就要病入膏肓了，怎么还说没遇到什么？"

吕书生竭力为自己辩解，道士见他不说真话，生气地说："有人死到临头却不醒悟，又关我什么事呢！"一甩袖子就要走开。吕书生听了道士这番不平常的话，心里本来就对自己所遇到的女人心存疑惑，看道士要走，又把道士拉了回来，向他道出了实话。

道士一听，便知晓了原因，一脸严肃地对吕书生说："实话告诉你吧，你遇到的那个女人不是人，她实际上是白河里经过千年修炼，成精的一条大鲇鱼，这妖精原本已经修炼成人形，但是还想飞升成仙，所以她才化作美女迷惑你，每天晚上你昏睡时，她都在慢慢吸食你的阳气。再要不了几天，你就会被那条鲇鱼精吸得油尽灯枯变成一具干尸骷髅。你若不信，今天晚上就陪她喝酒，将她灌醉，看看她到底变成什么样子。"吕书生对道士的话半信半疑，从街上买了酒和烧鸡回家。

晚上掌灯时分，夫妻二人举杯对饮，吕书生举起酒杯说："我本来是个一无所有的穷书生，自从夫人你来了之后，这才享受到了家庭的温暖，今晚我得好好敬夫人你几杯。"女人开始坚持不喝，后来禁不住吕书生甜言蜜语一再相让，这才喝了起来。这一开了头，就停不住了，吕书生假意畅饮，实际上把自己杯子里的酒大半都偷偷倒了，只管劝女人喝。

那女人被吕书生的甜言蜜语哄得心花怒放，心里一高兴，就放下戒心开怀畅饮，左一杯右一杯，直喝得面似桃花红胜血，终于烂醉如泥卧倒在炕上。

吕书生开始的时候装醉，趴在桌子上偷眼瞧着，但躺在床上的女人在灯下没什么变化，心里暗暗大骂臭道士骗人，正起身准备上床睡觉，却看到自己的媳妇在床上左一扭，右一扭地扭动起身体来。

扭着扭着，那女人背上，白生生的皮肤突然裂开了一个口子，这口子越裂越大，从后脑勺一直裂开到了尾巴骨，从大口子里面扑哧一下，蛇一样钻出一个滑溜溜黑乎乎、水桶般粗细的大家伙，灯光下一看，原来是条一人多长，长了老大一张阔口的黑背白腹大鲇鱼。

随着这个女人变回大鲇鱼的原形，一阵阵鱼腥味也从她身上散了出来。大鲇鱼钻出来的那个身体，变成了一具瘪瘪的人皮皮囊，软塌塌地摊在床上。

目睹了这一情景，吕书生两腿一软，从凳子上一出溜，一屁股坐在了地上，魂都吓掉了。半晌回过神来，吕书生正准备爬起来溜出去，床上那条鲇鱼精却突然醒了，鲇鱼的血盆大口一张，哇啦一声，吐了一地腥臭不堪的酒水污涎，随着酒菜一起吐出来的，竟然还有几只癞蛤蟆的尸体和大团没消化掉的各种毛发骨头。

鲶鱼精趴在床上不停地呕吐着，突然似乎有什么东西卡住了它的嗓子眼儿，身子一耸一耸，猛一使劲，一颗圆溜溜的东西从大鲶鱼嘴里喷了出来，骨碌碌地恰好滚到了吕书生脚底下。吕书生一看，从肚子里呕吐出来的东西竟然是一颗死人骷髅，险些被吓晕了过去。

鲶鱼精呕吐完，眯缝着两只迷迷糊糊的小眼睛，看到了瘫坐在地上的吕书生，盯着吕书生软声软气地说："相公，你要到哪去？快上床啊。"吕书生战战兢兢壮着胆说："我，我，我去解个手。"鲶鱼精醉醺醺地在床上挥了挥鱼鳍，一扭身又呼呼大睡起来。

看到鲶鱼精睡熟了，吕书生战栗着扶着桌子站起来，结果发现满桌子酒菜，除了自己买的还剩下半只的烧鸡以外，其他盘子里盛的剩菜竟然都变成了半死不活的泥鳅蛤蟆。一想起鲶鱼精给自己吃的红烧肉原来是癞蛤蟆变的，吕书生胃里一阵翻腾，忍不住也哇哇吐了一地。好不容易止住了恶心，吕书生捡起地上的骷髅头，连滚带爬溜出屋子，抱着骷髅连夜跑去找白天偶遇的道士，跪在地上向道士哀求救命。

道士对他说："不用怕，我有办法收服它。我给你一道仙符，你现在回去，把仙符找机会贴到她的胸前，她就会立刻现出原形动弹不了，然后我就去捉拿她。"

吕书生一听让他回去找那个吃人的妖精，脑袋摇得跟拨浪鼓一样，死活不敢回去。道士说："放心，拿着我的仙符，鲶鱼精伤害不了你。"

道士再三保证，吕书生才怀揣着道士的灵符壮着胆急忙往家赶，回到家中一看，鲶鱼精又变回了女人的模样，但是还没起床。吕书生假装不知道昨晚发生的事情，趁与女人说话之际，掏出符来往女人胸前贴去。可是由于紧张，贴的时候，手直哆嗦。

鲶鱼精抬眼一看发现情况不对，"嗷——"的一声，把嘴巴裂开到了耳朵根，从裂开的嘴里蛇信子一样伸出两条触须来，嘴里一股腥臭黑气直喷吕书生面门。吕书生被这股黑气熏得脑子一晕，一下子把仙符贴到了床柱子上，鲶鱼精一个鲤鱼打挺蹦了起来，一头撞翻了吕书生就蹿出门外。吕书生一看道士的仙符没贴上，从地上爬起来就追。眼看着那女人一路狂奔，跑到河边扑通一声跳了进去。

那条千年鲶鱼精逃回到通州城外的白河后，心里知道通州城里有高人想要降服它，眼看着吕书生这个人肉包子已经吃进嘴里又被他跑掉了，心里恨得是咬牙切齿。半夜时分便开始兴风作浪，发起大水。霎时间，白河水涨，浊浪滔天，洪水铺天盖地而来，把通县县城四周淹成了一片汪洋，无数村庄房倒屋塌，老百姓纷纷涌入通州城里逃难。

好在通州城城高墙厚，大水一时半会儿还淹不到城墙垛上。鲶鱼精躲在水里破口大骂，要求通州城里的老百姓给它送猪送羊送童男童女供它享用，否则它就加强法力水灌通州城，让城里的老百姓都变成鱼鳖的食物。

城里的县官急得团团乱转，那个背宝剑的道士一看到城外的白河一夜之间发了大水，就知道吕书生，没把鲶鱼精用仙符定住，便去找到县官，说他能降伏这条千年鲶鱼精。

县官一听大喜过望，忙问道士需要多少人帮忙。道士毫不慌张，让县官先登上城头假意答应给鲶鱼精进献所需物品，随即安排城里的老百姓在城墙上搭油锅生火，现场炸制了一百只肥嫩的烧鸡，又准备了几只香喷喷的烤肥羊。把烤肥羊用大铁钩钩上，铁钩都塞进羊肚子里，钩尖冲外。又把烧鸡一串串绑好，和被大铁钩钩好的烤肥羊串一起连到数百丈长的铁链子上，用大木桶做浮子，一串串地把烧鸡从城墙上抛进洪水翻腾的白河里面去。

一会儿工夫，香喷喷的油炸烧鸡味飘满白河，大水里面兴风作浪的各种鱼精鳖怪闻到烧鸡香味，纷纷涌上水面你抢我夺，啃食吞吃烧鸡。

鲶鱼精狡猾无比，躲在水底不见动静。眼看着烧鸡快被吃完了，道士一声令下，大家又把香气四溢的烤肥羊抛进了水里。这下鲶鱼精再也忍耐不住，哗啦一声，一个猛子从水里蹿出来，张开血盆大口，鲸吞虎咽一样把整只肥羊一口吞下，扭身就往水底窜。

鲶鱼精吞下肥羊钓饵，铁链子一拉一抖，藏在烤肥羊肚子里的大铁钩一下子就钩住了鲶鱼精。被铁钩钩住的鲶鱼精疼得疯了一样在水里面上蹿下跳，白河水被鲶鱼精搅和得开了锅一样水浪四溅。鲶鱼精挣扎半天却挣脱不了，最后折腾得筋疲力尽，肚皮翻了白躺在水面上只剩呼呼喘气的力气。

站在城墙上的道士一看时机已到，拔出背后的大宝剑念动咒语，只听哗啦一声巨响，百余丈长的大铁链穿过鲶鱼的琵琶骨。

道士拉起铁链，将被刺穿了琵琶骨的鲶鱼精锁在了通州城里的海眼石洞中，又让县官带领通州城里的老百姓在上面建造起来一座镇压精怪的宝塔。

鲶鱼精是水怪，要以火镇水，于是就建起一座八角十三层的燃灯佛舍利塔，还把燃灯佛的一颗三寸长的牙齿和几百粒红黄闪亮的骨灰珠供在塔顶。在顶上又修一个大灯台，台上安一个大铜刹。白天，阳光一照，闪闪发亮。夜间，佛牙放亮，映在铜刹，像大火把一样，光照人间。

这座燃灯塔建成以后，围绕着燃灯塔总有各种说不清道不明的奇怪的事情发生，老百姓相传是被压在燃灯塔下的鲶鱼精心里不服气，老想从塔下钻出来闹的，因此私下人们又管它叫镇妖塔。

相传，现在通州大运河燃灯塔下有一口古井，井旁拴着一根铁链子，拉动这根铁链，还能闻到古井深处冒上来的鱼腥味，听到井底下鲶鱼精呼呼的喘气声。

第五章
草原妖眼

我从小就喜欢听人讲神仙鬼怪的传说故事，更喜欢游山玩水寻幽探秘。"穷书生娶妻生怪病，鲶鱼精水淹通州城"是我居住在通州以后听到过有关燃灯塔最离奇的传说故事。

听故事的时候我根本没想到过我的人生会和燃灯塔扯上什么紧密关系，更不用说我还会钻进燃灯塔下的鲶鱼井探险，在神秘莫测的地下泥沼空间遭遇被鲶鱼袭击的惊险历程。

这一年的图书市场、网络和盗版书摊上，到处都是关于寻宝盗墓、僵尸大粽子的小说，一时间成为一种阅读潮流。光看书不过瘾，闲下来脑子里就会琢磨世界上到底有没有小说里那些离奇古怪、耸人听闻的古物秘境呢？

我已经在国贸的金融公司工作了数年，这一天在公司盯了一上午的股票，中午休息的时候，闲来无事，便和臭味相投的同事"醉眼看花"聚在一起。

"醉眼看花"姓陈，叫陈天玺，"醉眼看花"是他的网名，他老家是湖南的，湖南战国时期属于楚国，荆楚大地古墓成堆，各种传奇故事层出不穷。醉眼看花长得精瘦精瘦，一副精明能干的模样。这哥们儿脑瓜灵活，常常眼珠一转就是一个主意，和我在一起搭档了好几年，我们聚在一起没事就闲聊瞎侃各种道听途说的奇闻逸事。

部门里最近新来了一个员工，名叫小贾，内蒙古人，长着一头自来卷的短发，给人印象比较憨厚。他是我招聘过来的，对他了解还不太多，新人加入团队，我都需要在感情上关心，帮他解决工作上的问题，使他尽快融入团队。

这天吃午饭的时候我和醉眼看花也叫上了他。饭后我们一起在写字楼外散步聊天，吹牛闲谈，讲述自己游玩过的名胜古迹。

醉眼看花询问小贾老家那边有什么好玩的地方，小贾就给我们讲起了他曾听到过的一则草原佛爷塔的奇闻，情节跌宕起伏令人惊叹。

小贾讲的是他父亲的亲身经历。

提起来还是三十多年前的事，当时小贾的父亲一家住在内蒙古东乌珠穆沁旗附近。

小贾的父亲正是二十来岁年纪，好玩好动，时间一久就和附近一伙插队的北京知青混成了好朋友，平日也是无事，除了放牧就是野游，或者一个蒙古包到另一个蒙古包地找同样年纪的小伙子们聊天。

在一个大雪纷飞的日子，小贾的奶奶病了。小贾的父亲老贾冒了风雪去旗里给老母亲买药，为了当天能够赶回来，老贾快马加鞭地翻山越岭，中午时分在医院开完药就急忙往回奔。

下午的天气越变越坏，风一阵紧似一阵，老贾走到半路上，刮起了暴风雪，气温骤降，粗大的雪粒打在脸上生疼，根本睁不开眼睛。天地间一片混沌，无法分辨方向。

天已黑了，老贾跌跌撞撞一步三滑，好不容易爬上一道小山梁，风卷得人根本立不住脚。

隐约中看到远处黑蒙蒙一片，似乎是片树林，老贾顾不上多想，径直奔了过去。突然一阵顶头风刮起，老贾不小心一步踏空，"哎哟"声还没出口已被灌了一嘴的雪末子，整个人葫芦似的一路直滚到坡底。

迷蒙的风雪中，老贾发现自己的眼前是一片黑压压的松林，松木都有合抱粗细，一看就有百年以上的树龄。

暗夜无声，松林黑沉沉迷迷蒙蒙地荡着一层雪雾，地上的积雪足有腿肚子深浅。

老贾一边咒骂着这鬼天气，一边深一脚浅一脚地向松林背风处行去，心里直后悔临出门没揣上一瓶白酒，适才这一路顶风冒雪，浑身被汗浸透了衣衫，此时被寒风一激，浑身上下冷得就像小刀子刮肉似的疼。

迷迷瞪瞪不知走了多久，老贾借着地上微弱的雪光，突然发现前边有一行脚印，歪歪斜斜伸向远处。嘿，有人。而且看这脚印，显然是刚走过去没多久，赶快点说不定能追上，有个伴就不会黑灯瞎火闷头瞎闯了。老贾兴奋之下甩开步子顺着那行脚印猛往前赶。奇怪啊，赶了一程，不见有人，又赶一程，还不见人。

那留下脚印的人总是走在老贾前头，却又不见人影，老贾忍不住放声吼了几嗓子，又往前追。老贾越走越觉得不对劲，周围的松林里弥漫着一种奇怪的阴沉压抑的气氛。走着走着，老贾猛然站住了，瞪大了双眼，不敢相信地看着四周，这一回前面的雪地上竟出现了两行刚刚踩下不久的足迹，周围的松林也似曾相识，老贾脑子里嗡的一声，仿佛头上挨了一棒，"这不是又回到原来开始追人时的老地方了吗？难道遇上传说中的鬼打墙了？！"

老贾想起阿爷说过，碰上这样的事，只需避开原路，抬头看看星空，向着天上北极星的位置而行就可以走出去。可现在抬头看去，天空墨黑一片，连松树的尖梢都看不清，外面风雪连天，到哪去找北极星？

阿爷还曾说过，在林子里，只需摸着粗大的树木，看看哪一边的树皮光洁干净，哪一边的树皮挂满了青苔，就可以分辨出哪一边是太阳的方向。老贾选了最近的一株松树摸去，摸了一圈，心下又是一凉，这片松林太密太老，刚才一摸，那松树周身竟一圈都是干枯的青苔。老贾又接连摸了几棵，竟是棵棵如此。

老贾横下心来一咬牙，拔出腰间随身佩带的小刀，壮着胆子避开原路胡乱选了一个方向大步走了下去。走几步，用小刀在树皮上刮掉一块做个记号。又不知过了多久，暴风雪似乎已经停了，但林子里依旧黑蒙蒙一片。

老贾已累得精疲力竭，正跟跟跄跄地行进着，忽然在前方林子深处，有一点亮光闪烁，恍恍惚惚却看不清楚。老贾精神一振，向着闪烁的亮光处走去。那一点亮光在黑暗中飘飘忽忽，忽隐忽现。越向前走树木越密，走着走着，一不留神，老贾被横倒的枯木一绊，扑通摔了一跤，手里的小刀脱手而飞。爬起来一看，一直追踪的亮光已经不见了，眼前的风雪中耸立着一座黑沉沉的庙塔。

有道是病急乱投医，人急要拼命，哪管前方是龙潭还是虎穴，上了华山道，只能向前走。

老贾摸到近前，黑灯瞎火也看不清是什么塔。绕了半圈找到一扇残破的塔门，触手冰凉，似是包着铁皮。老贾先在地上捡了根胳膊粗的树棍，防备有野兽扑人，然后一手推开半掩的塔门。门内暗黑一片，老贾撕下一块衣襟缠在松木棍上，用火柴引燃做了一个火把，这才抬脚迈进门槛。

火光闪烁间抬头一看，塔内空间很高，面前一座佛龛，蛛网灰尘密布，布幔残破低垂，老贾隐隐总觉哪里不对劲，脚下踏着枯枝败叶让人心惊肉跳。

恰在此时，从背后刮来一阵冷风，吹得火焰乱舞，布幔飘动间，一双碧油油狭长妖异的眼睛猛然从布幔后闪现，直直盯视着老贾。

老贾在火焰乱晃间猛然看到布幔后亮起一双狭长妖异的绿眼，一颗心不由怦怦乱跳，恍惚间只觉那双绿眼一眨，一下就由两只变成了四只，四只绿眼后隐隐透出一张毛茸茸惨白的老妇的白饼大脸来。一双嘴角似弯非弯，似笑非笑，直直地瞪视着老贾。一股凉气由老贾脚跟直蹿顶门，难道遇上白大仙了？草原传说中，白大仙就长有一张带细毛的圆盘大脸……

诡异的气氛越来越浓，老贾抬脚想动，手脚却像被钉住一样动不了。眼睛被四只碧绿色的狭长妖睛死死盯视着移不开，空气里飘荡着一股淡淡的臊臭味。

恍惚之中，老贾觉得四周似乎泛起了一层层迷蒙的灰色雾气，手中火把的光焰越来越暗，最后只剩了巴掌大一团火焰，火焰的颜色也转成了青绿色，映照得对面逐渐逼近的狞笑大脸更加妖异可怖。大脸嘴里的獠牙渐变渐长，老贾知道如果自己不动弹就完了，可是大脑清醒着，身体却不听指挥，想挪动一根手指头都不行。眼看着大脸的下面伸出两双毛茸茸的长爪子搭在了身上，血盆大嘴里的獠牙越凑越近，腥臭熏人的口气已经直喷到了脸上。

突然咔啦一声，屋顶上一根不堪积雪重压的朽木，连带着屋瓦及大块的积雪猛然砸落下来。显然被突如其来的雪块吓了一跳，四只妖目同时一眨。老贾猛一哆嗦，一下清醒过来，一看面前哪是什么妖异狞笑的惨白大脸，分明一头毛发稀疏的灰毛老狼正瞪眼张口咬向自己的咽喉。

老贾情急之下猛力一翻身，把灰毛老狼抖到了一边，手里的火把一摇一晃之间又变得明亮起来，老贾用火把逼住灰狼使它不敢前扑。

定睛看去，那狼已经老得毛都快掉光了，身上的皮肉也耷拉下来，却依旧龇着森森利齿，用一双透射着凶残慑人的绿光的狼眼盯视着自己。最奇特的是在老狼背上竟趴伏着另一只瘦弱的怪物，状如细犬，尖嘴缩腮，面上一双眼睛骨碌乱转，嘴角上斜，表情似笑非笑奸猾异常。

一进庙门，老贾就觉得脚下踏着的东西嚓嚓作响，间或传来细碎的断裂声，初时不太注意，以为是被风刮进屋子的残雪及枯

宝塔传奇

枝败叶。现下借着屋顶漏下的天光一看，竟是一地被咬嚼得支离破碎残缺不堪的碎骨头渣子。

那一狼一兽惮于老贾手中的火把不敢上前，神态都有些恼怒，一齐低头呜咽嗷啸起来，声音瘆人。老贾生怕它们召唤同伴，于是壮起胆子横下心，抢起手中粗大的火把猛砸向老狼头顶。老狼咆哮一声侧身跃起闪开，狼爪在老贾身上猛刨一爪，刺啦一声将胸腹处的衣服扯开一条大缝。

老贾刚刚将身前的老狼逼开，又听到身后传来群狼呼啸，冷汗瞬间就渗了一脑门。急回身一看，塔门处已窜来一公一母两条狼，堵住了身后退路。两双狼眼正冷冷地盯视着自己。

老贾孤身一人独闯黑松林却身陷群狼包围之中，双拳难敌四手，更何况风雪天奔波了大半夜早已疲倦不堪，目前全仗着手中一支火把与恶狼对峙。

看到门口召唤进来两头大狼，塔内的秃毛老狼竟退到一边惬意地蹲坐下来，背上驮着的怪物也一时得意起来，喉咙发出"嗷嗷"的叫声，门口两头狼就听到命令似的一齐跃进塔门扑向老贾。

老贾抡动火把拼命抵挡着两头大狼的轮番凶狠扑咬。

双拳到底还是难敌四手，不一刻工夫，老贾身上就出现了数十道血口，厚厚的衣服也被狼撕咬成破麻包一样。一番凶猛的搏斗扑咬下来，空气中开始弥漫起浓厚的血腥气味。两头大狼累得呼哧带喘，暂时退下休憩。

老贾早已精疲力竭，背靠墙壁，双腿一软几乎坐倒在地。手中的火把已快燃尽，火焰越来越小，老贾眼角余光扫到墙角处躺有一根木棍，于是侧身去够。趴伏的老狼和怪物一直盯视着猎物，贪婪地嗅吸着空气中的血腥味，一见老贾有所举动立刻嗷嗷一叫。一头蹲伏的大狼立即猛跃起身，尖牙利爪直扑老贾咽喉。

老贾急往旁边闪了一步让出背后的墙壁。哗啦一声巨响，猛扑过来的大狼收势不及，一头撞在墙上，竟将墙壁撞出一个大洞。烟尘腾漫间大狼的半个身子陷入墙洞内侧，后腿在墙外一阵乱踢，急想退出。老贾毫不犹豫，将手中带着火苗的火把猛捅进大狼拼命扭动的屁股上。

"嗷呜——"一阵凄惨的狼嚎声中，大狼死命地一挣，一下蹿进墙洞，没了声息。

墙外的老狼、怪物皆被刚才的变故吓了一跳，一齐立起身来。被召唤来的另一大狼一看伴侣遭了殃，瞬间红了眼，全身毛发直耸，腾身扑向老贾。老贾摸了块砖头狠拍下去却没打着，反被恶狼扑在肩头狠咬一口。

狂怒的大狼一口吞下撕咬下的皮肉，转身又迅速扑来。

老贾连皮带肉被狠狠咬下拳头大一块肉，瞬间血流如注，眼前一黑几欲疼昏。眼看暴怒的大狼二番扑来，但精疲力竭连番重伤之下哪有力气搏斗？不及多想，老贾右手砸出砖头，趁恶狼闪避之机也一头扎进墙上半人高的破洞里。原来这堵墙面仅是用黄泥垒砌而成的，墙后另外封闭了一间密室，密室内顶早已残破透光。

老贾刚刚扑进破墙洞，小腿就被墙外发狂的怒狼狠咬一口，一下跌倒在破砖堆上。老贾的左臂已经重伤，动弹不得，只能用右臂使劲向内爬去。挣扎着爬进密室，老贾捡拾地上的碎砖砸向洞口，勉强挡住墙外的大狼向里蹿。

借了漏进密室的微弱天光看去，青砖墁地，密室内有一座砖砌的佛台，莲花台蒲团上孤零零立着一尊盘腿打坐、落满灰尘的枯瘦佛爷坐像，佛像怀中放置了一方黑匣子，似是香炉，此外再无他物。

先前蹿进来的那头大狼重伤之下满嘴吐着血沫，正趴伏在墙角动弹不了，看到老贾也钻了进来，那大狼喘息了一会儿竟瞪着荧绿的狼眼挣扎着爬起来挪向老贾。老贾捡起块砖头奋力投去，砸中了恶狼后腰。大狼哀嚎一声，猛喷了一大口污血后倒下，就此寂然无声。

墙外的怒狼利用这个空当猛蹿进来，看见伴侣死去，凄厉地发出一声长啸，扭过血红的狼眼恶狠狠地盯视住老贾。老贾悄悄地在地上摸到一小截木棍攥在手里。

那怒狼已经几近疯狂了，一声怒啸中立起来把老贾扑倒在地，獠牙利齿猛咬老贾咽喉。老贾也拼了命疯吼一声，举起受了伤的胳膊猛塞入狼口，咔嚓一声骨头断折声里，将右手的木棍狠插在狼身上。看着一颗巨的毛茸茸的大狼头在眼前晃悠，老贾冒着满头冷汗把被咬的左臂一抬，乘狼头上仰之机狠狠一口咬在狼脖子上，腥浓的狼血喷涌而出。大狼一时脱不了身，一狼一人就此僵持在一起。

那头老狼不知何时也钻了进来，狼爪在老贾身上猛力撕扯，很快就撕开了衣服露出柔软的肚腹，眼看老狼凶光毕露，即将狠狠一爪抓下，老贾心里一凉，绝望地瞪视着自己的肚腹，等待着血花四溅肚破肠流的那一刻。

那一刻一定是没有了黑暗，没有了恐惧，也没有了血腥和寒冷……

恍惚中，密室里似乎亮起了一片光芒。四角的墙壁、纤细的狼的毛发都看得一清二楚。朦胧的光芒中，一只黑沉沉又泛着光的物体从半空中沉重地落下，狠砸在了老狼的额角处，一只狼眼突地一下被砸到了眼眶之外。老狼惨嚎一声，驮着背后吓傻的怪物钻出墙洞不见了。

被老贾咬住颈项的大狼叼着老贾的左臂疯狂地一阵挣动，狼的热血顺着伤口往外喷射，涂了老贾满脸满身。眼看大狼就要挣脱自己紧咬的牙齿，老贾也不知哪来的一股力气，一个鹞子翻身将大狼狠狠压在身下，用脑袋死死地抵住狼头，饿急了的老贾趴在狼脖子上大口大口地喝起了狼血。恶狼垂死，玩命地挣扎了一阵，随着污血越流越少，终于不再动弹。

喝了一肚子狼血的老贾，浑身腾腾冒火。丢开狼尸平躺在地，回想方才的凶险境地，兀自心惊肉跳，若不是那几番巧合，今日定然小命休矣。好不容易喘匀了气，老贾起身看去，那砸跑老狼的原来是屋顶的横梁，室内出现的一片光芒应该是横梁落下时，室外透进来的光亮。

死里逃生，老贾顾不得伤痛，翻身爬起冲着佛爷像咚咚咚就磕了几个响头。

老贾在身上摸索一阵，幸好火柴还在，找到根木棍缠上破布又点了一个小火把持在手中。顺着光亮，老贾看到佛爷像旁边有个铜匣子，老贾把铜匣端起一看，那匣子素面无纹，铜皮匣盖上刻了一行字：有缘者得之，拜请送归潞州三教庙。

老贾好奇之下打开铜匣，一道金灿灿蓝莹莹的光华顿时自匣内放出，原来匣内嵌放了一条一掌来长青铜错金纹的扬鳍翻波鱼形器物，鱼眼竟是由一颗蓝色透明石头镶嵌而成，在火焰之下熠熠放光。仔细看去，匣盖内侧另刻了数行小字，辨认之下方才看明是一首偈言诗：

> 余本江湖一散僧，曾得鱼宝窥天机。
>
> 吾归西天留余蜕，静待有缘君来会。
>
> 他年有缘君到此，必遇凶险难解脱。
>
> 凶险难解佛光现，虽死犹生助脱难。
>
> 有缘君持此宝去，请访渔阳镇妖塔。

　　老贾惊讶叹服之下重又磕头拜奠一番，然后将铜匣塞入怀中掩好，两头狼尸拖来摆成拜服状放在佛爷像前。退出密室后，重又将砖头垒砌堵好墙洞，此时天已逐渐放亮，老贾拄了根树棍向外走去。

　　"后来呢？"

　　"后来又怎样了？"我和醉眼看花二人听得五迷三道，边走路边追问小贾。

　　"后来我爸在一个断崖上看到了那头摔下去的老狼的尸体，那头怪物在它旁边还呜呜直哭呢，我爸说他扔了个雪团下去砸那家伙，才发现这家伙前腿特短，都走不了路，只能一扭一扭在地上蹭着向前爬，后来就爬进一个草棵子里去了。"

　　"那你们后来搞清楚没有，那家伙到底是啥？"

　　"后来还是我们那里一个老打猎的说那个家伙是狈。"

　　"狈？"

　　"嗯，就是成语'狼狈为奸'里的那个狈。后来我查过词典，上面说狈特别奸诈狡猾，能指挥一群狼捕获别的动物。狈因为前腿特短走不了路，这才让狼背着走。"

"还真有这种动物？北京动物园怎么没逮一只养着让大家见识见识？"

"还真是的，我逛北京动物园时看到里头豺狼虎豹都有，就是没有狈呢。"

"那你爸后来是怎么走出那个迷魂松林的？"

"后来不是天亮了嘛。"

"噢！"

"不过后来我爸半路上因为失血过多晕倒了，还是被人给救了才回到家里的，把我爷爷奶奶还有附近乡亲吓坏了，因为我爸那会儿全身上下都是血糊糊的。别人把我爸抬回家里，我爸一连昏睡了两天一夜才醒过来。"

"那你爸以后没再去过那个佛爷塔？"

"我爸是昏迷在几十里外的半路上让人送回家的，不认识地方怎么去找那个黑林子啊。"

"问救你爸的人呀。"我和醉眼看花齐声说道。

"嗨，我爷说救了我爸的就是一赶车过路的，连名也没留就走了。"

"那后来呢？"

"后来我爸醒了，把经历一讲，大家都不太信，不过从那以后，别人都听说过我爸曾经生生咬死过活狼，没人再敢和他打架了。"

"哈哈哈哈。"我们一齐大笑起来。

后来坐在写字楼的星巴克咖啡厅里，我一边饮着加冰的咖啡一边想起一事问小贾："小贾，你说那个佛爷留话让得到铜匣的

宝塔传奇

人把它送回原庙，你爸送回去没有？"

醉眼看花一旁搭腔说："对呀，我也正想问这个呢。"

小贾说："我爸伤好了以后为这事跑过一趟，地方是找着了，可是那个庙里的人都不在了，而且庙也一直被一个单位占用着，里面封闭着不让进人。"

"哦，那个潞州三教庙，渔阳镇妖塔到底在哪儿？"

"就在通州！"

"通州？"我和醉眼看花惊讶地互看一眼问，"难道是通州的燃灯塔？"

"我来北京时间不长，不知道是不是你们说的那个塔，不过我爸告诉我说那个三教庙和镇妖塔就在通州境内的大运河源头。"

"没错了，就是燃灯塔！"醉眼看花兴奋地一拍桌子说道，"老大，咱们组团探险解谜吧，这一下有的玩了。"

小贾惊异地问道："王哥，你们知道地方？"

我一拍小贾肩膀："踏破铁鞋无觅处，得来全不费工夫啊！远在天边近在眼前，抽空就带你去看燃灯塔。"

第五章　草原妖眼

第六章
飞塔传奇

在通州大运河的源头，从古代就建有一座高大挺拔的十三级燃灯舍利宝塔，关于燃灯塔的传说故事很多，其中就有这座塔会飞起来的故事。

不过通州飞塔的传说故事现在好多通州人都不知道了，好在我喜欢收藏小人书连环画，曾经偶然从一处旧书摊处淘到了一本二十世纪五十年代老版的《通州塔》小人书，这才知道还有一段通州塔会飞起来的神奇传说。当下我就把通州塔飞起来的传说故事添油加醋地讲给小贾和醉眼看花。

传说在很久很久以前，在这通州城里有一户姓周的穷苦人家，生了一个儿子叫周通。周通从小为人就特别讲义气，长大以后，周通在通州衙门的监狱里当了监狱的牢头。过去的监狱，关押的尽是些受到冤屈的好人和交不起苛捐杂税的穷苦百姓。周通在监狱里常常帮助那些受冤屈的老百姓，得到他帮助的老百姓都特别感激他。

后来有一次，周通在牢里偷偷地放走了一个被冤枉入狱的犯人，州官受了别人的贿赂，本来是要把这个犯人判重刑让他死在牢里的，一看竟然被周通私下放跑了，州官大发雷霆，把周通给革职了。

周通被革职后，想起这肮脏的官府，黑暗的社会，心里头气愤难平，索性一不做二不休，带领同样愤恨不平的老百姓揭竿而起，攻打了通州的官府衙门。他们打开监狱放走牢里的犯人，冲进州府杀死了那个贪赃枉法的坏州官，又打开粮仓把粮食分给了老百姓。接着他们准备聚合队伍去攻打北京城的皇宫大内，最好把昏庸无能的皇帝老儿也抓住，彻底推翻这个吃人的王朝。

皇帝听说天子脚下，北京城东边的通州竟然有人造反了，还杀死了州官准备攻打京城杀皇帝，被吓得屁滚尿流。皇帝连忙委派了朝廷里的统军大将带着许多官兵杀奔通州。一番激战后，官兵仗着人多势众，最后把带头造反的周通给捉住了，由于监狱都已经被起义军给拆毁了，他们就把周通关进了通州塔里。

通州的老百姓知道周通是为了让大家伙能过上好日子才被抓起来的，都想救出周通，可是官兵把通州塔看守得跟铁筒一样，麻雀都飞不进去，谁也想不出好办法来。

眼看官府就要把周通秋后问斩了，大家都愁得不行。突然有一天，通州城里来了一个仙风道骨的白胡子老头儿，这老头儿在通州城最热闹的集市上对大伙夸耀说他那儿有一个神奇的宝贝，这宝贝能把高山推倒，把大海填平。

围观的老百姓里面有人问："你的宝贝法力那么大，能不能推倒通州塔呢？"老头呵呵一笑说："能是能，可是就愁没有有胆量的人来使用这个宝贝。"

这时候，在围观的人群里有个叫王起的小伙子走上前说："只要能推倒通州塔救出周通，我愿意尝试。"这个王起全家曾经因周通的帮助渡过了难关，免遭饿死之灾，所以王起心里一直想着怎样报答周通。

老头儿看他这么坚决，二话不说转身就走，王起在后面拔腿就追。别看老头年纪大，王起年轻，一路上不管王起怎样拼命地追赶，却总也跟不上老头儿。

走啊跑啊，王起的鞋子破了，就光着脚走，脚磨破流血了，王起就撕下衣襟，裹了伤口再走。王起又饿又渴，也不知走了多少天多少夜。

这一天走着走着，眼看一条大河横在前面没法过去。王起想着老头该停下来了，没想到老头一点没停步，走到河边直接就往河里扑通一声跳了下去。王起吓了一大跳，跑到河边一看，老头已经手脚乱扑腾着沉进了水里。

王起急了，老头要是被淹死，推倒通州塔的宝贝找谁要去啊？于是他也牙一咬眼一闭跟着扑通一声跳了下去。可是王起自己不会游泳啊，他在水里一个劲地扑腾，老头没救着，自己也呛了水，脑子一晕，就沉入了水底。

结果等到王起睁开眼的时候，却发现自己没在水里，而是躺在路上，连衣服都没湿一点。

老头看他醒过来了，呵呵一笑什么也没说就又往前走。王起知道自己遇到的真的是活神仙，这一路都是老神仙在考验自己的诚心呢，所以二话不说爬起来就追。

这一天，这老头走到了一座高山上，在山道上正走着，突然一阵味道腥臭的狂风吹来，从半山腰一个黑黢黢的山洞里猛然窜出一条水桶粗、眼若铜铃的花斑大蟒来。老头儿慌里慌张地往回跑，但已经来不及了。这条大蟒蛇血口一张，呼地一吸气，立刻平地卷起一股强大的旋风把老头吸住。大蟒蛇头一昂嘴一张，老头竟然被大蛇一口吞下肚子去了。

王起一看，又气又急，抱起山道边的一块大石头，大喊着冲过去向大蟒蛇头上狠狠砸去。一石头下去火光四射，只听得轰隆一声巨响，好像山都塌下来了一样。

王起被震得耳聋眼花，身子也飞出去，继而昏倒在地上。等王起醒过来的时候，他还躺在山道上，但是那条凶猛骇人的大蟒蛇已经不见了，老头儿却安然无恙地站在他面前。

老头笑嘻嘻地对他说："小伙子，你真勇敢，有志气。"老头随即从怀里掏出一个金葫芦送给王起，说："小伙子，这个葫芦就是能够移山填海的宝葫芦，送给你拿去救人吧。"老头还叮嘱了他金葫芦的使用方法，告诫王起不到时候，不能把金葫芦打开。

王起带着金葫芦回到通州后，他从神仙那里得到宝贝的消息像一阵风，很快就传开了。最终这消息传到了通州新任的州官耳朵里，这新上任的州官也是个贪得无厌的人，州官心想："虽然我现在是金银满库，吃喝不愁，但要是再有这么一个神仙的宝贝多好呀，有了这个宝贝不就可以要什么有什么了吗？"

这一天，州官正盘算着如何把宝贝弄到手，王起就按照老头儿的话，来到衙门里向州官献金葫芦宝贝来了。

州官得知王起要把千辛万苦从神仙那里得来的宝贝葫芦进献给自己，乐得心花怒放。

王起对州官说："只要打开这只宝葫芦，老爷要什么就有什么，不过神仙说了，得到这个宝贝后要再等三天才能打开。"

州官抱着宝贝金葫芦满口答应。好不容易熬过了三天，州官广发请帖邀请了京城的许多大官来州府衙门欣赏宝贝。州官在衙门里大摆宴席，准备和这些狼狈为奸的贪官污吏一同来见识下宝贝葫芦的神通。

当天中午，酒过三巡菜过五味，良辰吉时一到，州官便得意扬扬地捧出金灿灿的宝葫芦向大家展示，这些贪官污吏们一个个两眼放光地盯着宝葫芦，个个垂涎三尺。

州官等到大家都安静下来了，便咳嗽一声，清了清嗓子，按照王起教授的方法，把金葫芦的葫芦嘴对准了燃灯塔的方向，同时嘴里念念有词："葫芦葫芦听我话，宝塔宝塔飞起来。"念完了咒语，州官立刻打开了金葫芦的葫芦盖。

就见一道白光唰地一下从葫芦口里出来，射向燃灯塔。远处的燃灯塔被这道白光一照，神奇地放射出了耀眼的金光，这金光刺得所有人都睁不开眼睛。

等他们的眼睛慢慢适应了这道金光之后，大家发现这座耸立在大运河源头的燃灯塔竟然在猛烈震动，随着轰隆一声巨响，燃灯塔如同巨龙腾空一样拔地而起，徐徐升空飞了起来。

"塔，宝塔飞起来了！"现场所有大小官员都不觉被惊吓得站了起来，一齐发出惊呼，生怕别人没看到似的。

"这不是在做梦吧。"许多人都怀疑自己是不是眼花了。所有现场的人都木雕泥塑一般看着巨大的燃灯塔在半空中旋转着缓缓飞到他们脑袋上面。

捧着金葫芦的州官看着这飞起来的燃灯塔也是震惊得张口结舌，双手瑟瑟发抖，一个没留神，捧在手里的金葫芦被他啪一声掉在了地上。

这金葫芦一摔到地上不要紧，霎时间就看见那座在半空旋转的通州塔猛地停顿了一下不转了，紧接着整座宝塔泰山压顶一样轰的一声巨响落了下来，一时间土石横飞烟尘四起，把这些大大小小的贪官全都压在塔下面压死了。

当通州塔从原地飞走的时候，周通也从塔里走了出来，和老百姓聚在一起了。

讲完了传说故事，我回到办公室在网上查询了一下，得知燃灯佛舍利塔坐落在北京通州区西海子公园东北角，于是我和醉眼看花以及小贾敲定，这周六的上午探访通州西海子公园。

第七章
燃灯舍利塔

西海子公园是个并不大的小公园，只有一座土山、一个小小的湖泊，勉强可以荡舟。土山上有亭，湖上有座栈桥，一小时即可沿着湖畔的道路绕行一周。对于通州人来说，夏天这里倒是个消暑的好去处。

西海子公园的位置在通州城的东北角上，从通州地图上看，西海子公园就像一个斜躺着的亚腰葫芦。葫芦的尾部朝南，嘴朝向东北，燃灯塔就像瓶塞子，紧紧地堵在这个巨大的闷葫芦的嘴上。

因为是周六，来西海子晨练遛鸟的人不少。再向前行，就见沿墙修了一道铁门，门内远处立着燃灯古塔。

我们买了票入内参观。走道两旁相对竖立着几对残破的石马石骆驼，还有一对文武石人怒眉瞪眼地立在走道尽头。

进了这里一看，但见满湖残荷，岸边杂树丛生，遍地荒草，林木间鸦雀成群、扑翅乱飞。去燃灯塔得上一座石砌的跨街桥，上到桥上才发现，上面竟然被通州区文化局的人拦腰砌了一堵死墙，两侧悬空装着铁刺护栏，让人无法翻越，我们三个人一时全傻了眼。

看着这满园的荒凉景象和过不去的石桥，望着对面近在咫尺的高大宝塔，大家都觉得十分扫兴。这时候，台阶下又走上来两男一女，男的一老一少衣冠楚楚。他们上了台阶看到这堵墙也是一愣，年轻人向着年岁大的男人叽里呱啦一开口，原来是日本人。

年轻的日本人掏出数码相机对着葫芦湖和墙后的燃灯塔就是一通拍摄。

我们感到十分扫兴，决定回到售票口问问有没有另外的路可以到达塔前。

走到门口，敲开了小窗户，屋里坐着三个中年妇女模样的工作人员，正埋头绣着十字绣。我探头过去赔上笑脸："大姐，这塔怎么回事，过不去了？"

"通州文化局封的，不归我们公园管了。"妇女头也没抬地答道。

"那哪儿能过去啊？"

"你得从公园外边的佑胜寺进去，今天没有烧香的，也不知道开不开门。"

"大姐，我们听说这塔里有口井，据说井里还有条铁链子，捆着闹水的妖龙，这是真是假？"

"老百姓净瞎说，现在什么东西没有假的？"

"那这塔能登上去吗？"

"实心的，又不是空心带楼梯的，怎么上？"里面的妇女不耐烦地关上了小窗户。

我们正转磨，这时顺着墙边小路走过来一个工作人员打扮的老头，冲我们呵呵一乐，说："要说这通州塔，故事可真不少。"随即抑扬顿挫地说道：

> 通州塔劈半拉，
> 里边儿跑出个白龙马，
> 白龙马，吃谷穗儿，
> 吃了一个又长俩。

老头说得新鲜有趣，像一瓶百年陈酿，打开瓶盖满堂飘香，别有一番风味。于是我们问道："大爷，您这是从哪儿学来的呀？！"

老头笑答曰："这我小时候就会，还是我爷爷背箩筐从庄稼地里捡来的呢！"

"那您会唱吗？"

"会唱。"说着，老头运了运气竟真亮开嗓门儿唱了起来：

> 通州城，好大的船，
> 燃灯宝塔做桅杆，
> 钟鼓楼的舱，

> 玉带河的缆，
>
> 铁锚落在张家湾。

我们仨围聚在老头身边纷纷插话："大爷，您给讲讲通州塔的故事吧。"

"就是，我们这花了三块钱什么也没看着，多冤呀。您给讲讲这塔的传说故事吧。"醉眼急忙掏出好烟递给老头，并殷勤地点上火。

售票小屋内绣着十字绣的一个妇女插话说："杨师傅，又拿你小时听过的儿歌来忽悠人了吧。"随即屋内传来一阵笑声。老杨头对屋里的笑声不屑一顾："哼，你们懂什么，女人就是头发长，见识短。"

在醉眼的撺掇下，老杨头打开话匣子给我们摆起通州塔传说的龙门阵。

相传燃灯佛舍利塔内供奉着燃灯佛祖的遗骨，并珍藏有佛祖舍利子。现在的通州塔是二十世纪八十年代修复过的，据说当时在维修这座宝塔的时候就出了一件怪事。

三十多年前，政府决定出资维修燃灯塔，聘请了专门的古建维修队进驻通州塔。话说这古建维修队进驻后，维修其他各层时都是顺顺利利的。直到有一天，在修建最顶层的时候出了意外。

那一天晌午，大家维修到了宝塔第十三层。原本光芒四射的太阳躲在了一片阴云里，当时在塔顶脚手架上施工的几个古建施工工人合伙协力，喊着号子揭开了几百年没移动过的宝塔顶盖。

打开顶盖后，几名工人定睛一看，顿时都傻愣住了。

只见在顶盖下面的宝塔天宫中，赫然趴着一条青鳞白爪一米多长的大壁虎。那壁虎钢钩一样的爪子紧紧地抓在青砖上，青灰色的背脊闪着油亮的光，正从下面抬颈仰头、目不转睛地盯着这些工人，眼珠子精光四射。

工人们个个吓得魂飞魄散，定在那里呆若木鸡。突然间，那条大壁虎头一昂，张嘴露出满嘴的森森利齿，冲着工人们吐出一条一尺来长、血红分叉的舌头。一个胆小的工人吓得转身就跑，险些一脚踏空从塔上摔下去。

其余工人也都吓得不轻，当他们回过神来想抄起家伙逮住这条罕见的大壁虎时，那大壁虎刺溜一下，一转眼钻进阴暗处不知跑到哪里去了。一名胆大的工人壮起胆钻进宝塔天宫去查看，可是大壁虎早已不见了踪影。

据住在燃灯塔周边的老人们讲，他们小时候就听祖辈说过这塔上确实有个大东西，据说是护塔灵兽，但谁都不知道到底是什么，就是经常能看到塔顶上栖息的群鸟乱鸣乱飞，似乎受到了什么惊吓……看来这次维修也许惊动的就是它吧。

大家肯定会问，那条一米多长的大壁虎到底跑到哪里去了呢？奇怪之处就在这里。通州塔为砖结构的实心塔，按说它不会平白消失的，但它的确消失了，后来也再没出现过。

老杨头讲得津津有味，那两个日本游客不知何时也站在一旁，听女翻译小声讲着，一副心驰神往的表情。

告别老杨头后，因为到不了燃灯塔下，我们三人只得就在西海子公园随便玩玩逛逛，然后在附近找个饭馆，大吃一顿了事。

宝塔传奇

第八章
光头刀客

上个双休日，因去西海子公园寻访燃灯塔，结果一无所获，所以有些扫兴。这周休息，本想约醉眼看花一起去旧货市场淘宝贝，他却有事去不了。我只得自己琢磨怎么打发时间。

一觉醒来已快九点了，想起有网友介绍说通州地界的乔庄运河边新开了一个大运河旧货市场，便一路打听着寻到了运河边，果然见路边有一市场，大门外空地上密密麻麻停了各种车辆。我找个空地停了车向里走，场子里建了数排百米大棚，闹闹嚷嚷全是人。

我决定先顺着人流把市场全转一遍了解个大概。顺人流向西走，进入一大棚，突然前方一声河东狮吼般的吆喝，吓得人一哆嗦。近前一看，只见一环眼浓眉的粗壮农妇，推着一辆三轮车，双唇肥厚有力，叫卖吆喝声中气十足，响彻全场："狗肉！狗肉！生的熟的都有！"原来这个大棚内全是一些卖菜卖肉的。

向人一打听，才知卖旧货的全在东边那两个棚子里。转头奔了东边一看，果然，两个大棚内一长溜，一个挨一个全是古董旧货地摊，当下缓步徐行，一个挨一个地仔细看了下去。仿古家具、文房四宝、古籍字画、玛瑙玉器、中外钱币、皮影脸谱、宗教信物、民族服饰、生活用品，应有尽有。

看罢了一个棚子的东西，没遇上几个卖旧书的，抬腿又进了另一个棚子，这里倒是有几个专卖旧书的摊位，不过大多是些过期旧杂志旧小说之类的，没我想要的东西。在一个书摊前看上几本连环画小人书，与摊主砍了会儿价，掏钱买下。

揣了书，心情畅快，今天总算没白来。溜达着往前边走边看，刚挤进一堆人缝里，锵啷一声响亮，白光一闪，一把明晃晃的日本战刀横在眼前。一个光头大汉正端了刀瞪着牛眼往这边看。

正想往出挤，大汉冲我身边一腆着肚子的黑矮胖子嘿嘿一乐："老哥，你看看，这可是真正的日本指挥刀，钢口好着呢。"说着话，光头随手抄起一块木头，一刀下去，杯口粗细的硬木嚓的一声被劈为两截。周围一片啧啧之声。

矮胖子接了刀掂在手里左看右看，脸上的肉直嘟噜："刀是不错，就是这价格得商量。"

"老哥，现如今这玩意儿可是有钱买不着的，这几把都是我爷爷藏了几十年的家伙，要不是缺钱花，我也舍不得卖呢。"

往光头脚下看去，一块厚实的草黄色卡其布摊上摆放着几把长短不一的连鞘日本军刀，刀鞘外都是锈迹斑斑。甚至还有几顶日式钢盔、防毒面具、单兵水壶和三八大盖上的刺刀。"好家伙，你这可都是真家伙，哪弄来的？"围观的一个人问道。

"哎，各位兄弟，我一不偷二不抢，这可都是日本当年侵略咱们中国留下的家伙。我爷爷那会儿可是干这个的。"光头伸手比画了一个八字，接着吹道，"那都是脑袋掖在裤腰带上缴获来的家伙，一直埋在农村老宅子里，要不是去年翻盖那几间老房，连我爸都忘了这茬了。"

我一向对刀感兴趣，听着光头吹嘘家族的光荣历史，蹲下来拣了一把短些的精致军刀，拿在手上细看。掂了掂刀，按下绷簧把短刀拽出鞘，刀身已被光头擦过，寒气森森的。近柄处，一边铸印着日本的樱花和昭和十二年的字样，一边刻着几个奇怪的日文和军刀编号。

见我对刀感兴趣，光头屈下身来，又开始对我吹嘘："兄弟，有兴趣？买把玩呗，真家伙！童叟无欺。"

因为我是蹲着的，光头屈下身子正好高我一头多，好家伙，喷我一头唾沫星子。我赶紧边放刀边问："这把多少钱？"

"一千五。"看我无意买刀，光头有些失望，急忙又补一句，"真心要可以便宜点儿。"

放刀的当口，我目光一转，看到那个破防毒面具下露出一本书的书角，随手抄过来一看，是一册薄薄的日文小册子，统共也就二三十页，污损残破不堪。信手翻了来看，全是不认识的日文，其中夹画着古怪的插图，有一幅似乎是张风景画，一片水面，荷花荡漾，远处高岗上，一塔凌云，气势雄壮。最后一页印着昭和十三年字样。我对日文一窍不通，看了半天也没看出什么，合上册子，看到封面右上角一块油污中隐隐闪现出一枚长方形印章痕迹。

我心内一动，想起以前看到的一篇文章中提到，侵华日军当年在华内部印刷发行的许多文件及刊物，因涉及军事机密及残杀中国抗日军民等残暴行径，为掩人耳目，保守秘密防止外泄，一般都会由日本宪兵专门机构审查并加盖"不许可"三字印章，这印章就是长方形的。

难道今天又捡到漏了？我抑制住内心的兴奋，故意漫不经心地问："这个东西多少钱？"

"哪个？"光头正应付胖子的砍价，向我手上一瞄，随意地一挥手，"喜欢给二十块钱拿走。"

"十块钱行吗？"

"十块不卖。"光头要把书拿回去，我急忙掏了二十块钱买下此书。

交钱揣书正要走人，身后又挤进两个人来。扭头一看，竟是上周在燃灯塔下遇上的日本游客。那个女翻译也跟在后面，见到我，她一愣，随即转头去看别处。

其中一个日本人看见地上摆的东西后，用一种十分激动的结结巴巴的声音叫唤起来："这些的，统统地，都要的，赵的，你的翻译的，快快地。"随即是一串叽里呱啦的日本话。周围的人，包括光头和胖子，都愣住了。我一听，赶紧抽身走人。

溜达着出了市场，找着自行车开了锁正准备推走，啪的一声，一只手紧紧拽住了我的车后座："别走！"

车后一名大汉光头上冒着腾腾的热气，气喘吁吁地紧攥着我的车后架，一双牛眼瞪圆了盯着人，原来是卖刀的光头。我支起车，心里已经猜到他的来意，却仍故意问道："怎么了？"

"兄弟，那本书我不卖了。"

我心里这个气。"怎么？不学你爷爷抗日了？"

光头脸一热，掏出一张五十的票子硬塞过来，同时央告："兄弟，我高价买回去。"

"我不卖。"我推回了光头的手。

这时候，那两个日本人和女翻译各自抱着几把军刀、水壶等东西也走了过来。高个儿的日本人叽里呱啦地说了一通，女翻译急忙过来说："高井先生说，他愿意出高价买你手中的那本书。"

周围散场取车的人一看有热闹，纷纷围聚过来。我斜眼看着女翻译说："对不起，我不会崇洋媚外，这本书我不卖。"

女翻译粉脸微微一红，和日本人交流了一会儿又对我说："高井先生说，他想看一眼您买下的那本书，如果中意的话，他愿意出一千元甚至更高的价钱来买下那本书。"

"一千元？！"周围人顿时嗡嗡起来。我也觉得有点热血冲头。扫了一眼退到一旁的光头，看到他一副咬牙瞪眼的样儿，估计这小子肠子都悔青了。

我心里一转个儿，指着他说："哥们儿，这儿没您什么事了，您能离开吗？"光头一愣，继而在众人注视下默默退到远处抽烟。

我问那女翻译："麻烦你给问问日本人，为什么要买这本书？"女翻译和日本人一阵嘀咕，我一看那日本人说话时结结巴巴直翻白眼，估计他不会说真话。

女翻译告诉我说，高井的父亲年轻时来过中国，现在十分怀念在中国度过的青春时光，所以他想买一些当年日本人留在中国的东西带回去孝敬自己的父亲。

我一听就火了，妈的，这高井看样子有六十岁左右，他父亲年轻时来中国肯定是当的鬼子兵，不定双手沾染了多少中国人的鲜血呢。还来买这些侵华日军遗留下的东西，不定憋啥坏心眼呢。

可看眼前阵势，不把书掏出来也走不了。我一摸兜，把一边兜里装着的三本"文革"时期的旧书全掏了出来，说："看吧，就这几本书，问他要吗？"霎时，周围的人全伸长了脖子去看我手里的三本书，光头在远处也伸直了脖子踮着脚向这边看，遇上我的目光，又把头扭向一边去了。

那两个日本人一看我手中的书，大失所望地摇了摇头，抱着买来的东西一通鞠躬向一边走去。

我扬扬自得，身边一个五短身材的老头赞叹了一句："是个爷们儿。"抬眼一看，那老头长着一双金鱼鼓泡眼，说话声中气十足，是在光头那里买书那会儿站在我身边的人，我急忙冲他使了一个眼色招呼道："大爷，一会儿请您吃饭。"

"嘿，小子，行啊！会来事儿。"其实我是看那老头老胳膊老腿的，让他做个伴儿陪我撤退走人，万一再有其他人盯上我，可就麻烦了。尤其看那光头颠颠地往日本人那边走，我得赶紧撤离。

和老头一说，恰好老头的电动自行车也在近旁，急忙各自骑了车一道离开这里。骑了一会儿，回头看看并无其他人跟着，这才放下心，到乔庄小区附近找了一家饭馆进去吃饭。一聊才知道，老头姓司名大宝，在通州佟麟阁大街一个兵器工业集团的厂子里工作。

等上菜的空当，我把小册子掏出来给老头看。老司翻看了一番，对其中的手绘图画琢磨良久，突然说："这是日伪时期通县的景物及地图；你看，这是现在的新华大街，这是北关，这是东关，这是燃灯塔。"我一看，果然，那张地图的东北角画了一个宝塔图标，大运河从外围绕过。图上还有过去通县县城钟鼓楼的图标，好几处地方的建筑旁还画着日军军旗图标。

老司一一指点，这可能是伪冀东防共自治政府大院，这可能是伪警察大院，这可能是……

我很疑惑："老司师傅，您怎么知道的？懂日文？"

"嘿嘿，这还是我家老头子在我小的时候带我逛县城留下的印象呢。"

翻遍了小册子，最后的三幅繁复图画，我俩就谁也看不明白了。

琢磨半天，我俩一同惊疑不定地抬起头来说了一句话："地下秘密工事？？"

第九章
古井

晚上回到家，我用刷子蘸上特制的药水，把那本日文册子的封面刷了几遍，插上吹风机呼呼热风一吹，立刻蒸腾起刺鼻的双氧水味道。随着污迹的渐渐消除，封皮上清晰地显现出一枚带有"绝密"二字的长方形印章痕迹。

嘿，有门儿，看来真淘到宝贝了。

打开电脑，把书页文字用相机拍了分传到几个网站上求高手给译一下。这时候手机一响，收到一条短信，一看是醉眼看花发来的，他约我和小贾明天去通州博物馆。

我想，博物馆肯定可以查到与燃灯塔相关的文物啊，历史记载啊什么的，于是便满口答应下来。

第二天，等来了小贾，乘车到了通州博物馆，又在门前聚集了醉眼看花一同进入通州博物馆大门。

这座博物馆不大，坐落在通州最繁华的新华大街边上，平日很少有人来逛。进门就是一个展厅，空荡荡别无他物。穿过院子进入第二座大堂展厅，图片及玻璃柜中的实物展示着大运河、通州城往昔的繁华。所展示的东西不多，无非是碑刻、照片、古钱、陶俑、瓷瓶、瓦罐之类，关于燃灯塔记述不多，仅有寥寥数语，几张黑白图片而已。这令我大失所望。

逛完了通州博物馆就已经中午了，向博物馆的工作人员打听到，可以从通州百货大楼后面的三教庙进到燃灯塔跟前，于是我们决定先吃饭，然后再探燃灯塔。

运河源头在通州城的东北，离运河源头不远，在通州旧城北部区域大成街北侧有一座三教并存的三教庙。

儒教的文庙与佛教的佑胜教寺、道教的紫清宫这三座独立存在的庙宇，近距离成"品"字形布列在通州州治衙署的西围墙之侧。文庙的西北侧是佑胜教寺，供奉的是燃灯古佛。文庙的东北侧为紫清宫，供奉的是道教创始人老子。

佑胜教寺西侧，就耸立着始建于北周时期，古代用来镇潮白河的燃灯佛舍利塔。当南来的漕船上的船夫远远看到此塔时，就知道已经到京师了。

北周完成的通州塔并不叫舍利塔，而是镇水的土塔，后来土塔消失了，辽国又在北周土塔的旧基上重建砖塔。

我们三人吃喝完毕，出了麦当劳，绕到通州百货大楼后面，顺一条老街道走进曲折的灰砖平房胡同里，三弯两绕，又问了几个街道边闲聊的老太太，不多一会儿，就望见了通州三教庙的朱红大门。

看了一圈颇为失望，整个庙里虽然红墙灰瓦，朱门红柱，悬灯挂彩，油饰一新，但是冷清异常，空空荡荡少有人迹，看来是荒芜已久了。

　　我们边逛边看，信步走来，在三教庙的最北面，靠墙一个棚子里有从运河里挖出来的三根巨大的木材，均为当时建造故宫的皇木。

　　看展览牌介绍，最大的一根为格木，重三吨多，与金丝楠木同等质量，长成这种规模需要上千年。此木是2005年挖掘出土的，估计埋藏了四百多年。三根皇木均质地坚硬，七点五米的重两吨，八点一米的重三吨多。七点五米那根很有可能是金星紫檀木，是极其珍贵的木材。据明史记载，明万历年间，运河发大水，把河边皇木厂的皇木都冲走了，木材估计是那时沉到了河底。

　　看过各个大殿，不觉走进后院燃灯塔脚下，这座宝塔是一座八角十三级密檐式实心砖塔，高约四五十米。须弥座双束腰，每面均有精美的砖雕。塔身正南券洞内供燃灯佛。其余三正面设假门，四斜面雕假窗。塔身以上为十三层密檐，第十三层正南面有砖刻碑记"万古流芳"。整座塔上悬了上千枚风铃，雕凿有数百尊佛像。塔刹为八角形须弥座，上承仰莲，再上为相轮、仰月、宝珠。

　　在燃灯塔侧边，有一扇残旧木门，门上挂了条铁链子，一把锈迹斑斑的大锁别在上面。透过铁链间缝隙向内看去，里面是座小院，院子墙周内外，一圈高大葱郁的树木圈护着小院，院内长满半人高的荒草。轻轻一推，铁门并未上锁。门扇被推动的声音惊飞起一大群麻雀。院内除了两间残旧小屋、一口古井外空无一物。

　　进了院子，数块断石躺在杂草丛中，紧紧地依偎在井栏旁边，依稀辨出碑额上刻有"御制"二字。只见八角石条井圈正当中围着古旧的圆形雕兽石栏井口，兽口衔环，硕大的铁环上挂着一挂黑沉沉的铁链子，直垂向井底。俯身向井内看去，青砖垒砌的井壁上长了一层绿得发黑的青苔，井内黑沉沉，深不见底。

醉眼拾了块石头向内一丢，半晌才听见扑通一声落水，醉眼惊讶道："这井够深的。"

小贾哗啦啦一扯铁链子说："咱们看看下边绑着什么东西。"我也上手一拉，铁链子入手冰凉，年深月久却没有一点锈迹，反而由内向外透着一股乌油油的光泽。使劲一拽，下边捆吊着什么东西似的，很是沉重。

我一时兴起，招呼了醉眼一起动手，一把一把地将那铁链拉出井口，不一会儿工夫，地上盘放的铁链条已经堆积了老大一坨，但井里面的链条却似乎无穷无尽一样。

醉眼一边扯着铁链一边嚷嚷："有意思，有意思，今儿个非得弄清楚这链子到底有多长。"小贾有些不安，冲我说："王哥，这铁链子感觉有些古怪啊。"

扯了这么半天不见尽头，三人都有点呼哧带喘。看着脚边堆积的铁链，估摸着从井里拉出得有数百米长了，我心里也有些打鼓。

回头看看院子的破木门，虽然没人进来打扰，但是这周围荒凉破败的景象，冷清阴郁的环境却使人不由心生凉意，一种说不清道不明的惊惧感慢慢浮上心头。

忽然手中的铁链子在下面猛地一振，一下子绷紧了，就好像另一头被什么东西拽住了一样。我们心头一紧，互相看了一眼，一齐发力去拉。

随着铁链的缓慢上移，井中深处传来一阵沙哑刺耳的怪响，那声音就像是有一双野兽的爪子在不住地抓挠铁板。

我们忍着"刺啦刺啦"极为刺耳的声音又往上猛拉了几把，下面隐隐传过来咔啦一声，似乎什么机括被开启了。随着一股冷风刮起，一大团黑气涌出了井口，冰冷的腥味从井内直蹿入脑腔，令人作呕，让人不由自主地屏住了呼吸。

"吼——"

猛然一阵阴沉可怕的猛兽的愤怒咆哮声从井底瘆人地传上井口，仿佛有头凶猛的怪兽要跃出井口择人而啮。

我们三人大惊失色，吓得手一松同时倒退了几步。盘在井口外的铁链失去了拉力控制，顿时像条复活的蟒蛇哗哗盘旋飞舞起来，带着飞溅的水珠几乎一眨眼的工夫就全部倒流回了井中。

随着铁链的下坠，井中传过来噔的一声巨大回响，似乎有扇铁门关落，随后便了无声迹。阳光下，井边只留下一堆水迹，仿佛什么也没发生过。

扭头一看，小贾、醉眼全都吓得面色煞白，想来我也好不到哪去。面面相觑了好一会儿，我们仨才壮着胆子重又聚回井口向内看去。

正看着身后过来一人冲我们喊喝："嗨！干什么呢？"

我和醉眼闻声回头一看，不觉乐了，原来是上回在西海子公园遇上的老头。踏破铁鞋无觅处，得来全不费工夫。前两天正商量着向他打听消息呢，他就出现了。

老头一看是我们也有些惊讶。

我们急忙问候："大爷，这院里是干什么的，怎么不开放啊？"

老头一脸不耐烦地驱赶我们说："没什么好看的，走吧，走吧，这里不让参观。"

"不对啊，大爷，刚才我们哥仨拉这铁链子，井里有奇怪的声音呢，特吓人。"

老头闻听脸色一变，上前连拉带拽："快走吧，这里不干净，死过人。"

老头一边说着一边把我们推搡出了小院，随即将院门咔嚓一声锁上。本来还想向他询问鱼龙钥匙等详情，结果老头将院门锁上以后也不搭理我们，一言不发地扭头独自走了，剩下我们三人在门前呆呆发愣。

半晌，醉眼才嘟囔一句："这，这叫什么事呀！"

小贾也问："这井里有什么东西，这么邪乎？"

我颇为郁闷地跟他俩说："我也不知道啊，要不咱们再找人打听打听，或者回去从网上查查资料？"

醉眼突然眼睛一亮拍了我一巴掌："嘿，老大，我想起来了，你发在八通网上的通州传说不是说燃灯塔下有口深井，里面铁链子锁着鲶鱼精吗？会不会就是这里？"

他一提我也想起来了："对呀，不过那个传说是讲那口井被镇在燃灯塔下，井口也应该到塔里面去找才对啊。"

我们三人一齐仰头去看院墙另一侧的燃灯塔，只见那塔凌云高耸，层层翘角飞檐，上挂无数铜铃，清风一摇，叮叮作响。近看去，塔势雄壮非凡，几乎压人欲倒，果然好一座镇河宝塔。

塔基底部全为青石垒砌，上雕莲花宝座，把角之处镂空雕有怒目金刚擎天力士，丈余高的莲花宝座之上才是宝塔正身。在第一层飞檐之下，开了一扇小小的拱券门，朱红的门扇紧紧合闭，塔身周边并无台阶梯子之类的附属。

这么高！这要怎么上去啊？

第十章
古井传说

　　正琢磨呢，胳膊被人轻轻触碰了一下，一个好听的声音问道："哎，你们发现什么了？"

　　我们三人闻声扭头去看，身侧不知何时来了两个明眸皓齿的美女，一个穿了一袭白衣，戴副宽边太阳镜，另一个一身黑衣，手里拎着一部数码相机。

　　见鬼了？刚才怎么没听见有人走近的声音？

　　美女嫣然一笑，说："我们刚才闲逛取景，听到这里有一股呜呜的怪声挺吓人的，过来看看是怎么回事。"

　　醉眼严肃地说道："这塔里有妖怪！"

　　"妖怪？"美女们疑惑地看了看我和小贾，不相信地问。我和小贾配合着醉眼点头肯定。

　　"那妖怪怎么没把你们给吃了。"美女不屑地一

宝塔传奇

撇嘴。

醉眼一看有些急，把我们刚才的遭遇添油加醋，描述得恐怖异常。

两个美女听完醉眼的讲述互相看了看，均是一脸不相信的神情。穿白衣服的美女略一沉吟，说："难道这口井和北新桥的那口井一样都通海吗？"

北新桥的井？

我猛然想起老北京城的那个著名传说来，探询地问："你是说东城区北新桥的那口传说之井吗？"

白衣美女见我了解这个，略带惊讶地点了点头。原来老北京城自古就有个著名传说，说地下通海，建北京城的时候为了镇住海中恶龙才把北京城修成了八臂哪吒城。姚广孝建了北京城后，发现北京城留有几口海眼，东边通到大海。最大的三口，一口在京西玉泉山镇的一座大庙底下，一口在北海，被白塔镇着，还有一口就在北新桥。

北新桥下边有个海眼，桥旁有一座庙，庙里有一口井，井里面锁着一条兴元龙，修北新桥就是为了镇住这处海眼的。

为什么叫北新桥呢？原来井里这条龙是苦海幽州的老龙，占领北京地面不知多少年了。明朝永乐皇帝燕王朱棣修了北京城后它就待不住了，一生气便想出了个坏主意：让北京发大水，赶走了燕王他们就可以继续占着北京了。于是老龙就在北新桥这个海眼发起水，大水淹了紫禁城的金銮殿。燕王就找来姚广孝，姚少师掐指算出是条龙在闹腾，便向燕王请命要亲自出马收服恶龙。

这个姚少师原本是降龙罗汉下世，老龙自然是怕得不行，到处逃窜，最后来到了北新桥的海眼，再也跑不了了。这海眼下是一条地下水道，越走越宽。姚少师和老龙在海眼水道里打得上下翻飞。姚少师抽出自己的腰带往空中一抛，化作一条长长的锁链，一下锁住了老龙的脖子。

姚少师降服老龙后招来工匠，把这处海眼给修成了一口井的模样，把老龙锁在了井底。这龙锁好了，可是铁链的另一头锁在什么地方呢？姚少师左右看看找不到地方，于是抽出自己的宝剑插进井里，宝剑立刻变成了一根直立在井里的铁柱子，铁链就锁在了铁柱子上面。

之后姚少师又在井旁修了一座桥，盖在了海眼上。因为桥下面没有水，所以桥也没修桥翅，是座无翅桥。老龙自然不甘心被锁在这里一辈子，就在井底仰头问姚少师多久它才能出去。姚少师想了想说："等这座桥旧了，你就可以出去了！"老龙觉得等桥旧还不容易，没几年就可以了，于是就答应了。但没想到姚少师给桥起名叫"北新桥"，总也旧不了。那老龙再也出不去了，也不会发水了。

据许多北京老人回忆讲，这口井根本就没有底，往里面扔块石头，都听不见石头落地的声音，也不知道这井有多少年的历史了。

传说从前有的小孩子淘气，扒着井边往里看，一把没抓住就掉下去了，再也没上来，井里也听不到孩子的叫声。自打有小孩掉到井里后，有人说要把井封上，正要办的时候，日本人打进了北京城。

这日本人侵占北京城以后，觉得这井里面可能藏有抗日分子和地下党，就下令要把那条锁链斩断。于是来了一堆日本人折腾，可是那锁链十分坚固，根本弄不断。后来日本人又说要把链子从井里抽出来，没想到抽了好几天还没抽完，抽出来的锁链在井口外面都堆了十米多高还没到头。

一个日本军官听说了这件事，就亲临现场坐镇。吭哧吭哧费劲巴拉地又往外拉了一天，这时候打着手电就可看到井底下呼呼往上翻黄汤，并有一股股的腥味扑鼻，井底下还隐隐传来呜呜呜的恐怖吼叫声。

日本人的翻译官急忙问过了周边的老百姓，百姓告诉日本军官，说老北京有个古老的传说，相传这是北京城的一口海眼，井下直通大海，铁链子拉到尽头的话，就会从井里涌出滚滚洪水水漫京城。日本人慌了，赶紧把那堆铁链子又放回到了井里。

从那以后，这北新桥的海眼就再没被动过。

北平解放了，在北新桥那里修了个庙，把井圈起来不让人接近，也没发生什么事。后来寺庙又改成了个花店，这下子又出事儿了。传说有一年从这口井里蹦出来一个浑身都着着火的猴子，这火猴子，上蹿下跳吱哇乱叫，三下两下跳进花店就把花店给烧毁了，花店老板是呼天抢地，可惜火势太大，没法救。

再后来那里就荒废了，最后才修建了商场，商场也没有破坏那口井，做了个暗格，把井砌进了墙里，多少年都没动静，也就渐渐被人们淡忘了。

听我们讲完北新桥的古井传说，醉眼说道："这还真挺有意思的。"

"是有意思，那我爸的东西怎么办呢？该找谁呢？"小贾问。

我也颇为疑惑，是啊，找谁呢？悠悠数十载过去，三教庙变迁这么大，找谁呢？

美女问："什么事啊，吞吞吐吐的？"

小贾把父亲老贾的经历以及鱼龙钥匙的事情大致一讲，两位美女不由惊奇地瞪大了眼睛盯视着小贾，倒把他弄了一个大红脸。

醉眼不甘受冷落，问道："咱们聊了半天，还不知道两位美女怎么称呼？"黑衣美女嘻嘻一笑说："应该你们先做自我介绍才对啊。"

我说："本名王宇霆，在网上我的网名叫通州水站，这是醉眼看花，这是小贾，我们都是在同一个公司工作的同事。"

黑衣美女嫣然一笑介绍说："我叫乖乖，我这位姐姐叫小柯。"

带着两位美女，我们五人在三教庙管理处询问了几个年轻的管理员，但他们却对燃灯塔的历史和三教庙掌故毫无所知。看着他们茫然的面孔，回首再瞅瞅暮色中历经千年沧桑岁月的燃灯塔，一种悲哀感不由涌上心头。

我们都沉默起来。

出了三教庙，小珂建议说："我看这三教庙周边都快让居民楼围满了，几十年岁月变迁，剩下的平房区也不一定都是老住户，你们最好到通州的古董市场找那些古玩商打听打听，没准还有收获。"

"好主意，你和我们一起去吗？"

"我们最近恐怕没时间，不过我和乖乖可以到图书馆帮你们查一下相关资料。"

又在一起聊了会儿天，知道乖乖和小珂两个人一个毕业于传媒大学，一个毕业于第二外国语学院，目前两人都在一家旅游时尚杂志社工作，这次专程过来拍摄燃灯塔，是因为总编下了任务，要她俩采编些通州的旅游景点在杂志和网站上向市民推出。

互相留下手机号后，小柯、乖乖先行离开，我们三人继续讨论该怎么办。

醉眼直愣愣地说："我看咱们得下井看看里面到底是什么东西。"

"你真在井里看到了有什么东西？"我感到很奇怪。

"当时咱们三人里我是最靠近井口的，铁链拉到尽头，怪吼声响起前我清清楚楚地看到井底水花猛地一阵翻涌。"

"光天化日朗朗乾坤，还真能闹鬼不成？"

"反正不管怎么说，我就是感觉井底有东西，我一定要弄清楚那口井到底怎么回事。"醉眼坚定地说。

我说："那这样，你负责准备下井探险的工具，包括攀登绳、手电、探灯、步话机、防毒面具、防身武器之类的，我和小贾去跑古董市场，咱们随时联系，三天后下井探险。"

第十一章
鱼龙钥匙

通州原先的交通主干道是西关大街，现在看去破旧不堪，只能两车侧行的这条街道，过去可是商铺林立，车如流水马如龙，热闹非凡。

自从二十世纪五十年代政府把西关大街北边隔了半条街远的通州龙须沟，也就是通州原先穿城而过的通惠河支流用拆下来的旧城砖给砌成了暗沟，在上面铺设柏油修成了六车道的新华大街之后，西关大街包括中山街等原来的中心大道就逐渐破落下来。

时光流逝，新移居过来的通州人已经不知道这段过去的历史了，现在在通州的网上还经常可以见到有人寻问西关大街地点在哪里的求助帖子。

西关大街的东口向北，在把角上有一座通州的西门旧货市场，里面有数家老商铺，长期做着古董文玩字画的买卖。

我和小贾经人介绍，直奔这里来找一个叫老朱的人。

老朱全名朱永祥，据说早年间参加过盗墓掘坟，很是得了几件宝贝。后来政府在这方面加强了管理，老朱的小团伙逐渐进入当地文保部门黑名单，老朱的大名也纳入公安部门视线，这才急流勇退金盆洗手，靠着手里积攒的一批正宗明器改行做了古董买卖生意。

由于老朱亲身参与过盗墓掘宝，对于地下的出土货自然就有了一双鉴别真假的火眼金睛。凭着这双火眼金睛及三寸不烂之舌，老朱着实在通州梨园古玩市场等地捡了几次漏，很快就在通州古董买卖行里闯出一个名号，背地里人送绰号"花眼狐狸"。花眼是因为老朱在一次掘坟盗墓过程中不慎触碰了古墓中的机关，一只眼睛被毒雾熏花，成了半白不黑的玻璃眼。狐狸的称号则是说他为人做事透着一股精明狠劲。

我和小贾来到西门市场，向一伙聚在一起下象棋的店老板打听老朱店铺的时候，内中一个年轻的哥们儿大大咧咧地说："你们问花眼狐狸啊，一直向里走，看那门里有一个瞎了一只眼，脸上有血痕的人就是。"他的话引起众人一阵哄笑。

血痕？难道是这花眼狐狸又去挖什么宝贝弄的？

我和小贾顺旧货市场南边的通道向西走，远远看到一间门脸房前摆了把椅子，一位花白头发，脸上贴了几张创可贴的胖子正眯了眼仰躺在上面闭目养神。过去打招呼，胖子一睁眼，露出一只花白色的右眼来，无精打采地问："两位看点什么东西？"

我们一边打量他店里塞得满满的家伙，一边说："我们有件东西，想让您给掌掌眼，鉴定一下。"

一听有东西上门，花眼老朱立刻精神起来，把我们让进店里落座。互相客套几句，老朱问："你们带的什么东西？"小贾起身拿出两张照片来，老朱微一皱眉看着我们问："就看照片？"我忙赔笑说："东西太贵重，还请您见谅。"

老朱一脸不情愿地拿起照片斜扫了一眼，嘴角带着讪笑说："就——这个？"

"怎么了？"我们问。

老朱翻着白眼冷笑道："哼哼，鱼龙钥匙开金锁，金锁开开珍宝现。做这种发财梦的人不少呢，我今儿也让你们年轻人开开眼界。"说着转身搬开杂物从柜子里取出一个木方盒，开了盖向桌上哗啦一倒，竟倒出几十把不同材质规格的鱼形器物来，把我和小贾看了一个惊讶。

老朱随手拿起一个青铜鱼形器自得地说："巍巍宝塔镇潞陵，层层高耸接青云。明明光景河中现，琅琅铎音空中鸣。上通天道下黄泉，黄泉道上路难通。抬头不搬乾坤棍，低头不见金锁关。金锁关下鱼龙锁，鱼龙钥匙开金锁。金锁关内镇龙台，镇龙台下七星阵。凡人无有神仙运，到此不死也剥皮。谁人解得葫中谜，悟道还须仙人指。

"老通州自古就有个传说，相传燃灯宝塔下有座地宫，密藏了珍宝无数，只有鱼龙钥匙才能打开金锁关的阴阳门，进入宝库。这鱼龙钥匙相传世间只传下了三柄，如今都已遗失无存，这是何等宝贵的物件，平常人哪能轻易得到？哼哼——没有钥匙是通不过阴阳门机关阵的，当初日本人想盗掘地宫宝物就死了不少人呢。这些鱼龙器件都是我从民间留心搜集来的，只可惜都是臆造品。"

"那真品钥匙有哪些非凡的特征呢？"我和小贾不约而同地询问道。

老朱眨了眨眼，又翻找了一通，从一个旧夹子里拿出一张破旧的黄纸来。打开一看，上面草绘了一幅古朴的鱼龙图形，和小贾照片上的鱼龙器十分相似。

黄纸图案的边上配了首七言诗：

> 碧眼金鳞光满室，
> 龙首鱼身欲腾波。
> 一朝解得金锁去，
> 翻角扬鳍吐寒锋。

老朱嘿嘿一笑说："这才是鱼龙钥匙的鉴定标准，你们的东西也不过是仿得较像而已，可惜还是赝品。你们那鱼眼上镶的怕是蓝玻璃珠吧？"

我急忙奉承道："您是老前辈，我们也不敢班门弄斧，您知道那地宫里都有些什么样的机关吗？"

"哼，什么样的机关？！'血柏树下白骨横，鬼门关前魂魄飞。最怕还是七星阵，神仙到此也难逃。'这可是大明神机军师姚广孝布设的机关，过关难于上青天啊。"老朱摇摇头慨叹道。

"您去闯过阵？"我赔着小心问。

老朱眨眨眼睛说："我这也是听来的过去传闻，具体怎样一个机关也就不得而知了，今天闲着没事才给你们讲讲。"

我微一示意，小贾从怀中小心翼翼地取出一个鹿皮小包，启

第十一章 鱼龙钥匙

开扣襻，拿出一个一掌来长的小布包放在桌上，轻轻展开布包向老朱一推："您看看这个。"

花眼狐狸老朱斜眼一看顿时就是一惊，眼睛几乎要瞪出眶外般紧盯着那方布包。只见一层青布之上，安然地躺卧着一条鱼龙铜器。那柄鱼龙铜器握可盈掌，浑身泛着一层黄莹莹的柔光，通体铸成龙首鱼身模样，鼓目奋鳍密刻层层龙鳞花纹，两只碧眼精光闪烁，竟仿如活物一般。

老朱双手微颤地把鱼龙器物拿在手中反复摩挲观察了许久，突然用手把两只龙角向左右轻轻一扳，咔嗒一声，龙嘴一张，从龙口中弹出一柄锋利的刀刃来，刀背密排着一行奇形的锯齿。老朱一边反复看着那柄鱼龙锯齿刀，一边喃喃嘀咕着："怎么会？怎么会？"

我和小贾对看一眼问道："您说的金锁关阴阳门在哪里？您知道怎么进去打开它吗？"老朱猛眨了一阵眼皮，这才恋恋不舍地收回刀刃，放下鱼龙钥匙，仿佛没听到我们问话，竟闭眼沉思起来。

就在我们快要不耐烦的时候，花眼狐狸睁了眼紧盯住我们问："你们打算多少钱转让？"我们冲老朱龇牙一乐说："这个我们是不卖的。"

老朱狡猾地眨了一阵眼睛说："地宫的入口在哪里只有我知道，要进去必须我带路。另外如果找到古董我得分成，否则免谈。"

还真是个老狐狸，我哈哈一笑，说："巍巍宝塔镇潞陵，地宫金锁关肯定是在塔下面，我们就先从塔下的古井入手去找，实在找不着再来请您。"老朱先是一惊，随即眨了眨眼不置可否地阴阴一笑，说："年轻人真是胆大有办法啊，佩服，佩服，金锁关阴阳门一定难不住你们的。"

再追问，他却一句话也不肯多说了，我们只好收起东西告辞。

出了门，我眼前一直浮现着老朱那狡狯阴沉的冷笑目光，看起来这条盗墓挖坟的花眼老狐狸应该知道不少内幕，可惜再无法套问出来了。燃灯宝塔到底有什么秘密？塔底地宫都有哪些机关？地宫内埋藏着什么宝物呢？问小贾，小贾也茫然不知。

和小贾一路议论猜测一路找地儿吃饭，这时候我的手机突然振动起来，打开一看，是乖乖发来的短信，内容只有几个字："我们找到了守塔人！"

第十二章
守塔人

乖乖发来短信，告诉我她们找到了燃灯塔过去的守塔人的信息，让我和小贾大为惊讶。我急忙拨通她的电话询问详情。

原来乖乖她们回去后，在电脑上整理三教庙及燃灯塔照片时发现，拍下的图片中有一方做背景的石碑，细辨文字，竟是一方民国时期重修佑胜寺的纪念石碑。上面详细记录了民国二十五年的一次整修三教庙佑胜寺的过程，并且记录着当时主持整修人名及其后辈立碑者人名。

我和小贾约乖乖在一家咖啡厅见面，细细研究石碑上的文字。

这方石碑记录的是清代古庙庙长子孙重修燃灯塔下佑胜寺的事迹。佑胜寺就在燃灯塔脚下，庙长家族负有燃灯塔的守塔职责，其家族子孙也必然知道燃灯塔地宫秘密。

看完碑文我问乖乖："你怎么看待这件事？"

乖乖笑吟吟地说："我们姐俩本来与此事无关，不过既然遇上了，这事情又这么神秘诱人，那我们就非参与不可了。再说了，我和小珂姐姐在杂志社工作，正需要采写这样的文章来增加我们网站的点击阅读率和杂志订阅量呢。"

那时候的我还未想到后来的寻宝探险经历会这么的杀机重重九死一生，依旧是当作游览参观一样对待，虽然刚刚听过了花眼狐狸老朱的危言警告，但也只是当他是夸大吹牛，自抬身价。现在有两位美女自愿加入我们一同探险游历，岂有不应之理，当下一口答应。

不过我也警告乖乖说加入我们的探险可能会遇上不可测的危险。乖乖不在意地随手摆了个漂亮的跆拳道起手势道："小菜一碟，你要不要先试试？"没想到她还会这个。

虽然有了从老朱处打听来的消息及民国石碑这一点线索，但是要探究燃灯塔地宫古井等处的秘密终究还是摸不着门道。民国石碑上刊刻的事迹人名终究已是二十世纪三十年代的事情，几十年沧桑岁月，故人是否健在都是问号，现今又上哪里去寻觅岁月风沙掩埋下的蛛丝马迹？

乖乖、小贾和我三人坐在酒吧里冥思苦想，往电脑中输入了无数个关键词句去搜索，却终无一条有用信息。

良久，我慨叹道："欲知山中事，须问山中人啊。我看咱也别在这白费工夫了，还是采用笨办法去那附近找些老人来打听吧。"

第十二章 守塔人

83

我随即给醉眼打了一个电话，问他探险装备的准备情况，又把这边情况通报了他一下。醉眼提醒说："老大，我建议去找那个咱们遇见过的锁门老头，我总觉得他比较古怪。另外你忘了？他可是知道不少和燃灯塔有关的歌谣的。"

经醉眼这一提醒，我也猛然想起，西门市场的花眼狐狸老朱也提到过燃灯塔地宫机关阵的歌谣，真是一语惊醒梦中人。离下班时候还早，结了账后，我们从咖啡厅外打了一辆车直接开到西海子公园，去管理处找那杨姓老头。

一打听才知道，这老杨头一直在三教庙腾退前身的花丝镶嵌厂工作，现在早已办理退休，居住在离燃灯塔不远处运河边的一座小三合院里。

问清了地址，我们一路打听着去找那老头的院子。拐了好几个弯，在燃灯塔后面看到了他院子外侧那标志式的老槐树。

刚推开门进去，院里一只牛犊般雄壮的大狗披散着鬃毛猛地从地上立起，发出沉闷的咆哮声，拖拽得脖子上粗大的铁链叭叭直响。

这么猛的大狗，我们三人吓了一跳，立在门口不敢动弹。

"老黑，别叫了。"随着一声吆喝，从屋里出来一个十七八岁的漂亮女孩子，随意地拍了拍那条威猛大狗方阔的头顶。大狗的喉咙里咕噜了几声，用头邀宠地在女孩腿上蹭了几下便听话地趴下了。

"妹妹，这是什么狗啊，这么棒？"乖乖问道。

"呵呵，这是我爷爷养的藏獒，它叫老黑，吓着你们了吧？"

"这就是藏獒呀，真威风！你这样漂亮的姑娘牵着它出去散步一定酷毙了。"

女孩听到夸赞，不好意思地脸一红说："你们有什么事吗？"

"我们来找你爷爷打听燃灯塔的传说故事。"

"那太不巧了，我爷爷有事出去了，不知道什么时候回来呢。"

这消息让我们颇为失望又不甘心，乖乖一心想与小姑娘套近乎好逗那威风的大狗玩玩，于是我们就在院中一边等老头一边与小姑娘聊天。一聊才知道，小姑娘名字里有个梅字，也经常上网闲逛，在网上注册了个网名叫小梅，这一下聊得就热闹了。

在小梅的允许下，我们三人都获得了抚摸老黑这条威猛藏獒的机会。

老黑大概是没有跟陌生人这样接触过，一开始还呜咽着躲闪，甚至发出威胁的叫声并一口叼住了我的手腕。

刚刚被咬时我几乎吓出一身白毛汗来，镇静下来一感觉，老黑并不是用力在撕咬，而只是叼住了手，让人动弹不了，同时瞪着一双琥珀色的眼睛看着我，就像大人在看小孩子玩闹一样。

我不敢挣动，想起以前养狗的经验，蹲下身来和小梅一起用手轻轻搔动老黑耳后和颏下的鬃毛替它挠痒痒，老黑这才松开了嘴。

看着手腕上老黑留下的粗大牙印，让人一阵后怕，这家伙要是咬实了，估计骨头都能被咬折了。

天都快黑了也没等来小梅的爷爷。

分手时告诉乖乖，我们要下井探查燃灯塔古井怪声之谜，乖乖执意要求参加，我们与她约好了在燃灯塔下三教庙的见面时间，同时叮嘱她一些下井时必要的安全准备工作。

第十二章 守塔人

第十三章
驻通县伪军起义事件

晚上独自在家，打开电脑看看网上新闻，忽然想起前两天上网求助的日文翻译一事，急忙又打开相关内容去看。

还真有热心人帮忙，把已被翻译好的几段内容从不同网站帖子上复制下来拼凑到一起。我泡了杯茶捧着慢慢去看。

越看越是惊讶，通州在日伪占领时期竟然发生了如此多的惊人历史事件，而我和红旗厂老司头当初的猜测也竟然一点不错，通州地下果然有日本人修建的秘密工事。

如果按当时通州老百姓的感受来说，日本人的秘密工事就应该叫地下魔窟。

1935年7月，"何梅协定"之后，日军攫取了中国河北、察哈尔两省和平津大部分主权。11月，日本人又策动汉奸进行所谓"华北五省自治运动"，在通县成立了"冀东防共自治政府"，大汉奸殷汝耕任伪政府主席。

日本在通县设立伪政府，主要是因为通州东临大运河，处于平津之间，向北可控制山海关，向南则可深入华北平原腹地。控制了通州就控制了秦皇岛、山海关、天津一带的交通要道，具有极强的军事意义。

据记载，1935年5月，冀东被划为非军事区。蒋介石秘令河北省主席于学忠训练五个特种警察部队，开赴冀东。于学忠抽调了第51军的张庆余、张砚田两位团长和部分营连军官，又从河北各县新征兵一万多人，组成了河北特警第一总队和第二总队，驻扎在通县香河一带。

9月，冀东伪政权出笼，殷汝耕将其改名为冀东保安队。大多数官兵迫不得已，只好为汉奸政权卖命。冀东保安队遭到了愤怒的指责，张庆余的儿子得知父亲在伪冀东政权中任职，认为有辱先人，于是登报与他脱离父子关系。

驻通县伪军起义事件：

1937年7月7日，侵华日军悍然向宛平县城发动进攻，中国守军第29军奋起抵抗，抗日战争全面爆发。

1937年7月27日凌晨三时许，侵华日军和通县日军守备队突然向驻守在通县新城南门外（今通州粮食加工厂址）国民革命军29军143师的一个营发动进攻。29军这个营的官兵奋力反击，激战中杀死杀伤侵华日军百余人。

然而，按侵华日军指令埋伏在通县旧城南门及东总屯担任截击任务的伪政府保安队，并没有截击突围转移的 29 军部队，只是对空鸣枪、打炮，佯装阻击撤退的 29 军，同时在双方激战中也没有给日军任何支援。

狡猾的日本驻通县特务机关长细木繁大佐对保安队产生了怀疑。

27 日上午 9 时左右，日军开始对保安队实施报复行动，派了十二架飞机狂轰滥炸通县旧城南门外保安队营地，致使保安队十余人在日军轰炸中伤亡，这下子彻底激怒了本来就不甘心投敌卖国，早有起义准备的保安队全体人员。

同日，张庆余和张砚田决定趁机发动起义。随即通电全国，表示坚决抗日。起义指挥部设在通州城内东大街的一处院落。

28 日深夜，保安队兵分两路，一路由张庆余率领，攻打驻扎在西仓的日军守备队。仗打得很激烈，由于日军在西仓囤积了大量武器弹药，一时攻不进去。后来，起义军抱起汽油桶冲向敌人，利用爆炸产生的烟雾，才冲进了日军营地，全歼日寇三百余人。

另一路军队在张砚田带领下攻打冀东伪政府（如今的三教庙），起义军顺利占领了伪政府，并活捉了伪冀东防共自治政府政务长官大汉奸殷汝耕。

当时，日军还不明白情况，通县日本特务机关长细木繁大佐出来巡视并意图指挥保安队，结果被当场击毙。起义官兵还击毙了当时的冀东伪政府的日方顾问奥田重信、第一总队日本顾问渡边少佐、教育厅顾问竹腾茂、日本宪兵队长何田、通县顾问申茂及冀东银行行长等。当天起义全歼驻守在通州的日军及日本特务顾问和日韩浪人五百多人。

29 日中午，华北日军派出飞机二十余架，轮番对通州城进行疯狂轰炸，起义部队伤亡甚重，起义保安队随后撤出通州向京西进行了转移。

这次起义在歼灭了驻守通州的全部日军和日本特务的同时，也迫使伪冀东防共自治政府将所在地由通州迁到了唐山。

这件事发生之后，气疯了的华北日军司令部派遣重兵包围血洗了通县县城，抓走七百多名青壮年劳力，强迫他们为死亡的日军收尸、立英灵碑。同时为防范再次发生此类事件，日军利用军事戒严期间在通县秘密修建了一座地下工事。

此后，为防止泄密，这七百多名青壮年劳工也被日军残忍地活埋致死。

前两年，在通州的西仓施工时发现了当年日军活埋通州平民的万人坑。从挖掘的现场来看，这些通州老百姓是被日本人拿钢丝从锁骨上穿过去，十个人一排绑在一起被活埋的。可以想象当时的场面是何等悲惨！

在网上一搜，果然有通州伪军起义的详尽介绍，但是日本人在通州占领期间修筑的工事及遗迹，却由于历史原因只剩下残砖碎瓦或者根本无从找起了。

比较完整的还剩有通州旧城原大运中仓内的伪冀东政府 1936 年建的自来水塔，张家湾镇三间房 1942 年日军以钢筋混凝土修建的飞机掩体、机枪暗堡，及通州梨园镇的安田秀一慰灵碑，京津公路旁边小街南口"满洲电电社员殉职纪念碑"等不多的建筑。

难怪那天遇上的日本人那么激动，没准他老子就是在当年让起义的保安部队给开膛破肚摘了脑瓜呢。

翻开那本日本册子，再次看那张地下工事图，眼中似乎多了一层历史烟尘的笼罩。脑袋里想象着当初日本人施工的场景，似乎也就看到了劳工们在刺刀下被压迫、被鞭打，淌下的汩汩血泪。

反复琢磨多时，可惜却找不到这地下工事修筑在通州哪块地方、入口在哪里的分毫提示。

我又想起运河市场那个卖刀的光头，他是从哪里搜罗来的这些日本人的遗物？难道真是在家刨地刨出来的？也许碰巧就刨到了日本人地下工事的某一部分？还有那燃灯塔、地宫古井秘密的真相究竟是怎样的？修筑燃灯塔真的是为了镇住滔滔水波？或者只是作为千里京杭大运河漕运源头的标志吗？

历史上关于燃灯塔的传说有很多，但佛牙舍利子放在哪一层一直是个谜。清康熙十八年（1679年），通州地区发生了七八级的大地震，燃灯塔塔身也轰然倒地。相传，当时很多人都看到塔里藏着的十几颗舍利子和一颗佛牙。后来重建时，舍利子和佛牙又被重新放置于塔身的"天宫"内。

天宫到底在塔的哪一层却没有记载，里面到底有没有舍利子和佛牙也不清楚。据有关专家说，二十世纪八十年代，政府对塔进行了修缮。当时只修了第十三层，现在只能肯定天宫不在第十三层里。

相传燃灯塔因为藏有佛门至宝佛牙舍利，过去每到新年除夕，燃灯塔上都会有佛光佛灯等奇异景观出现。《燕山记游·盘山异记》载："每逢除夕佛灯出通州塔上，数千百光远绕盘山诸寺，至定光佛塔而止，或云塔中舍利光也。"另据《州志》载：

"盘山佛光人皆见之，每除夕，山之云罩寺定光佛舍利塔与蓟州独乐寺观音阁，通州孤山宝塔皆有灯出，相往来，漏尽各返原处。"

这佛光又是怎么回事？为什么现在通县的人看不到有佛光出现了呢？

燃灯塔背后隐藏了什么秘密？

塔底真的像古老传说一样，镇压有地下海眼或者古老妖兽吗？

地宫里面也真的像秘密流传的歌谣一样密布机关陷阱吗？

燃灯塔下、三教庙内，那口镇水石兽看守的八卦古井里又悬有什么秘密？

冰寒的铁链锁着什么东西？

古井里阴沉的咆哮真的是妖兽被惊醒时发出的怒吼？

醉眼真的看到井里有怪物了吗？

我们莽撞下井会不会遇到难测的危险？

井下真是地宫的入口吗？

古董贩子花眼狐狸阴阴的冷笑背后又藏有什么不可告人的花招？

我随手在纸上划拉出一串串疑问，一个个问号把自己扰得头昏脑涨。

要除疑解惑，只有下井探查。

眼看着时针快指向午夜，迷迷糊糊不知不觉就睡着了。

第十四章
半夜惊魂

　　谁也不知道通州地区关于大运河燃灯宝塔的古老歌谣是从什么时候开始流传下来的，歌谣里面又隐藏着什么秘密。

　　小时候听老人讲，解放前曾有人进入过塔底。塔底有两层是空心的，里面的确有一口井，并且井口有一条黑沉沉的粗铁链直顺入井中。当时此人与同去的伙伴一起拉动铁链，可拉了好几个时辰都没有拉到头，到后来他们拉着铁链就开始听到从井里传来呜呜的风声，从井里刮上来的风阴冷透骨。随着这股阴风，大家都闻到了浓烈的海腥味道，而且越往外拉铁链子风越大，腥气也越来越重，隐约还听见了猛兽吼叫的声音，这几个人立马害怕了，扔下铁链就跑了。后来那几个人心里不踏实，便于次日返回燃灯塔锁龙井，想将一切还原，但当他们回到塔底一看，一切都已恢复平静，外面堆积的非常长的一大堆锁链都已经回到了井底，四周一切如故。

我脑海中长期思考着燃灯塔井底到底有什么秘密，要探查燃灯塔的秘密，只有进到燃灯塔底才行。一个天气阴沉沉的日子，整个天空都是铅灰色的，像是要下雨却又没下，人走在路上有一种奇怪的虚飘飘的感觉。

迷迷糊糊之中，我在燃灯塔的三教庙前聚齐了和我一样喜欢寻奇探险的醉眼看花、小贾、小珂和乖乖，大家各自带齐了探险装备，准备下井探查燃灯塔井底的秘密。

三教庙里静悄悄的，走在里面有种说不清道不明的很奇怪的感觉，就好像身上的寒毛都一根根立了起来。燃灯塔在后面挺立着，像一个合掌而立的老僧，长眉低垂，俯瞰着塔脚下的一口古井，仿佛也在期待秘密的揭开。

推开三教庙偏僻的荒废小院院门，荒草间一群黑色的大鸟扑翅惊起，我们初时以为是喜鹊，直到那黑鸟飞过我们头顶呱呱一叫，才知道竟是几只乌鸦。

压抑的气氛下，我们在古井前卸下背包商量怎样开展行动。我的意见是保险起见，先拉铁链子，看清楚下面到底是什么东西，然后再决定怎样下井。醉眼却坚持先下井探查，然后上来再拉铁链子，拗不过他，我们只好同意先下井试试。

扭亮强光电筒向井下照去，井壁的青石上长满了溜滑的绿苔，井底黑洞洞雾蒙蒙看不到水波的反光，让人心生寒气，井口外壁的兽头浮雕似乎也在龇牙狞笑。

醉眼先在腰上捆好绳子，又把一把 T 字形手电插在了上衣兜里后，大家就小心地拉着绳子把他送下井口。眼看着醉眼越下越深，他身前手电照出的光斑越来越小，大家的心不由都悬了起来。

随着醉眼的深入，古井深处渐渐漫浮上一层灰蒙蒙的水汽，醉眼在井下的答话也变得瓮声瓮气。

正想问问他有什么发现没，不行就先上来，就看见井里的雾气猛然往上一涌，一下子遮没了醉眼的身影，就像有什么人在扰动浓雾似的。站在井口的我和小贾一惊，急忙朝井下喊醉眼，却不见醉眼搭腔。而这时，拴着醉眼的绳子和一侧直垂井中的铁链子突然抖动起来。

"不好，要出事！"我大吼一声，"快拉！"

我们四人一齐使劲，拼命去拉那绳子。拇指粗的登山绳就像被卡住一般，只在手中乱抖却拉扯不动，井里似乎有一股力量在向下拽扯着我们。片刻僵持之后，我和小贾猛然同时挺腰发力，大吼一声，一下把井里的绳子拔了上来。

蒙蒙雾气中，醉眼垂着头，身子一动不动地挂在绳子上被扯上井沿。

把醉眼一扯出井口，我们全惊傻了。醉眼全身都是泥水，双眼紧闭，脸色蜡黄，胸腹上被什么东西抓掏了一个血盆大洞，都看见了白茬茬的肋骨，半个身子犹如血洗一般，只剩呼呼捯气的份。醉眼勉强睁眼看着我们，颤抖着抬手指向古井，惊恐地呼喊："妖兽！妖兽！"

我们一齐抬眼去看那古井，就听见古井里翻波倒浪，突然发出放炮般一声巨响，井口团绕的浓浓雾气腾地往外一涌，雾气中猛然蹿出一头阔口獠牙眼若铜铃的慑人怪兽。怪兽头大如斗，一身黑色的长毛滴挂着水珠，屈身扑立在井沿上眼冒凶光，狰狞怒视着我们。

不假思索，我抄起放在手边的折叠铁铲就狠拍下去。那头怪兽血眼猩红，一身的铜皮铁骨，嘶声狂嚎中，一爪子打飞了我的铁铲，随即旋风一样从井沿上猛扑下来，把我死死压倒在地动弹不得，长满獠牙的阔盆巨口猛地咬住了我半个脑袋死命抖动撕咬起来。

"啊！——"

我的心猛地一沉，仿佛一下子掉进了无底黑洞，不甘心地挣扎着。

挣扎中猛一睁眼，眼前一片黑暗，脑袋依旧在迷糊中被一股力量震动着，心跳得就像在打鼓。

黑暗中，手机一边闪烁着亮光，一边在脑袋边上持续振动，嘀嘀作响。原来是昨晚放在枕头边的手机到点在自动振铃报时。

原来刚才只是做了一个无比惊险恐怖的梦。

幸亏是在做梦，噩梦虚幻的恐怖场面吓得我手脚酸软，怦怦乱跳的心脏半晌才缓过劲来。

刚五点，我还不想起床，就侧了个身躺着。探险盗墓人小说看多了，再加上日有所思夜有所梦，不知不觉中竟然在梦里夜探了一回燃灯塔三教庙，并遭遇可怕的古井凶兽。这凶险梦境竟让我们连地宫的大门都还没摸到就损兵折将。

回想起梦中的惊魂之处，我不禁一阵后怕。

燃灯塔底的古井里，真会隐藏有传说中的怪兽吗？看来我们的下井计划需要好好准备，否则今天的下井会凶多吉少。

第十五章
老渔夫

一切都收拾利索了，扎好领带拎着包，去公司报到。

我们公司在国贸金融中心写字楼第四十九层，好不容易开完了晨会，我把小贾拉到会议室的落地窗边，俯视着脚底下东三环大街上川流不息的车流，一边喝着杯子里的咖啡，一边掏出手机给醉眼打电话。

打了两遍醉眼的手机，竟无人接听，正欲再拨，醉眼已经把电话打回来了：

"老大，不好意思，刚才在厕所蹲坑呢。"

"不错、不错，知道肥水不流外人田了。"我认真地问道，"咱们下井探险的装备你准备齐了吗？"

一听我提到下井，醉眼的话明显打了个突："装备倒是差不多齐了，不过我心里觉得不踏实，咱能不能改天再下井，哪怕就改明天也行，再说还下着雨呢。"

我和小贾都同意了改天下井。

小贾问我："王哥，咱们今天怎么安排？"我想了想，又翻看了一下自己办公桌上的资料说："这样吧，你要是没有安排，就和我一起去几家客户处催催合同签订的事，然后咱们看看哪有卖专业探险防护用品的店铺，挑实用的选购几样，这样心里踏实。"小贾点头同意。

从网上查询了北京几家专业探险设备专卖店，并将地址记录下来。办完公司的正事我们就前往那探险设备专卖店，结果是不看不知道，一看价格贵得吓死人。一把普通的瑞士多用折叠军刀价格就在几百块钱，更不要说其他大件用品了，最后我们只剩下眼馋的份，摸摸这个看看那个，在售货小姐的介绍中过足了一把手瘾。

又不是要跋山涉水长途远足勘查天下奇山胜景，涉猎原始丛林荒漠，只是看个古塔、下个深井、寻个地宫，没准有个百八十步距离就到底了，没必要买那么齐全那么贵的。

最后没办法，回到公司稍事休息，在网上论坛发了个求助帖，看看通州网络上的哥们儿姐们儿有谁能提供帮助，介绍个便宜点的店铺或者干脆借给我们几套装备用用。

一边浏览着其他网上的信息，一边顶着自己的求助帖。最后还是网上的一个老朋友帮了大忙。

这位老朋友也是住在通州，网名叫"运河老渔夫"，我们经常在网上探讨一些问题却一直没见过面。老渔夫说可以给我们提供器材帮助，但条件是要求了解详情并决定是否加入进来。

我对老渔夫在历史、地理以及考古学等方面的渊博知识一直十分佩服，网上神交已久，今日正好一见庐山真面目，也顺便讨教下古通州的变迁历程。

在星巴克咖啡馆见到老渔夫时不禁十分惊讶，没想到老渔夫竟是一位慈眉善目的长者，聊起来一问，果然都过了六十大寿了。

原来老渔夫退休前是地质大学的教授，退休前就经常带着学生们到各种人迹罕至的山野地区开展各种野外勘探活动。退下来闲居无事，自己也闲不住，就满处爬山游水，垂钓远足，购置了一套套的专业家伙。我和小贾一边啜饮着香浓的咖啡，一边慢慢地把燃灯塔、三教庙、海眼古井及地宫传说讲述给老渔夫，听得老渔夫称奇不已。

老渔夫说他对北京周边的地质情况了如指掌，别看北京地区是平原地带，这里却是天造地设的风水宝地，物华天宝人杰地灵，地下深处隐藏着很多不为人知的秘密。他早就听说过燃灯塔、海眼等传说故事，对鱼龙钥匙以及解开燃灯塔地宫之谜兴趣十足，当即决定加入我们的下井探查活动，他购置过的各种野外探险装置到时候都会带过来供我们随便取用。

有老渔夫这样经验丰富的专家加入我们的探险小团队，这真是旱天下了场及时雨，我们的探险行动万事俱备只欠东风了。

好不容易等到下班时间，我又一个人去了通州西门旧货市场，打算去找找花眼狐狸，看看能不能从这老狐狸嘴里再套出点什么。到了一看，"铁将军"把门，旁边人说老朱已两天没见露面，不知又上哪里淘宝去了。闲来无事，我准备在西门附近闲逛，看看街面热闹。

第十六章
铁门之谜

阳光明媚，晨风送爽，我、小贾、醉眼看花、乖乖、小珂，各自背挎着背包聚齐在三教庙前，等待着老渔夫的到来。

九点一刻，老渔夫骑着辆电动自行车悠悠赶到，我给大家互相介绍完，便帮着老渔夫背包买票进了庙门。

进来得早，整个三教庙院内空荡荡十分寂静。我们轻车熟路地来到后面那个偏僻小院的门口，醉眼掏出个小弹簧铁片，三捅两弄就打开了门上铁锁，醉眼得意地吹嘘道："哥们儿这两下还行吧。"

乖乖开玩笑说道："噢，原来你以前是专门干这个的，看来我们大家要看好自己的钱包了。"众人听了一阵哈哈大笑。

我们进了小院，为防止有人打扰，便顺门缝把铁链按原样锁好，并推闭了大门。

在古井跟前，大家扭亮强光电筒向下照去，古井口小腹大，电光照射下可以看到壁上一层层青石垒砌，长满了滑腻的绿苔。但是井太深，电筒光射到深处，只能看到乌蒙蒙黑洞洞一片，看不清下面具体多深，井底是否有水。

我拆开包装取出一盘渔线系在一个电筒尾环上，将电筒打亮缓缓送入井中。电筒的光圈越沉越小，手中的一盘渔线大约四十米长，将将放到一半，隐隐听到扑通一声，井下荡漾上来一阵光波，电筒碰到水面了。我们屏气凝声等待了一会儿，井下并无异常。

我继续将防水电筒往下放，电筒沉入水中，隐约的光波又看不清了。放了有五六米的线，手中一直绷直的渔线忽然一软——到底了？！

看来古井的深度在水面以上有十七八米，水面以下有五六米，相当于六七层楼的高度，真是一口深井。

为了弄清井下有多大空间，我捏住渔线左右晃动起来，晃悠了一会儿无奈水的阻力太大，只好作罢。不过水下的电筒移动了一段位置后渔线竟然又绷直了，看来井下还有空间。

老渔夫嘱咐说："接着往下放，咱们看看这口井到底有多深。"

再往下放，水下似乎有许多障碍物，电筒常常是放下一段就被什么东西挡住了。我们以为是到底了，可是提着渔线一摇晃，电筒就又下沉了。一整盘四十米的渔线最后只剩下个线头捏在手中，竟然还没到底。

我们面面相觑，醉眼嚷道："这么深！掉下去还上的来吗？"老渔夫分析说："我看这井下肯定有天然水眼，也就是天然水下洞穴，修井是不可能挖这么深的。"

我小心地把渔线缠绕回来，防水手电居然还亮着。我们把手电悬在水面上，一齐动手向上拉井沿边上的铁链子，醉眼自恃眼力好，抢在前面一边拉铁链条一边不眨眼地盯着井下的动静。

人多力量大，拉上来的铁链在井外越积越多，渐渐地堆成了一座小山。我一边告诫醉眼小心观察，一边嘱咐大家放慢速度。

又拉拽了一会儿，铁链子在手中一紧，醉眼大喊一声："来了！"

我们绷住链条，小贾迅速从背包里抽出两根铁棍，穿进链条铁环后又插入地面石缝中固定住。我们一齐扭亮手电向井下照去，乌油油挂着水珠的铁链泛着冰冷的寒光，在深井中轻轻晃动，电筒光照中，一个黑黢黢的东西在水波下荡动着。

小珂和乖乖看着我们问道："这是什么呀？"

"把它拉上来看看是什么。"老渔夫拍着我们的肩膀说。

我和醉眼、小贾对视一眼互相点点头，各自找了个趁手的防身家伙掖在腰里，然后去拽那铁链。在我们的拉扯下，水底隐藏的东西渐渐升高，随着井下一阵水花翻涌，呜的一声沉闷吼叫，一股阴冷腐败的浓郁气息从井口翻腾出来熏人欲倒。手中的铁链猛然一紧，一个乌黑的狰狞面孔从水下浮现出来。

乖乖"啊呀"了一声拉着小珂倒退一步，老渔夫也猛吃了一惊。

小贾大吼一声在我们身后全力绷住了铁链，我和醉眼各抄家伙与老渔夫一起拥到井边去看，那头水底怪兽的乌黑脑袋依旧在水中半沉半浮，并没有像我们想象那样猛蹿上来。

难道是个死的？！

我们急忙和小贾一道把铁链又拉上几把，然后用铁棍固定住，大家重又聚回井口。

井太深，六七把强光手电的聚焦下，勉强看清，井下似乎是个铜锈斑斑的青铜怪兽脑袋，在雾蒙蒙的手电光照下，露出狰狞的面孔——獠牙巨口、铜铃怒目，从深井中仰头瞪视着我们。小贾捡了块小石头扔下去，砸在上面传来一声清楚的当啷回响，果然是尊青铜怪兽铸像。

青铜兽头身后的井下，黑蒙蒙一片看不清楚，我们伸长胳膊用手电使劲去照，依稀看到井壁上似乎有一团更黑的地方。

老渔夫从包里拿出一只小铁桶，点燃一支粗壮的蜡烛放在桶底，用绳子系了提手一把把地将小桶放入井中。我一拍大腿，我们怎么就没想到这一招呢，这方法一可照明井下空间，二可测试井下空气，三可试探井下是否另有洞穴。

蜡烛的火焰在桶里一直很稳定，当铁桶在青铜兽首上磕碰了几下滑到兽头下方的黑影中时，火焰突然间像让谁给揪了一把一样猛地偏向一边燃烧起来。老渔夫说道："这井壁上肯定有洞口。"提着铁桶在井下左右晃悠照了一圈，无奈井下又深又黑还有青铜兽头挡住，也看不清详细情况。

收回了铁桶和渔线上的手电，我和小贾、醉眼互相看了一眼，现在很明显，井下作怪的就是这尊青铜像和那个莫测的井下洞，必须要有人带头下去探查。

谁先下呢？不入虎穴，焉得虎子，在美女面前更不能尿。

我一把抓过登山绳，正想往身上捆，却被醉眼一把抢过，嚷道："我来给大家开路吧。"抢不过他只得作罢。我和小贾一起重新固定好铁链子，帮醉眼扎好登山绳，挂好对讲机，带上一应必备的物品，将登山绳一头捆结固定好，便看着醉眼慢慢下了井口。

随着醉眼的身影没入井下，我们的心也越悬越高，大家一起打亮手电替他照明。醉眼手里横持着一根头上加装了锐利尖矛的登山杖在井壁上扒拉着下降，我问道："怎么啦？"醉眼的声音从对讲机中传来："没事，我看到井壁上有一溜窟窿，拿棍捅捅。"

醉眼很快就下降到了青铜像跟前，似乎研究了一会儿，正想问他有什么发现，就见醉眼抬头冲着井口处的我们挥了下手，然后用登山杖撑住井壁，贴着青铜像的边缘下到了铜像后面。

醉眼携带的手电在铜像后面的井下空间里光影乱晃。但因有怪兽铜像挡住，我们在上面什么也看不真切。

就听对讲机里传来醉眼啊的一声，井下当啷一响，醉眼的手电光忽然就像被黑暗吞没了一样闪亮一下就不见了。

"醉眼醉眼，怎样了？"

我们一齐喊起来，但井下全无声息，醉眼仿佛凭空消失了一样，一种不祥的感觉浮上心头。我们抓住连接醉眼的绳子一拉，但入手轻飘飘的，使人越发紧张。

我们急忙快速地把绳索扯拽上来，一阵冷汗不由渗遍全身，绳子居然断了。

大家面面相觑作声不得，我咬着后槽牙说："老渔夫，这里交给你了，我下去看看，如果待会儿有什么不对劲，你们就赶紧打110报警并呼叫救护车。"老渔夫默默点点头，我三两下扎好绳子，把一柄折叠铲捏在手中，保险起见又听从老渔夫的建议在身上加挂了一条救命绳。

一直盯着井下的乖乖和小珂突然大叫起来："快过来，醉眼出现了。"

大家急忙拥到井口去看，果然井下又有了手电筒的光亮。

我们冲井下大喊起来："醉眼，你怎样了？"

井下传来一阵嗡嗡声，似乎是醉眼在底下的搭腔，不过井下太深又有青铜像挡住听不清楚。正着急着，对讲机咔啦一响，醉眼的嚷嚷声一下传来：

"老大，我的绳子呢？你们打算把我扔井下不管啊！"

我顿时火冒三丈，这小子真是猪八戒倒打一耙，我怒气冲天地喊起来："你有病啊，为什么把对讲机关了？"

醉眼声音立刻小了下来："不好意思，井下有扇铁门，我在进去的时候摔了一跤，把对讲机磕飞了。"

井下怎么会有扇铁门呢？

"醉眼醉眼，井下到底怎么样？安全吗？铁门里面有什么东西？"

"井下安全，井下安全，铁门后是个地道，不清楚具体情况，你们一块儿下来看吧。"

我想了一下又问："你的绳子怎么回事？你的绳子怎么回事？为什么没绑身上？"

醉眼嘿嘿笑了几声说："我自己解下来然后上地道里面去了。"

这小子，真想捶他两下子解解气。

当下和老渔夫、乖乖他们商定，我先下，然后是老渔夫，老渔夫之后是小珂、乖乖，由小贾殿后压阵。随即我便背上自己的登山包下了井。

第十七章
井底密道

下井之后才发现这口古井里面阴凉透骨，手电光照下果然看到有一溜碗口大小的脚窝凿刻在青石井壁上，四周长满了浓厚溜滑的绿苔。

眼睛盯着井下，很快下降到青铜怪兽头像跟前。不觉抬头看了看井口，天空只剩下锅盖大小，而脚下狰狞凶恶的青铜兽头却足有饭桌面大，几乎占据了大半个井下空间。骇人的铜兽面孔在电筒的强光照射下泛溢着青绿的光，从井上直垂下来的铁链子穿连在铜兽凸起的巨大鼻环上，在铜兽咧开的巨嘴獠牙中间，还梅花状排列着数根短铜管。

观察片刻，我忍不住用手里的折叠铲在铜兽的光脑袋上敲了一下，铜铁相击声在井下悠悠回荡不绝，震得耳朵发麻，让我后悔不迭。随着一道手电光柱的亮起，醉眼的声音从铜像后面传来：

"老大，你下来了？"

"醉眼，你在哪呢？"

"老大，我就在铜像后面，你得用东西捅在一边的井壁上，扒拉着才能贴边溜下来。"

我依言施行，果然溜了下来。手电光照下，井底的水面反射着青蓝的色泽，像一整块的美玉。

水面上方的井壁上突起着一整垛的青石墙壁，一扇黑黝黝的铁门被从铜像那儿悬垂下来的铁链子拉拽着。铁门下方露出一个长方形的洞口，醉眼正一脸兴奋地蹲在洞口等待着。我又抬头看看头顶的铜像，从下面看，铜像就像一口倒扣的铁锅笼罩在头顶上，只有那几个铜管子通着气眼。

在醉眼的拉拽下，我滑降进了青石洞口，洞穴的入口处横了半尺高的一道铁门槛，如果不是有醉眼拉拽着，我险些也在此摔个大马趴。站稳后一打量，醉眼的衣服上泥迹斑斑，脸上还擦破了一块，可见他下井后在这里确实摔得不轻。

醉眼兴奋地说："老大，咱们这回可是发现大秘密了。"拍拍他的肩膀，我也十分兴奋，可是面对这幽深神秘的古井奇洞，以及远处手电光照不及的黑暗未知世界，不自然地觉得寒意浸人。

不及细想，对讲机里已经传来了老渔夫的询问声，急忙回复井上众人一切顺利，并让他们按计划依次下降。

有我和醉眼在下面接应，大家下来都十分顺利，小半会儿的工夫，最后一个负责殿后的小贾也背着登山包踏入了铁门后的通道。

老渔夫一边用手电照射着悬挂在半空的青铜兽像，一边说：

"这是饕餮，凶猛好吞。古语云：龙生九子，九子各不成龙，各有不同。《天禄识余·龙种》讲道：'俗传龙子九种，各有所好，一曰赑屃，形似龟，好负重，今石碑下龟趺是也；二曰螭吻，形似兽，性好望，今屋上兽头是也；三曰蒲牢，形似龙而小，性好叫吼，今钟上级星也；四曰狴犴，似虎有威力，故立于狱门；五曰饕餮好饮食，故立于鼎盖；六曰蚣蝮，性好水，故立于桥柱；七曰睚眦，性好杀，故立于刀环；八曰金猊，形似狮，似好烟火，故立于香炉；九曰椒图，形似螺蚌，性好闭，故立于门铺。'

"看来燃灯塔古井的秘密就是这个了。

"过去没有强光手电，照射不到深深的井下空间，井上的古人好奇之下把铁链拉到头，就会把一直沉浸在井水里的青铜兽像拉上来，继续再拉铁链就会牵动井下铁门，打开铁门，门内积聚的阴腐黑气就会顺着铜像口中的铜管及井壁喷涌外泄，井中必然就会黑雾翻涌，响声惊人。

"井上的人猛然见到井下有头怪兽于浓雾中活灵活现地跃然现身，谁能不惊慌失色？再加上毒雾熏人，拉铁链的人肯定会放手后退，这样一来已经拉出井外的铁链条受青铜像重量带动，又会重新坠回井下。人受此惊吓，再加上过去的迷信心理，一般是绝对不会再次动念探查井下谜底的。

"这设计真是高明啊。"老渔夫赞叹不已。

铁门后的洞穴通道并不大，窄小低矮仅容一人通过，醉眼已经打着手电冲在了前面，乖乖紧跟着醉眼，小贾和小珂走在中间，我和老渔夫负责殿后。

整条洞穴通道都是用一块块切凿整齐的大青石层垒而成，摸上去阴凉冰手。向前走不长距离，拐一个直角弯，继而面前出现了一间不大的方形地下石室。我和老渔夫进来一看，大家正在发愣，原来这间石室竟然只有进口没有出口。

扫视四周，整个房间砌造得方方正正，屋子正中央的地面上有一尊半人高的青石莲花宝座，上面蹲伏着一头石雕猛兽，目光炯炯地瞪视着门口，除此外别无他物。

我也有点发傻，费了半天劲下来，这就到头了？燃灯塔下的地宫里就是这个样子？大家面面相觑都十分失望，我和醉眼正要开口骂娘，老渔夫和小珂却摆摆手蹲了下来，打着手电，研究起房子中间的石雕来。我们也只好闷头不响地看着那尊石兽，手电光照下除了看出石兽与莲花宝座是用一整块的大青石雕凿而成，莲花座下留有一个茶杯口粗细的贯通洞眼外，什么也没发现。

老渔夫上上下下看罢，直起腰拍了拍手上的泥土说："这又是龙之一子，从风格和雕刻手法上来看，这尊蚣蝮雕像是明代的。"

小珂在一旁点头补充说："我也认为是明代的。"

醉眼一听眼睛一亮说："这老古董弄到潘家园得值不少钱吧？"

乖乖撇嘴道："你小心，盗窃国家文物要被抓的，而且你也没法搬运这大家伙。"

醉眼不屑地一咧嘴："谁说没法搬？那不是有抬这石头古董的棍子吗？"

顺醉眼手指方向一看，屋内一角的墙根处果然横放了一根一米多长的铁棍子，醉眼拾起来往莲花座上一插，铁棍恰好穿过了石座上的窟窿眼。醉眼兴致勃勃地招呼小贾一起抬一下铁棍，试试石像有多重，结果两人憋得脸红脖子粗，石像却分毫未动。

小珂说："这尊青石莲花宝座底部深埋地下，咱们是抬不动

宝塔传奇

它的，我看它像一个绞盘机关，你们左右转动它一下试试。"

小贾和醉眼闻言，一齐鼓劲顺时针推动起铁棍来。石台初始分毫不动，在醉眼和小贾的一再鼓劲推动下，一阵暗哑的摩擦音传来，青石莲台包括上面的怪兽身形果然缓慢转动起来，大家一看有门，一齐上来帮忙。

石台转了两圈之后，隐隐听到脚底下和墙壁后面传来连续不断的铁链子被绷紧拉拽的嘎啦啦声响，我和老渔夫忍不住夸赞小珂："小珂，你还真行，让你猜对了，这还真是一个机关。"小珂微红了一下脸说："还不知机关开启后会怎样呢。"

又转了两圈，小贾叫起来："王哥，快看！"

只见正对门口的墙壁突然动了起来，原本严丝合缝的青石墙壁，随着莲花台的继续推动，竟然缓缓向内洞开了一扇石门，大家不由一阵欢呼。

醉眼放开铁棍，面对着石门夸张地大张双臂高喊道："芝麻，开门吧！"把我们逗得哈哈大笑。

青石莲台脚下咯吧一响，石兽的脑袋正好朝向了洞开的石门，铁棍就再也推不动了。大家都撒了手，正要依次进入石门，身后的过道里突然传来"嗵"的一声闷响，就像井里猛然跳下来一头巨兽，接着就是一串连续不断怪异刺耳的尖锐响声冲入耳膜。

仿佛群鬼夜嚎，追魂索命；又像怒龙狂啸，气焰熏天。一时间大家都被这声音惊住，拼命用手堵住耳朵，可那种尖锐的声音依旧刀子一般直钻进来，刺人肺腑。

"嚓嚓嚓，嚓嚓嚓……"

就在这刺耳的尖锐声音让大家都头昏脑涨血液沸腾快要发狂

的时候，通道里的声音突然一下消失了。就像一列高速行驶的火车，猛然穿出了漫长黑暗的隧道，一刹那，阳光明媚，鸟语花香。

乖乖、小珂和老渔夫还在后怕地捂着耳朵适应变化。我和小贾、醉眼都已是脸色大变，急忙抢到进来时的过道口用手电齐齐一照，都暗叫一声"苦啊！"

刚下来时敞开的铁门已经轰然落下，把我们封闭在了地下空间中。刚才那阵连续不断惊心动魄的响声，无疑是悬在井下的青铜饕餮兽受机关牵动落回水中，又拉拽着井口外堆积的铁链一并落下井底，这才造成这般骇人动静。

老渔夫他们不明所以，看我们一个个都哭丧着脸，就奇怪地探问原因，待我们把结果告诉他们，他们脸上顿时也变了颜色……

第十八章
乾坤镇海桩

乖乖不信，冲过去一看，随即在铁门上咣地踢了一脚回来，恨恨地问："怎么办？"

"怎么办？凉拌！我们想办法把铁门撬开呗。"醉眼强词争论道。

老渔夫说："别急，我看这个石台是开关石门和铁门的联动开关，咱们试试把石台往回旋转，可能就能重新打开铁门。"

大家一听，又拥回莲花石台跟前推住铁棍反向转动起来，这一回转动颇为吃力，转了几圈，墙壁后传来嘎啦啦的铁链拉动声。

房间里面的石门缓缓向内闭合，看见门动我叫起来："乖乖，你赶紧去看看铁门的动静，别铁门没开石门再关上打不开，咱们就成了瓦缸里的王八没处跑了。"

乖乖一听，赶紧抓着手电跑出去看，我们绷住劲慢慢转，就听跑回来的乖乖嚷道："动了动了，铁门往上移动了。"

我们一听都松了一口气，放下了悬着的心。老渔夫呵呵笑道："那咱们就别推了，省点劲留着接下来探险吧。"

石室内气氛活跃起来，我一马当先，雄赳赳气昂昂地迈步向石门后的通道走去。手电光下可以看清，石门后的通道并不长，直行不多远，一级级的台阶就出现在眼前，通道在此向斜上方伸展，我们仿佛走进了高层住宅狭窄寂寞的安全逃生楼道里。

这些台阶又高又陡湿滑无比，宽度仅能容下半个脚掌踩踏，每登一级都得分外小心。黑暗中打着手电攀爬，不禁让我回想起多年前和同学晚上打着手电攀爬陕西以奇险天下第一著名的西岳华山千尺幢、百尺峡和苍龙岭的刺激经历。

我一边弓身扶着脸前的台阶向上爬，一边回头对脚下紧跟的醉眼感慨道："这真是自古华山一条道，你不上也得上。"

醉眼向上打着的手电晃得我一阵眼花。醉眼嚷道："看上面，看上面。"

我一扭头，头顶上咚地一响，一阵痛楚让人不自禁地龇牙咧嘴。我缩着脖子用手电向上一照，原来台阶通道到头了，头顶压了一块铁板把通道出口盖得严严实实。我又迈上一级台阶站稳脚，用手托住铁板一顶，铁板甚是沉重，我又加了把劲一推，紧闭的洞口轰然打开。

我双手攀住两边口沿做了一个引体向上，爬出来一看才发现，洞口外的空间是一个大厅，我们出来的洞口是大厅一角的一口井，井口上通过活页装置安着一个铁盖子，旁边还放有别住铁盖的销棍，幸亏铁盖没有用销棍别上，要不然我们是闷在这口井下出不来的。

在井口旁帮着老渔夫、乖乖他们攀上井口，六只手电一齐照射，乖乖不禁惊叹起来："好大啊！"

眼前这间大厅呈八角造型，又高又阔。大厅正中央高耸着一根黑沉沉粗大的立柱，猛看上去给人一种强大的压迫气势。

立在柱子跟前仰头看去，八角大厅顶部向着柱子上方攒尖收拢。老渔夫用我的折叠铲在柱子上敲了敲，"当当"两声脆响，老渔夫猜测说："难道这就是燃灯塔的定心柱？"

我默想了一下我们下井后的行经路线，如果估计没错，我们现在正好处在燃灯塔下面，难道这才是燃灯塔真实的地宫情景？

小珂用手电照着柱子底下说道："你们看这里。"

大家向脚下地面看去，原来这说不清是铜是铁的大柱子并不是直接矗立在我们脚下的地面上，青石地面与大柱子之间留有一掌来宽的缝隙，透过缝隙看去，下面阴黑一片，深浅莫测。

难道说燃灯塔下的空间不止有一两层？乖乖和醉眼已经绕到了柱子背面，他们喊起来："快过来看，这里有字。"

我们闻声转过去一看，手电照射下，柱子上果然嵌有一列黄铜篆字。我只勉强认出一个海字，小珂已经惊讶地念出了全称："乾坤镇海桩！"

乾坤镇海桩？《西游记》里倒是有个天河定海神珍铁镇在东海龙王的水晶宫里，不过最后让孙猴子夺走做了他的如意金箍棒。没想到这里会有金箍棒的小兄弟，不知道它会不会如意变化呢？

醉眼一拍大腿说："老大，这不会就是那个乾坤棍吧？"我一下被他提醒，晃动手电四下打量起来。

老渔夫他们头回听到乾坤棍说法，奇怪地问起来。醉眼卖弄地把从西海子公园听来的歌谣丢三落四地背诵一遍。

巍巍宝塔镇潞陵，
层层高耸接青云。
上通天道下黄泉，
黄泉道上路难通。
抬头不搬乾坤棍，
低头不见金锁关。
金锁关下鱼龙锁，
鱼龙钥匙开金锁……

一直没怎么说话的小贾突然拉我一把，小声说："那里有活的东西。"

顺小贾示意方向一看，背后墙壁上黑乎乎一块，似乎是个洞穴，在看不清的暗影里有两只闪烁着荧光的眼睛正盯视着我们，我身上立刻惊起了一层"毛栗子"，唰地抬起手电照去。

"啊呜"一声怪叫，黑暗处一道影子闪过，一只小犬大小的东西猛蹿上一座石台冲我们虎虎发威。

大家都吃了一惊，几只手电一齐照去，一只浑身毛发倒立蓬起的黑毛老猫，脚下踏着一只滴血的鸟雀正愤怒地瞪视着我们。看着石台上遍布的鸟毛兽骨，我们恍然大悟，这地下大厅多年无人涉足，竟成了野猫的享食专用巢穴。

乖乖刚刚"咪咪，咪咪"地小声召唤了两声，就被老猫转过来的凌厉的目光，以及从喉咙深处发出的一声吼叫打断，吓得她哑口无言。

看到眼前被我们的闯入惊扰而护巢发威的老猫，醉眼嚷道："真是山中无老虎，猴子也敢称大王了。"抬起一直捏在手中的登山杖就扫了过去，老猫一惊，收敛了凶焰，轻巧地腾身跃开，在不甘心的喵喵长叫声中三蹿两纵，钻进墙角一眼洞口不见了。

我暗暗松了一口气，这才抬眼细心打量周遭环境，背后的墙上有不少大小破洞，不知通向哪里，大厅中心的擎天巨柱背后，铭刻着斗大的"乾坤镇海桩"五个嵌铜漆金大字，由于长久无人维护，金漆大字早已斑驳不堪。

在金字对面的墙壁上，并列着两扇拱形石门，门楣分别镌刻着古拙的"阴、阳"二字。

看看大厅里再无他物可供探查，老渔夫指了指那两扇门打趣说："看来这两扇门一扇可以送咱们上天堂，另一扇就要人下地狱了。"

小贾呵呵一笑说："这回我来开路。"说罢便走过去伸手去推右手的石门。

小贾选的是上面刻着阳字的石门。小贾鼓劲一推，石门分毫未动，我也上去帮忙，两人依然没推开门扉。我有些纳闷，这扇门门洞并不大，难道开门方法不对？

醉眼挤过来说："让开、让开，看我的乾坤大挪移。"

三人伸手齐推，石门里面嘎嘎响了一下，却依旧打不开。醉眼眯了一只眼睛，用手电照着，顺门缝看了一眼喊起来："别推了，别推了，咱们推不开的，里面堵着呢！"

我和小贾爬过去一看，果然门后被大块的残碑断石拥塞着，一尊厚重的残破石像的后背紧顶在门扇上。透过石像的断头，隐约看到有几级灰土掩盖的台阶在门后向上延伸去。

小珂她们也凑过来看了看，老渔夫推测说："这扇门是被从外面封堵的，如果猜测不错，这门后的通道就应该是燃灯塔内部通往地下的秘密通道，顺这条道向上走，就可以走到燃灯塔的塔身里面，甚至向上直达塔顶天宫。这扇阳门向上走，那么另一扇阴门就应该是直通地下到达地宫的。"

顺着老渔夫的手指，大家一齐把目光投向了另一扇神秘未知的阴门。

醉眼胸脯一挺说："我来。"说着就走到左手的阴门前，先煞有介事地摆了个骑马蹲裆式，然后缓缓伸出双掌推在石门上，还装模作样"嗨！"地大吼一声，我们都笑呵呵地看着醉眼表演。

没想到醉眼双手一触，看似与阳门一样紧闭不开的厚重阴门，在一阵令人牙酸不已的轧轧声中向左右一分，竟然轻易就被醉眼推开了。

看着眼前黑洞洞的地下入口轰然洞开，醉眼也傻愣了一会儿，才"耶——"的一声欢叫，猛地跳转过身来摆出一个胜利的手势。

乖乖突然一脸紧张地盯视着醉眼身后，颤声说："别、别过来，你、你身后有个东西……"看到我们都盯着他身后看，醉眼脸上不由得变了颜色，他一手横持了登山杖，猛地一转身，大吼着横扫出去，同时另一只手向鼓鼓囊囊别了防身家伙的后腰摸去。

待到看清身后其实什么也没有，耳边又传来乖乖和小珂的嬉笑声，醉眼才晓得上了乖乖的当。

醉眼气哼哼、悻悻然狠瞪乖乖一眼退到一边喘粗气不言语了。我们被他的表演逗得哈哈大笑，地下室的阴郁气氛一时荡然无存。

老渔夫兴致勃勃地挥手说："这一回你们谁也别抢，让我老头子来给你们开路。"说罢抬脚就迈进了阴门里面，我急忙抢前一步护在老渔夫身边。

阴门里面空气潮湿阴冷，刚一进去，嘴里的呼气都变成了一股白雾。

第十九章
镇猴

　　我们跨进阴门，持手电向里一看，一条青石甬路盘旋着直通地下深处，墙壁和脚下石阶都是湿漉漉的，头顶的青石缝隙里爬满了不知名的草树根须，盘结得密密麻麻，蛛网一般垂挂下来。石阶通道越行越深，空气也越来越阴冷，洞顶不断有水珠滴下，打在头顶冰凉透骨，又拐了一个弯，耳边渐渐传来微弱的哗哗流水声，难道有地下河？

　　台阶下到底，前面又出现一道锈迹斑斑的铁门，铁门就像被什么东西猛烈撞击过似的，歪斜着，幸亏外面别卡有一道粗大的铁门杠，撑住两边石壁，铁门才裂开一条缝隙地立在那里。

　　我和老渔夫费力地搬开铁杠，一阵喑哑磨牙的嘎吱声中，铁门向外左右一分打开了。

正要进去，老渔夫猛然拉我一下说："你看。"

顺老渔夫的目光，拂去铁门背面的两处黄锈，几道深深划入铁门的利爪抓痕惊人地显现出来。

难道这里圈养过什么凶猛噬血的猛兽？或者曾经发生过喋血搏命的打斗？

手电向里一扫，头一眼竟是黑漆漆一片什么也没看清，我和老渔夫小心翼翼地迈进铁门，走了两步脚下又出现几级台阶。

正低头瞧着脚下迈下台阶，突然，身后的乖乖惊恐短促地"啊！"了一声，我扭回头一看，乖乖僵在那里用手掩着嘴，一脸惊恐地盯着前方，连她身边的小珂也是满脸紧张变了颜色。

正想扭回头，身边的老渔夫也突然猛"啊！"了一声僵立不动。

我顿时觉得有一股寒气迅速蹿上心头，我强扭动僵硬的脖子，顺着乖乖手中大号强光电筒的光柱向前看去，眼前展现的惊人景象使我也不禁呆愣在台阶上。

黑暗中的光柱下，地下空间里，一只巨大的、面貌丑陋的、山魈一样的狰狞巨猿，或者说是一头猴脸长毛的怪兽，身上被数道粗大的铁链绑缚，可怕地吼叫着，伏地屈身作势挣起，让人顿时产生想转身逃却又被猛恶凶兽气焰所慑动弹不了的感受。

我的天！这是什么怪兽？如此骇人！

难道是美国著名惊险大片《金刚》里咆哮愤怒的超级大黑猿金刚穿越时空现身，被镇压在了这燃灯塔底的黑牢地宫里了？

微一定神，我才发现那头巨猿怪兽的姿势半天没动，怪兽身上的反光使我猛悟过来，原来这也是一尊金属铸像。

我们被那尊猿猴铸像吸引着一步步迈下台阶，小贾和醉眼

第十九章 镇猴

进门时也不禁发出一声惊叹，醉眼在后面说道："谁弄来的这家伙，这也太吓人了！"

走到近前，在六只手电的光照下仔细打量，这果然是一尊铁铸的猿猴铸像。巨大的铁猿四肢着地蹲踞在地上，鼻子上悬挂着一个细小的铃铛，身上不光捆缚着粗大的铁链，背上还沉重地压置着从屋顶垂直下来的一根摩天铁柱，也就是上一层地下厅里乾坤镇海桩。

整个巨猿不屈的挣扎，怒吼的神态，被铸造得活灵活现，仿若随时都能咆哮跃起。几乎让人怀疑这头巨猿是不是被人施了魔法，只要魔法一解除，巨猿随时都会醒来。为什么会铸造这样一尊神秘的铁猿铸像镇压在燃灯塔底，并且还要用粗大的铁链拴锁上？

这头怪猿尖嘴缩腮，目光如电，猛恶非凡，十根指爪又细又长尖利异常，和北京动物园里养育的各种猕猴以及黑猩猩、大猩猩等类猿猴动物形象都不相同。这到底是一只什么猿猴铸像？地下空间里迷雾重重费人思量。

我用询问的目光看向小珂和老渔夫，小珂咬着嘴唇看看我，轻轻地摇了摇头，老渔夫紧盯铁猿铸像，皱眉思索不发一声。

身后的醉眼和乖乖忍不住议论起来：

"奇怪啊，谁把齐天大圣孙悟空给压在这里了？！"

"这是孙猴子吗？我看他是黑猿金刚！"

"金刚是美国的，这里是中国，我看他就是孙猴子，燃灯塔上不是还有猪八戒的塑像吗？"

不去理会他俩的斗嘴，看到小珂和老渔夫在研究乾坤镇海桩和铁猿铸像，我便和小贾打着手电察看四周。这又是一个八角形大厅，和上一层大厅不同的地方在于，这一层大厅的八面墙壁都逼真地浮雕有波涛翻涌的海水江崖图案，在八面墙壁的高处，各有一尊石雕龙头从墙壁半空探出来，怒目俯视着我们。

看着这墙上的滔天水波图案，直给人"乱石穿空，惊涛拍岸，卷起千堆雪"的压迫感受。

"这尊铁猴子难道跟洪水有关？"看了一圈不得要领，小贾小声嘀咕了一句。

"你说什么？"老渔夫的声音突然在身侧响起，这才发现老渔夫不知何时也站在了我们身后观看四周墙壁的图案。

小贾见问，疑惑地把话又说了一遍，就见老渔夫猛拍了一下大腿，欣喜地说道：

"我知道了，我知道了，我知道这尊猴子的塑像是谁了。"

看到我们疑惑的目光，老渔夫卖了一个关子问道："你们都知道大禹治水的传说吧。"

大禹治水的传说故事，在中国几乎是妇孺皆知啊。这故事说的是远古时期的中国，尧帝时期洪水泛滥成灾，由于洪水为害，人们生存极其艰难，田地满目荒芜，荆榛遍野，野兽出没，人烟稀少。帝尧任用大臣鲧治水，治了九年都没治好。

《山海经》中有个神话，说鲧为了治水，偷窃了天帝的宝物"息壤"，这是一块长生不止、能堆土成堤的宝土。鲧用息壤四处去堙塞洪水，但却不见成效，洪水浩荡纵横四处漫流，东堵西决，此堵彼溢，仍然为患，所以治水九年都没治好。

滔滔洪水不断冲垮鲧构筑的防堤，百姓仍旧日夜遭到洪水的危害，鲧治水失败，含恨而死，但他的尸体过了三年都没腐烂。尧帝担心鲧的尸体出现异常，就派一名勇士用利刃剖开了它，谁知鲧的尸体内冲出一条青龙，这条龙就是鲧的儿子大禹，他是鲧积聚的怒气化成的。

禹受命治水，并有益和后稷做助手。禹这个人聪慧机敏，勤恳踏实，言行一致，又能身为表率。为了治水，他走遍天下踏勘水情地势，规划治水大计。大禹总结其父治水失败的教训，采用以疏导为主的治水方法。他把洪水导入长江，排入大海，洪水终于有所归依。大禹治水时，在黄河上下的功夫最多。他上溯黄河源头，从积石山疏导到龙门，然后南到华阴，东折至砥柱（修三门峡水库时已炸掉），又至孟津等处。由于黄河上游地势高，到中下游平原地区时，水势太急，容易成灾，故分其水势，开引渠道，使水流入渤海。

大禹治水以前，黄河没有龙门以下的河道，水蓄不泻，一片汪洋泽国。大禹凿龙门、发吕梁，将水引至下游，导入大海，才解除了水患。

在大禹治水期间，还发生了一个离奇的传说故事。

老渔夫学识渊博，吊起书袋来是滔滔不绝："大唐盛世，富有四海，万邦来朝。老百姓生活安逸富足了，就喜欢游览名山大川开阔眼界。唐代有个叫李公佐的甘肃人，喜欢四处漫游，寻幽探秘。在古代的一部奇书《太平广记》里就记载了这个李公佐的一段游历经历。

"话说这个李公佐闲来无事，漫游大江南北五湖四海，这一天游览到湘江和苍梧山地区，在这里遇见了老朋友——任职大唐征南从事官职的弘农人杨衡，杨衡当时正在一个古老的河岸边停**船休息，于是他们就结伴在附近的佛寺里纵情游览。**

"到了晚上，他们一起在杨衡的船上饮酒赏月。船外波光粼粼，天地寂静水天一色，空阔的水面漂浮着明月的倒影。皓月当空，把酒临风，酒不醉人人自醉，他们在船上相互讲述起自己在各地遇到过的奇闻逸事。

"杨衡告诉李公佐说，大唐永泰年间，他的一个好友李汤担任楚州刺史。他那里有个渔夫一天夜间在龟山下的水岸边钓鱼，钓了半天什么也没钓着，于是这个渔夫就换了地方，在龟山脚下一个从来没钓过鱼的深水处抛下了鱼钩。这地方水很深，鱼钩下水没多久，鱼漂就有了鱼儿吃食的动静，他兴奋地往上一提却提不动，鱼钩不知被水下什么东西挂住了，拽不出水面。

"渔夫善于游泳，就迅速下水，结果一直潜到了水下五十丈深的地方，看见一条大铁链，盘绕在龟山的山根下。他的鱼钩就钩在了铁链上，渔夫解开鱼钩后，好奇地在水下摸来摸去，却寻找不到铁链的端点，于是第二天就到官府里，把龟山水底下有根奇怪铁链子的事情报告给了刺史李汤。

"李汤听说这件事后也很好奇，就派那个渔夫以及几十个善于游泳的人，去龟山脚下打捞那根铁链。没想到这么多人都提不动这水底的大铁链，后来李汤亲自带队，从农夫那里征集了五十头耕牛在岸上一齐拖拽，锁链才有点晃动。消息传开，附近的人都来看热闹。

"拉铁链那天，江面上并没有大风大浪，但是就在快要将锁链提到岸上时，江里却突然翻滚起滔天巨浪，在岸上观看的人们非常畏惧，都往后退。人喊牛鸣地好不容易把铁链拖上来，只见锁链的末尾拴着一个猿猴模样的动物。

"那东西长有一头雪白的头发，长长的脊毛，身高能有五丈多，蹲坐的样子也和猿猴一样，但是它的两只眼睛却睁不开，刚开始的时候那怪物似乎还没睡醒，呆坐在那里一动也不动。

"远远看去，怪物的眼睛鼻子都像泉眼一样向外流着水，它的口里流出来的涎水腥臭难闻，围观的人们躲得远远的没人敢靠近。一直过了很久，这怪物才伸伸脖子挺直了身子。这时候它的两眼忽然睁开了，目光像闪电一样四处张望围观的人，看到被这么多人围着，这怪物逐渐变得怒容满面，好像马上要爆发出疯狂和愤怒，把人们吓得四散奔逃。周围看热闹的人都跑没了，那怪兽竟慢慢地一手拖着黑沉沉的大锁链，一手拽着五十头健壮的牯牛回到水里，再也不出来了。

"在众多兵丁护卫下，现场围观的当地的名人与刺史李汤看着这个场景面面相觑，大家都不知道这个怪物的来历。当时只有那个渔夫知道锁链在水下的位置，那个怪兽却沉入水底再也没有出现。

"这怪兽就是无支祁，咱们面前的这个铁猴子就是无支祁的塑像。"老渔夫自得地说。

老渔夫接着讲道，李公佐当时听过故事，也没有在意，以为只是老朋友喝酒喝多了，为了在自己面前显示自己见闻广博而编出来的吹牛段子。后来这个李公佐离开苍梧山，游览到古时的东吴一带，在洞庭湖，他随着当地的太守元公锡泛舟游览洞庭包山，住宿在一个名叫周焦君的道士修炼的地方。

他们游览包山的时候，听周道士介绍，山上的一个山洞里保存了很多道家秘藏典籍，于是就进到洞里参观，李公佐无意中在书架上找到一本古书。翻阅时发现书上的文字十分古老奇特，有的地方都被蠹虫蛀了，不容易理解。李公佐就和道士周焦君一起仔细地研究这本书。

宝塔传奇

这部古书上记载着大禹当年为了治理洪水，三次到过河南和湖北交界地区的桐柏山。可是，大禹每次到桐柏山的时候，这里都狂风大作，电闪雷鸣，山石号叫，树木惊鸣，仿佛有一股看不见的暴虐力量，阻止大禹动工治水。

大禹知道肯定是遇到妖怪了，心里非常生气。于是发布命令召集了百种神灵以及各部落首领开会，同时还找来夔和应龙，桐柏山的山神千君长也来要求参加作战。在决策会议上，大禹下命令让夔和应龙去扫除妖孽。桐柏山以及附近诸山的部落首领，唯恐双方打起仗来祸及自己，都面露惧色，恳请禹收回除妖的命令。

看到鸿蒙氏、商章氏、兜卢氏、犁娄氏等部落首领临战怯阵，不愿出力，于是大禹下令把这些人都关了起来。一调查这才知道，原来他们在包庇妖怪——淮涡水怪无支祁。

这水怪无支祁能言善辩，知道江水、淮水各处水下的深浅，以及平原沼泽地势的高低远近。他长得形似猿猴，缩鼻高额、青躯白首、金目雪牙，脖子一伸，就能有一百尺长。无支祁的力气比九头象还大，他动作迅捷，常常是眨眼之间就不见了。

但是无支祁的弱点是不能长久地听声音、看东西。一开始大禹想先礼后兵，先奏乐曲给它听，却没有降服它。于是双方在桐柏山下列阵展开恶战，禹先后派出手下大将童律、乌木由出战，都打不败无支祁，又派出了大将乌木由，也制服不了它。直到最后，派出能征善战的上界天神大将庚辰出战，才擒获了无支祁。

无支祁手下统帅的鸥鸟、桓胡、木魅、水灵、山妖、石怪等数以千计的妖怪，看到无支祁被捉，都吼叫着冲了上来，想要抢走无支祁。庚辰临危不惧，挥舞方天戟，和众神一起合力杀散了这群乌合之众。

大禹命人打造了一条大铁链子，用铁链锁住无支祁的颈部，又把他的鼻孔穿上铜铃铛，然后把他压在淮河南边的龟山脚下。打败了无支祁，禹在桐柏山的治水工作才得以顺利进行下去，淮水从此平安入海中。

看完这部古书，李公佐这才恍然大悟，原来之前听杨衡讲的故事里的怪兽就是无支祁。

第二十章
惊变

　　听完老渔夫的讲述，我们一时都有些恍然大悟，但是仍然心有疑惑。既然传说中的洪荒水怪无支祁最后是被大禹沉在淮水南边的龟山脚下，这里为什么会有它的塑像？

　　老渔夫说："燃灯塔建成年代早于吴承恩撰写《西游记》的年代，在《西游记》大闹天宫这一故事中，孙猴子就被托塔天王李靖拿宝塔镇压过，而李靖手里的宝塔据中国另一部古代神怪小说《封神演义》所描述，是灵鹫山元觉洞燃灯道人所赠，专门用来镇压锁拿各类妖魔鬼怪。我推测通州大运河燃灯宝塔塔底塑造这样一尊水怪塑像，无非就是取个象征意义，表示运河水怪已被燃灯塔镇伏，表达希望通州地区从此不会再闹洪灾的美好愿望。"

老渔夫的解释看来很有道理，大家一时无话。

小贾查看着周遭问："王哥，你说这里是地宫最底下了吗？金锁关、鱼龙锁在哪里呢？"

我猛然想起花眼狐狸老朱的话，说道："抬头不搬乾坤棍，低头不见金锁关，大家仔细找找，这里肯定另有门户开关。"

身处地下深处，密室内阴寒彻骨。我一边四下打量，寻找暗门机关，一边忍不住偷眼去看上古水怪无支祁的塑像。我总觉得有哪些地方不对劲，身上又起了一阵更深的寒意。我挠了挠胳膊，感觉手臂上已经暴起了一片鸡皮疙瘩。侧面看着无支祁的面容，那张猴脸就像在不怀好意地狞笑。

联想到铁门上留下的那几道惊人的铁爪挠抓的痕迹，这绝对是一处大凶之地不可久留。

"不搬乾坤棍不见金锁关。"这粗大的乾坤镇海桩通天贯地，粗逾水缸，《西游记》里孙悟空的如意金箍棒重一万三千六百斤，我们眼前这根铁柱的重量只怕不止一两万斤。但是孙猴子的金箍棒号称如意，能大能小能粗能细，变化能随人意，难道我们对着这乾坤镇海桩念上两句芝麻开门它就能动吗？

小贾在身边一拉我说："王哥，你看脚下。"

在小贾手电的光照下可以看到，洪荒水怪无支祁铁像身周的地面上排列着八个碗口大小的梅花洞眼，黑洞洞不知道起什么作用，醉眼用登山杖捅了一下根本捅不到底。

老渔夫过来看了一眼说："古籍记载无支祁的传说，说这只猿猴水怪能够抓地成水，也就是说它在地上一抓地上就会出现个洞穴涌冒出水，我看这些洞眼估计也就是这个象征意义。"

"不会真的冒出水来吧？"乖乖问。

"难说！"老渔夫呵呵一笑说，"你们看这墙上。"大家用手电向墙上四处照去，高处隐隐约约有着深浅不一的黑色印痕，与墙壁颜色截然不同。

老渔夫指点着说："我看那就是水际线，也就是说在过去，这间地下室曾经不止一次被地下水长期淹没到那个位置。"

看了看头顶五米多高的黑色印痕，我们都不禁咋舌道："好高啊！"

老渔夫话头一转说："不过大家也别担心，我估计地下厅里的积水多半是夏季暴雨成灾，雨水渗透倒灌造成的，现在这个季节是不会发生的。"

我招呼说："好了，天不会塌下来，地也不会陷下去，我们还是仔细找找机关，看看怎么能够搬动这乾坤棍，现出地宫的又一处秘密——金锁关。"

醉眼拿登山杖在地上咚咚一杵说："我就不信了，我们这些白领精英们，就会找不到开门的机关？挖地三尺也得把它挖出来。"

小珂建议道："咱们学学醉眼，先拿着东西把墙壁和地板挨个敲打一遍，看看声音有没有什么异常，说不定某块墙壁或地板的背后就潜藏着开门的机关，如果没有异常咱们再想办法。"

"好主意，好主意，我们的美女军师就是聪明。"我夸赞道。

乖乖嚷道："那是，我们小珂姐姐又聪明又漂亮，在大学里就是女才子，追她的男生多了去了呢。"小珂脸上微微一红，偷偷拽了乖乖一把。

当下，大家各执家伙行动起来，我凑到小贾跟前问："小贾，你仔细想想，你家老爷子对怎样找到金锁关打开鱼龙锁有什么交代吗？"

小贾摇了摇头说："我爸也就是交代让我把东西送回原处，那个装东西的匣子我也看过了，没有线索，燃灯塔地宫金锁关等说法还是听你们说了我才知道的。"

从小贾这里无法可想，我只得作罢，抽出背包里的折叠铲咚咚地敲起地板来。大家找了一遍一无所获就逐渐停了下来，我正想说点什么，就听身侧的醉眼那里猛然传来"咕噜"一声，我们都诧异地扭头望去，醉眼一脸尴尬。正想问他怎么回事，我的肚子里也发出一声"咕噜"响动，小珂和乖乖忍不住掩嘴而笑。

我尴尬地抬腕看了看手表，上午九点开始折腾，现在已经都快下午一点了，上上下下连攀带爬，大半天水米没粘牙，紧张时还没觉得如何，这一放松下来不自觉地就饥肠辘辘响如鼓了。

还好我们早有准备，老渔夫也招呼说："大家先吃点东西休息休息吧。"

我哈哈一笑补充道："大家都饿了，咱们就在这举办一个地下野餐会，醉眼，把塑料布拿出来铺上。"

醉眼麻利地从背包里翻找出一块大塑料布铺开，随手把背包往身后的无支祁身上一挂，又抽出一瓶可乐拧开"咕咚咕咚"就是几大口。大家也都卸下背包或站或坐，乖乖哎哟道："累死我了。"看到我和小贾从包里不断掏出罐头、面包、火腿肠摆了一堆，说道："你们带的东西还真够全的。"

我打趣说："本餐厅乐意为两位小姐效劳，请问您吃点什么？"

乖乖呵呵一乐说："有鱼翅燕窝吗？"

"我去！要求够高的。"

醉眼凑过来说："小姐，我们这里有爆栗子可以免费赠送。"说着屈起手指就作势要弹，把乖乖吓了一跳赶紧躲开，我拦住他俩说："不饿的一边待着去，我们要开饭了。"

小珂和老渔夫也掏出自带的饮料水果等食物摆放出来，大家挤在塑料布上席地而坐边吃边聊。小珂说："你们再把那首燃灯塔的歌谣念一遍，我们大家一起分析下，看看有什么开门的方法。"我咽下一口面包说："好。"随即就慢慢回想，把听来的歌谣在小贾和醉眼的补充下复述了一遍。

乖乖听完抬头斜眼看着身侧无支祁的塑像和粗大的铁柱子说："抬头不搬乾坤棍？难道搬动这铁棍子的机关在上面？"我们也都想到了这一点，我和小贾、老渔夫边吃着东西边拾起强光手电沿着铁柱子向上搜索照射。最高处黑漆漆看不清楚，手电光照范围内也没发现什么。

醉眼有些气馁地说："我看没有明白人指点，咱们怕是找不到门户开关的，大家吃完东西休息休息，拍些照片带回去研究吧。即使找到金锁关，还有镇龙台、剥皮阵，神仙到此也难逃，我的妈，都赶上《封神演义》里的十绝阵了，你们说这古代人闲着没事弄这么多稀奇古怪的东西干什么？"

我说："醉眼，平时上网玩魔兽游戏什么的，你不是挺能过关的吗？怎么一遇到现实中的关卡你就没招了？"醉眼不服气地说："谁说我没招了？我一会儿就去门口把别大门的铁门杠子拿来，插在无支祁身上，大家一齐推这铁柱子，看它动不动。"

老渔夫摇了摇头说："这铁柱子上万斤重，找不到机关凭人力是搬动不了的。"

乖乖突然做了个鬼脸笑道："我总算知道什么叫蚍蜉撼大树了。"我们一齐都笑起来。

醉眼赌气地站起来，从无支祁头上摘下背包找出打火机和一盒烟来，点燃了深吸一口。

看他美美地抽着，我的烟瘾不觉也被逗了上来，招呼他说："醉眼，把烟给我来一根。"接住醉眼抛过来的香烟和打火机礼让了一圈，老渔夫和小贾都不抽烟。我低头点燃烟抽了一口，正要和醉眼说话，斜眼瞥见醉眼夹着烟张着嘴出神地望着面前的无支祁，僵在那里一动不动。

顺着醉眼的目光看去，我一时也惊愕在那里动弹不得。

无支祁活了！！！

无支祁原本是龇牙怒吼垂首前伸的状态，现在竟然伴随着一阵轻微的咔咔声一点一点地动了起来，就像机械人一样动作着向上抬头，逐渐变成了昂首向天长啸的姿势，最后以近六十度的上倾角度固定不动了。

小珂他们也觉察到情形不对，都扭头惊异地看着无支祁的变化。

无支祁喉咙里猛然发出一阵呜呜长吼，难道又会有什么惊人的事情发生？看到醉眼还愣在那里没动，我赶紧一把拉开他。"嗵——"的一声，一股粗大的浑黄色水柱从无支祁的獠牙阔口中猛然喷射出来。水花溅了我们一身一脸，我刚喊了一声："快收拾东西！"数股夹泥带沙的水柱霎时间从无支祁脚下的梅花洞眼中冒出，混浊的水柱不可阻挡地冲天喷涌。

猝不及防的我们顿时慌了手脚乱作一团。水花四溅中又一个惊人的场面出现了，随着脚下地面隆隆震动，我们眼前的无支祁铁像连同身上的万斤乾坤镇海桩竟然逆时针缓缓转动起来……

第二十一章
大水之灾

"抬头不搬乾坤棍，低头不见金锁关。"原来是这个意思。

醉眼挂背包，无意中启动了无支祁身上的机关，万斤乾坤铁柱被地下水流推动。金锁关的关门又在哪里呢？难道地上会突然裂开一个洞口？

我们六人或背或拎着自己的背包在地下厅里狼狈地躲开水柱，用手电四下乱照，地下室内的水流没有出口，很快积满了地面。这时候无支祁的铁像已经扭转了一百八十度，背对我们不再转动。金锁关还不见出现，大家正在焦急，突然哗哗的喷水声中，头顶上方出现连续不断的"嗵嗵"闷响，惊得我们都缩起了脖子。还不及反应，一股大水已经向我们兜头冲泻而下，原来石壁上方悬雕的八个龙头口也喷出了粗大的水柱。

老渔夫大吼了一声："先退回门口！"

我们冒着兜头而下的水柱冲击冲到进来的门口一看，不禁齐叫一声苦！原来四敞大开的门洞处不知何时已经落下一扇厚重石门，千斤闸一样把我们的退路完全截断，这一下上天无路，入地无门了。

急扭头回看，地下室的涌水已经不再浑浊，可是水势汹涌，已涨到了腰部，高处的水流还在不住地喷泻。看了一眼五米高处的水际线，难道地下室高处曾经的积水线并不像老渔夫推测的那样只有雨季才会造成，而是机关启动引起地下水倒灌造成的？想到我们现在正处在大运河河道和西海子公园湖泊水面以下位置，一股凉气不禁从脚下冒起，直贯顶门。

轰轰的水声中我忍不住冲着小贾和醉眼吼起来："别愣着了，咱们赶紧到无支祁身上去找开门机关。"

俗话说解铃还须系铃人，危急时刻我灵光闪动，紧拉着小贾和醉眼冲回无支祁身边去寻开门机关。

高处龙口中冲泻的水柱正砸在乾坤镇海桩和无支祁身上，水花激荡中根本无法睁眼，也看不清无支祁的面容，我们只有紧闭了眼睛瞎子摸象一般用手在无支祁身周上下来回乱摸。我一边探摸一边在心里默默祈祷燃灯古佛能够大发慈悲，让我们找到开启机关的地方。

无支祁所在之处本就是大厅台阶最底层的地面，此时水位上涨已经快没到我们胸口，老渔夫和小珂、乖乖也涉水过来和我们一起寻找机关。

地下室仿佛回到了黑暗的洪荒远古时期，我们就像被冲毁家

宝塔传奇

园的远古人类，在浊浪滔天中挣扎。眼看水位越涨越高，我们依然被困在水中束手无策，醉眼从水中猛然跃起，一把攀住了无支祁的脖子，用劲想把无支祁的头再搬回低头俯瞰状态。搬了两下没搬动，反被无支祁喷出的水浪把身子打横冲得漂了起来。

醉眼抱定了无支祁的脖子死不撒手，顶着水浪一边在无支祁脑袋附近四下寻觅，一边似乎在喊着什么，轰轰的水声中什么也听不清。我游过去一把拉住他，醉眼眯着眼看清是我，一甩下巴示意我也攀住无支祁一起使劲。

不知道醉眼这招管用不管用，但是死马当作活马医，试一试总比没招可使好。我把手电咬在嘴里，腾身一跃攀住了无支祁的獠牙巨口与醉眼合力使劲向下搬动。无支祁的脑袋一动不动，水浪轰轰，冲击得我根本无法睁目抬头，强大的水流冲在头上就像有木桩子一下下打在头上似的。

低着头勉强睁眼，叼在口里的手电几乎咬啮不住，水花翻涌中无意看到无支祁胸部毛发的弯曲花纹中似乎隐藏有字，难道会是机关开启的提示？

我憋了一口气把头俯入水中，无奈水浪激荡根本看不清楚，急忙腾出一只手去摸，手指触感下确定有方块汉字，不过凭手指探摸辨认，那些汉字线条弯曲似乎是古篆。

一口气使完再探出头时，水位已经涨得让我们脚不沾地了，看到小珂、乖乖正一脸期待地游在身侧。摘下手电喘了口气，我一把拉住小珂，冲她打个手势，用身体挡住一边冲下的水浪，用手电照着让她去看水下的字。

小珂吸了口气，把身子沉下去，看了片刻一脸兴奋地冒出水来，先看了看已经半没进水中的无支祁的脑袋，随即拉了我一把，又向大家一挥手，示意向无支祁对面的墙壁游去。

看来无支祁身上的文字果真是开门的机关提示。

墙壁边水声稍小，小珂大声说："无支祁身上刻着的古篆文是，怒目金睛挣铁锁，奋然抬首望玄门。大家快找，洞门应该就在这堵墙上。"

我们一齐回头望去，两米多高的无支祁铁像仅仅只剩下一双眼睛露出水面，怒目圆睁地紧盯着我们头顶的一处石壁。

大家又一齐扭身抬头，顺着无支祁的目光用手电照去，只见墙壁高处的喷水龙头下方，一个小小的石雕太极阴阳鱼图案出现在手电光柱之中。这处机关隐蔽极深，首先刻在无支祁胸前的古篆文如果不搬起无支祁的头是看不到的，其次即使偶然看到文字提示，如果无支祁的身子不旋转过来望向上方，我们也不可能发现高处这小小的阴阳鱼图案。可是现在的问题是，这个机关这么高怎么能够到它？难到要等水涨到五米的位置？

大家在冰凉的水里已经冻得发抖，乖乖颤着声问："怎么去开机关啊？"

小贾说："谁带着绳子呢？我用绳子套住龙头，咱们爬上去。"

老渔夫应声从背包里掏出一捆登山绳递过来，小贾快速地挽了一个活扣，我和醉眼在两侧踩水扶着他稳住身形。小贾在水里探出半截身子，将绳口在手中悠了两圈啪地一抖手，飞出去的绳圈就像在草原套马一样，准确地穿过水波正套在龙头上。

醉眼在水中拉住绳子一拽，一看绳子挂牢了，不等别人动作已经借助绳子的拉力登着墙壁猴子一样蹿上去了。

我们在下面用手电照住醉眼，就看他伸手在阴阳鱼雕刻处摸索了一阵突然用手一推，阴阳鱼一下陷了进去，醉眼伸手进去摸出一只连着铁链子的铁环，我突然想到一点，刚要出言制止醉眼，老渔夫和小珂已经大叫起来：

"先别拉铁链子！"

也不知是不是水声太大没听到，醉眼已经鲁莽地把铁环从墙内一下拉出直拽到头。我们脚底下的水中顿时产生了一股强大的吸力把我们往水下拽，大家吓得纷纷冲过来抓住挂在龙头上的登山绳。

水面上霎时出现一个越来越大，吸力强劲的旋涡，仿佛巨大的水怪张开了一个黑洞洞的大嘴，贪婪地要吞噬一切。不知道谁的手电没抓牢落在水中，眼看着在旋涡里只闪了两下就不见了。我们的身子都被旋涡带得打起了横漂，就像在水中被人放了风筝一样。手掌在绳子上勒得生疼发紫，我感觉泡在水里的腰骨在旋涡水流的强力拔卷下都要断了似的，忍不住破口大骂起来：

"醉眼——你大爷。"

石室内水声隆隆，我们的声音根本没传出去。醉眼攀挂在我们上面的登山绳上，身体被登山绳打横斜挂着，睁眼看着下面也是惊得一脸惨白。

水面的旋涡起得快，消失得也快。就在我们觉得好像过了一个世纪，几乎精疲力竭，抓握不住手中绳子的时候，随着一阵轰隆隆长啸闷响的泄水声，就像抽水马桶排完了水一样，地下空间里的积水一下子消失了。谢天谢地，手脚酸软的我们终于又能脚踏在湿漉漉的地面上了。

无支祁的铁像已在刚才的变化中又转回了原来位置，密室里也不再喷水。无支祁身后的地面上敞开了一个四四方方的漆黑入口，大家惨白着脸簌簌发抖，看着洞口谁也不说话。

我脱下外衣一边拧着水一边看了看微微皱着眉头的老渔夫和小珂，探询着问：

"要不咱们先回去，下回再继续探秘？"

醉眼在身后咚的一声放下背包，把上身脱了个精光，一边拧着衣服一边打着冷战说："门打开了，不进去看一眼就退缩太遗憾了，咱们哪怕就看一眼，心里有个谱也好给下回进来做点准备。"

小珂一边攥着头发上的水一边微微摇头说："不行！太危险了！衣服都湿透了，手机什么的都进了水，不知道还能不能用。"

乖乖也拧着上衣大声反对说："太冷了，再待下去会生病的。"

老渔夫说："我同意，咱们都先回去休息休息，留得青山在，不怕没柴烧。"

我又问小贾，小贾说："我听大家的。"

除了醉眼，大家都同意先回去休整，我最后环视了一遍这漫过大水的石室，绕过无支祁向门口走去。手电向前一照，我就再也动弹不得，进来的石门千斤闸并未打开，依旧沉默地紧紧堵塞着我们来时的入口。

这是怎么回事？

早已在水中泡得手脚冰凉的我，不觉微微发起抖来。

第二十二章
困地求生

机关启动后，无支祁密室内已经不再涌水，大量的积水也全部通过洞穴流泻一空，通往地下深处的又一处秘密通道已在眼前敞开。

但是我们万万没想到，我们的回家退身之路却依然被千斤闸紧紧堵死。

我们是又疲又冷又累，束手无策。

说不清是冷汗还是水滴，只感到数股冰凉细小的水流蚯蚓一样顺着额头、鬓角、后背簌簌而下。为什么会是这样？难道还有另外的机关没有开启？

我茫然地扭回头望向呆立的大家，地下室安静得只听见嗒嗒的滴水声。

小贾从我手中拿过折叠铲，几步走到石门跟前，用铲头顺着四边门缝试探着用劲撬入，钢铁的铲头和石壁摩擦得嘎嘎作响，却毫无缝隙可撬。我无言地过去拍拍他的肩膀，再次把石门周围搜寻一遍，确信这里并无开门机关，泄气地一屁股坐在湿漉漉的台阶上。

又疲又累，大家都默不作声坐下来各想心事。醉眼卸下背包坐在我身边，伸手向怀中一掏，摸出一包湿透的香烟，晦气地用手一团，扬手扔掉，随即又在自己的包里翻找起来。

我扭头看向老渔夫，正想开口和老渔夫商量办法，醉眼在身边猛杵了我一肘，递过来一个东西说：

"老大，给你。"

我扭回手电一照，我去！醉眼这家伙不知当初咋想的，竟然在自己的登山包里掖了一瓶未开封的五十六度北京红星二锅头。

翠绿的瓶身映衬着透澈的液体发出荧荧微光，还没拧开瓶盖我似乎就已闻到了那熟悉的醇香。这瓶酒现在拿出来对我们来说简直就是琼浆玉液，我冲醉眼挤出一个笑脸，迫不及待地接过来拧开盖子就啜饮了一口。

随着二锅头的咽下，一股火流顺喉头直通肚腹，小腹丹田就和灌了个热水袋一样暖意直透出来，不一刻连脚底都感到有了热流的窜动。

酒香随着呼气在阴凉的地下空间飘逸，老渔夫在黑暗中猛地扭亮了手电照过来大声问：

"谁带酒了？"

我闻声正要起身递过去，老渔夫已经大步走了过来，接过酒瓶也不客气，咕咚就是一口。接着醉眼、小贾、乖乖、小珂都接过瓶来各饮一口。有了二锅头下肚通血驱寒，地下室内不再令人觉得阴冷彻骨，气氛渐渐活跃起来。

我拍着醉眼肩头笑着夸赞："醉眼，真有你的，怎么想到带上这个宝贝的？"

醉眼嘿嘿一乐说："我是担心咱们遇上僵尸啥的对付不了，到时候好拿这个拧开盖当手榴弹甩僵尸脑袋上，砸不死也灌醉他。"

醉眼的话逗得我们都笑起来。小珂边笑边说："怪不得你的网名叫醉眼呢，看来是和酒有缘。"小贾也打趣道："我看这是他的命根子、传家宝，要好好保护。"

看着大家都缓过劲来了，老渔夫招呼说："三个臭皮匠顶个诸葛亮，咱们商量商量办法吧。"

醉眼刚刚受了大家一通夸捧，兼之又灌了几大口酒，热血沸腾，忍不住站起来发言说：

"明知山有虎，偏向虎山行。不入虎穴，焉得虎子？现如今既然没了退路，那正好，我们就来个直捣龙潭虎穴，不破楼兰终不还。"

乖乖一撇嘴说："你歇菜吧，刚才都是你毛手毛脚的，才害得大家差点被旋涡卷走，你要是能不惹乱子，我们就谢天谢地了。"

醉眼正要反驳乖乖，老渔夫严肃地摆了摆手说："眼下最要紧的，是要弄清现实。我先问一下大家，这次下燃灯塔地宫探险，你们都和家里人或其他朋友交代过去向没有？"

我们都摇了摇头。老渔夫接着说："很遗憾！我也没告诉其他人，也就是说，如果我们在地下遇险，外面是没人知道，也不会有人来救我们的。"

老渔夫看我们默然无声，又说道："现在咱们被困在这里前途未卜，还不知道能不能出去，何时才能出去，首先我建议大家节约能源，只开一把照路手电，避免无谓的浪费。"老渔夫话音刚一落，原本闪亮的五把电筒立刻熄灭了四把，毕竟谁也不愿因为手电电能的耗光而在黑暗中摸索前进，那样太可怕了。

我思索了一下，接着老渔夫的话头说："眼下不管愿意不愿意，咱们六个人已经是一根绳子上的蚂蚱，刚才的危险大家也都经历了，下面的行动必须同舟共济，一切行动听指挥，每一步都要小心在意。"

讨论一番之后，我们别无选择，只有继续踏入更深一层的地下通道探查，以期寻找到通往地面的出口。为安全起见，我们的队形确定为我和老渔夫在前面开路，小珂和乖乖位于中间位置，小贾和醉眼殿后，同时为省电，我们只开了两把手电，分别由我和小贾拿着照路。

无支祁身后的通道刚刚流过水，更加湿滑不堪。走了一大段路，前面出现一处两岔路口，我和老渔夫停住了脚步，用手电分别向两个通道内照去，手电光线照射不到的远处都是幽深黑暗一片。

到底走哪条？老渔夫一时也犯了难，探询地看向我，我扭头看了一眼小珂，小珂小声说道："水站，你用手电分别照照两边的地下，看有什么区别没有。"

我闻言用手电照去，两边的通道地面上都是湿漉漉的，有过淌水的痕迹。个别地方小面积的积水，镜子一样反射着光斑，粗粗一看没有什么区别，手电光略微抬起向远处一照，立刻看出了不同：右手侧的通道远处依然可看到光斑闪烁，左边的通道内光斑越远越少，再远就是黑沉沉一片什么也看不清。

老渔夫说："看来这两条通道一条逐渐上斜，一条逐渐下行，所以水流最后都通过下斜通道流走了。"一瞬间我们都有了一个本能的决定——上行通道。潜意识中，越往上走就离地面越近，现在的我们是如此的盼望尽早离开这阴冷黑暗危险的地下空间。

我心里不觉微微有些后悔，如果我们今天没有下地穴探险，此时的我说不定正在电脑前和网上的朋友们互相瞎侃着天南海北的时事新闻；或者也许正仰靠在家里松软的沙发上捧着一杯香茶翻看最新出版的盗墓寻宝小说；又或者在哪个健身场馆正在做着有氧运动……

这些不论哪一样，都远比困陷于地下空间出不去的现状要舒适惬意得多。

不容多想，越早出去越安全，踏上右手通道，感觉这里通道的地面在以微小的坡度缓缓向斜上延伸。

捏在手里的手电光越来越弱，照出去的光影昏黄一片，最后终于只剩下发红的灯丝。

换过手电，向前走了没几步，老渔夫突然一把拉住我，眼睛盯住前面压低着声音说："水站，前面好像有人！"霎时，我感觉头发根都乍起来了，在这深窟地底怎么会突然出现人？难道真有僵尸？

手电光照下，乌蒙蒙的通道远处有个黑影，像一个人趴伏在那里。我把折叠铲横捏在右手，用左手举着手电和老渔夫悄声向前摸去，越往前走看得越真切，那果然是一个人披散着头发埋头趴在那里。从衣服样式上看，这人穿的是一身七十年代流行的蓝色干部装。

我们走到跟前喊了他两声不见动静，乖乖伸手就要去推他。

"别动！"老渔夫一把拦住乖乖，示意我上前。我小心翼翼地用手中的铲子捅了一下那人的身子，触手的感觉一点不像捅在肉体上，就像那人的衣服底下是个空壳。

我不敢确定，慢慢蹲下来用手电轻轻一扒拉那人的脑袋，没想到那颗头颅一拨就动，带着满头乱草一样的头发被我拨转了过来，露出半张皮肉烂尽的惨白头骨，斜着黑乎乎的一个眼洞向上看着我们，似乎在咧嘴嘲笑。

"啊！——"虽然早有心理准备，但我仍然被吓得蹲着就倒退了一步，如果不是老渔夫在后面挡住了我，险些就摔个屁股蹲儿。

尸体被拨动后，渐渐在阴凉的空气中散发出一股熏人的腐臭味道，我们被熏得捂住了鼻子。

老渔夫小心地用登山杖把尸体外衣挑起，压在死尸身子下面的衣服大半都已霉烂不堪，一挑就开露出干瘪的尸皮枯骨。

手电光下照见死尸右手前伸，保持着生前努力抓地爬行的姿势，左手似乎握有一物，被死者紧攥着护于胸前。由于长这么大头一回遇到死人尸体，又是在神秘莫测的地下空间里，我们一个个惊得小脸煞白，谁也没敢吭声，生怕惊搅了地下阴暗处看不见的幽魂，使我们再也走不出去。

醉眼大着胆子用登山杖去拨拉死尸那只紧攥着的手，想看清是什么东西。

在听得见呼吸的安静中突然爆出"啪啪"两声闷响，尸体背部干瘪的皮肤猛然绽裂，从中探出两根纤长的触须，在空气中抖动了数下，紧接着就见数十只黑漆漆的大虫子翻须扬爪，迅猛地向我们爬来。原来是一窝性喜阴凉的大蜈蚣，把这死尸躯体当作了自己的安乐窝，如今感受到活人气息，纷纷爬出妄图饱餐一顿。

乖乖和小珂惊叫一声向后跳去，我和醉眼、小贾抢上前来一阵铲拍脚跺弄死了十几只，剩下的一看情况不妙都钻进石缝不见了。

轻轻拨开死尸的左手，里面紧攥的原来是个毫不起眼的密封小瓶子，瓶子上似乎有日文标贴，不过已经烂得看不出来了。醉眼抬脚就要把瓶子踢向一边，被老渔夫拦住，老渔夫拿起瓶子看了半天没看出什么名堂，小心地掏出一个塑料袋装起瓶子放入了背包。

这人是谁？

为什么会死在这里？

他遭遇了什么样的危险？

一个个问号挂在我们心头，有这具尸体横在眼前，前方的路似乎更加诡秘莫测危机四伏。

第二十三章
黑窟迷影

　　绕过不知名的死尸，大家的前行更加小心翼翼，走了一大段路，前面出现一处分岔路口。

　　站在岔道口，老渔夫说："左为阴，右为阳，我建议咱们走右侧通道。"我们没有更好的建议，就一致同意了老渔夫的选择。

　　右侧这条通道弯弯曲曲，行了一段又过了两处岔道口，进入一间暗室，暗室空空荡荡，里面却出现了三个通道口，这一回又该选择哪一条路？岔道越来越多，我们会不会迷路呢？别无选择，我们还是按着老渔夫的办法一直选右走。

　　正要迈步，身后的小珂突然拽了我和老渔夫一把，冲大家做了一个禁声的手势。我们一齐凝神侧耳去听，不知道哪一个通道里隐隐有脚步和人的小

宝塔传奇

声说话声传出，难道我们快找到出口了？

又或者是什么人也下到了这地下密道里？

是探险？是寻宝？还是遇上管理员了？！

大家互相望了一眼一阵兴奋。老渔夫示意大家关掉手电，我们静默在暗室里紧盯着三个通道口紧张等待。

很快，最左侧的通道里远远地有几丝光线透照过来，影影绰绰间看到远处有两个人分别拿着手电和火把向我们这里走来。醉眼忍不住站过去喊起来："嗨！你们是干什么的？"醉眼的声音被通道狭窄的空间拢聚，带着很大的回音混响，远远传出。

那两个人明显愣了一下，突然转身就跑了起来。我们一看都急了，一起喊起来："别跑，停下，我们迷路了。"哪知道那两人根本不停，反而越跑越远。醉眼大喊着撒腿就追了过去，我一边喊着让大家跟上一边也紧追过去。

前边的人看来对地下环境非常熟悉，三弯两绕跑得飞快，我们在后面追得气喘吁吁。

拐了一个弯，前面的灯火突然一下熄灭了，我们刹住脚步，发现这条通道里的砖石结构与走过的地方完全不同了，修筑年代似乎更加久远。

一路追得急促，根本就没细看周围环境。等到乖乖他们也赶上来，大家喘匀了气，我们再次商议接下来怎么办。现下环境陌生，通道绕来绕去的，地下空间里又有众多岔路，我脑子里已成了一团糨糊，只怕连回去的路也找不到了。

或者摸索着继续前进，或者摸索着转身后退，大家正犹豫中，前面突然又亮起光亮。一道手电光明显地向我们这里晃动着招呼我们过去，我们犹豫了一下，也用手电照过去，同时喊道：

"等等我们，我们迷路了。"

对面的手电又晃了晃，似乎表示明白我们的意思。

这一回大家没有急追，只是快步向灯光处走去。

走了一段，我们奇怪地发现远处的灯火一直和我们保持着若即若离的距离，我们前进它就后退，我们停步它就不动，我们跑两步它退得更快，前面的人一直在引路却又不想让我们知道他们是谁。

我们疑惑着正要停步，前面远远地有人模糊喊了声：

"你们过来吧——"

手电的亮光一阵大晃，随即不动了。

我们加快脚步赶过去，远处的手电光照向我们这边，悬停在通道里，到跟前我们才看清这又是一间密室，正对面有个半敞的门洞，顶门杠斜倚在一边，青石门扇上有人用粉笔写着"出口"两个大字。

一把亮着的手电就挂在石门上，并没有人在这里等着我们，引路的人似乎不愿和我们会面，把我们引到这里他们就先出去或者躲起来了。

我们小心地用手电向门洞里照去，门后没有出现想象中的外面的自然天光，或者向上延伸的台阶，门洞里反而是一大片照不到尽头的黑暗，手电光陷入了大片棉花一样的黑色里，被似乎无尽的黑暗完全吸收了。

我和醉眼把半敞的门扇完全推开，几把手电一齐照入，除了发现这里的地面和墙壁都是用黑色的石头砌成以外什么也看不清，什么也没发现。这是一个什么样的空间？为什么要用黑色的石头垒砌？门洞后似乎充满了神秘的诱惑，我们心里都产生了一种说不清楚的紧张感觉，互相嘱咐着要小心。

大家牵着手，拉着背包小心迈进。走不多远，脚下的石板路缓慢地倾斜向下，前面黑暗中似乎有什么东西出现，我问小贾能不能看清，小贾辨认了一下说：

"前面好像有棵大树。"

我们十分惊奇，这地下空间里怎么会有树木生长？恐怕是棵地面上的大树，根须深扎入地下裸露于此吧。

老渔夫挥手说："咱们到近前看看便知真假。"

醉眼悄悄靠近我小声说："老大，我怎么感觉这黑色石窟里特别诡异，我浑身的鸡皮疙瘩都爹起来了。"

我也觉得这石窟十分不对劲，具体哪里别扭却又说不上来，心里隐隐泛起一种危险就在身边的感觉。

正想叫住老渔夫，就听到前面的黑暗中"噗——"的一响，有什么东西绽裂了似的，响声不大，但是在一片寂静的黑暗中听得十分清楚。

一犹豫的工夫，老渔夫已经带着乖乖、小珂三步并作两步赶到前面去了，随即听到他们发出"啊！"的一声惊叹。

老渔夫和乖乖惊讶地招呼说：

"水站，你们快过来看，这是什么？"

听声音似乎没发现什么危险的东西，可是我心里的危险感觉依然还在，伸手捅了醉眼一下示意他小心。

醉眼点点头，我们慢慢向前走去。老渔夫他们停在离我们有十余米的地方，前方似乎是个断台过不去了，黑石窟里笼罩着似有若无的黑雾，朦朦胧胧看不清楚。远远地看到他们的手电光柱照在前方一处东西上，感觉似乎是丛植物。

我边走过去边大声问他们：

"老渔夫，你们看到什么了？"

老渔夫紧盯着前面的东西一迭声地催促说：

"简直难以置信，你们快过来看。"

我快走几步，心里不安的感觉又重了几分，眼看快到跟前，脚下却没来由的突然一滑向前溜去，老渔夫他们也愕然地回过头来。

我们脚下的石板路不知什么时候开始变得向下倾斜浮动起来，并且下斜的幅度越来越大。

中了机关！！！

我的脑子里猛然轰的一响，大喊道："快往回跑。"

顾不了其他扭身就向来路跑，但石板通道已经高高斜起，我只奔了两步脚下就撑持不住滑倒在地，身后的老渔夫他们长声惊叫着掉了下去。

地下的石板打磨过一般溜滑无比，一直握在左手中的折叠铲在黑石板上剐蹭出一溜火星，但根本抓挠不住东西。

忙乱中看到眼前有道石缝，急忙挥铲一插，全身下滑之势一顿，心下刚刚一喜，还没喘过一口气，眼前黑影闪动，小贾的身子从上面直滑过来撞在了我的头上。

折叠铲"嘣！"的一声脆响，带着一小块撬掉的碎石滑离了石缝。我大脑里一片空白，坐滑梯一样和小贾挤在一起"啊——啊——"大叫着，跌下了莫测的黑暗中。

这断台下面漆黑一片，摔跌下来的瞬间大脑一阵恍惚，就好像跌入了一场难醒的梦境，整个人陷入无底的深渊挣扎不出。感觉心脏也骤然一紧，停止了跳动一样紧堵在嗓子眼上，让人不由自主地张大了嘴"啊啊"狂喊。

好在这种状态只持续了短短几秒时间，下跌没多远就砰的一声仰面摔在了地上，虽然有背包垫着，但四肢百骸仍然摔散了架一样半晌动弹不得。

地上激腾起大片的尘雾，在模糊的手电光柱下，只看到头顶上方一大片黑色的岩石在缓缓抬升上去，这就是我们刚刚跌下来的石板断崖。原来这石板断崖是一个简单的翻板机关，就像幼儿园里孩子们玩的跷跷板一样，只要断崖这头站上人，增加的重量就会导致杠杆平衡被打破，大块的石板通道就会自动倾斜，把站在断崖一头的人给滑坠到黑崖下面去。

机关虽然简单，关键是布设在了让人意想不到的地方，一旦中招就无法可救。

刚才那一下把我摔得不轻，直躺了半晌，才回过神来，想起得找找先前跌下来的老渔夫他们。

掉转了手电去照，老渔夫他们也就比我和小贾早掉下来三四秒钟，落地地点并不远，不过没我这么幸运背后有背包垫底缓冲。

手电照过去正好看到他们灰头土脸的没缓过劲来，还保持着落地后的姿势，一个个都瞪着大眼在呼呼喘气发愣。

我把手撑在地上一使劲，侧着翻过身来，发现地上并不是石头地面，而是铺满了厚厚一层说不上来是什么植物的枯枝败叶。

顾不得细看，赶紧去拉老渔夫他们起来，挨个扶起来仔细察看。好在大家除了从高处坠落，摔在地上被震得够呛以及手脚有划伤擦伤外，骨头倒都没事，总算虚惊一场，不幸中的万幸。

大家从地上爬起，一边揉着摔痛的地方一边用手电照着，小心地抬眼打量四周。

　　一个、两个、三个、四个……

　　我猛然间脑子又是一炸，人数不对啊！醉眼哪里去了？

第二十四章
血柏神树

我急忙一拉小贾："你看到醉眼没有？"

小贾扫视一眼四周，茫然地说："醉眼没掉下来吗？"

我正想去喊醉眼的名字，突然一个颤颤的声音从头上高处传来："老大，小贾，你们在哪儿？"

大家一齐抬头去看，头顶只能看到一片黑黢黢的嶙峋岩石，上方的石板通道恢复正常后正遮覆在我们头顶。我大步向外跨了几步，脱离开石板的覆盖，看到头顶高处的断崖上趴着一个人，正举着手电拼命伸着脑袋向下四处张望。

我喊了一嗓子："醉眼，你怎么没掉下来？"

醉眼的手电一下晃到了我，他惊喜地大喊："水站，你们没事吧？我还以为你们都……"

话没说完，乖乖紧跟在我后面出来，使劲呸呸地吐了两口唾沫，冲醉眼喊道："喂，乌鸦嘴，别咒我们啊，要不然上去后要你好看。"

我大声问醉眼："说说你怎么没掉下来？你得想办法把我们都弄上去。"

醉眼说："我趴地上抠住石缝才没掉下去，咱们带的绳子都在你们背包里啊。"

老渔夫揉着摔肿的肩膀从石崖下走出来，拍了下我的肩膀说："水站，大家都没事，这里暂时也没有危险，你就别太着急上去，咱们索性在下面探查探查，也许能找到其他出口呢。"

老渔夫说得有理，我也暂时放下心来，向老渔夫问掉下来之前他们发现了什么。老渔夫默不作声，推着我的身子背向了断崖。

看到眼前的景物，我一时张大了口无法出声。

前方数十米处，几乎在洞穴的正中央，长了一株八九米高的合抱大树，与外界的树木不同，这株树木全身上下连树枝带树叶都是灰突突的颜色。大树盘旋扭曲着，把细长的枝叶伸展成一柄伞状，枝条密集的地方看起来就像一大团卷曲在一起的电线，最奇特的是树叶间还挂有一个个灰白色葫芦状的东西，似乎是大树结出的果实。

这是什么东西？

这暗无天日的地下洞穴怎么会长有这种怪树？

植物不是普遍需要阳光空气和水，靠光合作用促进生长吗？

这株明显违反一般自然规律的大树究竟是什么树？为什么会长在这里？

看了看身边的众人，大家都是一脸惊奇和茫然。小贾眼尖，指着黑暗处的一面石壁说："那里好像有字。"我们把手电都照过去，依然看不清黑暗中的石壁上是否有字。

我问小贾写的什么字，小贾辨认了一下摇头说："是古文字，我不认识。"

老渔夫用登山杖拨了拨地上的枯枝败叶，确认脚下露出的是坚实的泥地，就用登山杖在地上顿了顿说："咱们过去看看。"

我点点头，把自己包里剩下的登山绳，连同用弹簧钢自制的三爪飞钩都掏出来，让小贾绑上，想法子抛给醉眼，以备不测。我和老渔夫带着小珂、乖乖一路拨开杂物向前走去。

贴着黑石崖壁绕了小半圈终于看清，眼前一堵刀削般平滑的黑石壁上凿刻着"血柏神树"四个汉隶古字，字沟里填涂着剥落的红漆，黑崖红字互相映衬，看上去触目惊心。

虽然看到了树名，但我们依然对此一头雾水。左右照照再无发现，我说："咱们到树跟前看看，没准树上结的果实和木瓜、椰子一样可吃可喝，那就美了。"

乖乖说："你以为咱们是孙猴子进了万寿山五庄观，可以吃上人参果呢。"

老渔夫呵呵一笑说："深入宝山不能空手而回，咱们就到跟前看看这是棵什么怪树。"

我们慢慢走到树前，发现这棵树的树皮是鱼鳞一样的状态，而树上的枝条就像一条条扭曲的长蛇，细小的叶片附着在枝条上像羽毛一样卷曲着。高处的几簇枝叶中间，鸟巢一样包裹着什么东西，黑乎乎一团看不清楚。

正围着血柏怪树小心察看，头顶上突然"噗——"的一响，一个葫芦状的果子从枝头坠落，"噗嚓！"摔在地上。几把手电立刻都照了过去，地上那枚果子裂了一道缝，一股诱人的甜香味飘散开来。

我们围过去一看，那果实裂开的缝隙里居然是西瓜一样的红色，浓郁甜香的气味让人挪不开步子。

我刚伸手把那果实捡起来还没来得及细看，已经被乖乖抢到手里。我无奈地笑笑，正想说点什么，"啪嚓！"一声大响，从老渔夫身后又落下一堆灰白色的东西。大家以为又是一颗果实，都扭头去看，不料这回掉下来的竟是一具被极力扭曲成一团的灰白色人体骨架，干枯的骷髅头骨掉在地上兀自还在晃动。

大家愣了一会儿还没动弹，乖乖突然一声尖叫，我抬头一看，不知什么时候树上原本卷曲的枝条都已经颤动舒展开来，几处鸟巢样的地方都展露开来，露出里面包裹的干枯骨架。大家都呆愣在了原地，这树上的骨架从何而来？又因何被悬挂于此？我们不得而知，只觉周遭一股阴冷的寒气逼身。

第二十五章
奠柏

小珂声音略微有些颤抖地说："莫非我们遇到了传说中的奠柏？"

"奠柏？！"我们疑惑地重复道。

小珂说："我以前在网上看到过食人树的相关介绍。世界上能吃动物的植物约有五百多种，但绝大多数只能吃些细小的昆虫。只有生长在印度尼西亚爪哇岛上的奠柏，能'吃'人。

"相传这种树极其高大，长着许多枝条，长的一直拖到地上，有的就像快要断了的电线，风吹摇晃。如果有人不小心碰到它们，树上所有的枝条就会像魔爪似的向同一个方向伸展过来，把人卷住越缠越紧，使人脱不了身。

"奠柏树枝很快就会分泌出一种黏性很强的胶

汁，能消化被捕获的食物。动物粘着了这种液体，就会慢慢被大树消化掉，成为树的美餐。据说，这种树是以腐烂的人和动物的尸体做养料维持自己生命的。不过这里为什么会出现这种食人树我就不知道了。"

听了半晌，老渔夫悠悠说道："当前学术界尚未发现有关奠柏的正式记载和报道，我更倾向于认为这树上的白骨是人为造成的。当前最紧要的是想想怎么从这个洞窟中出去。"

我们一致同意老渔夫的想法，得先从这个阴森可怖的鬼地方出去。

手电照射洞窟一圈，却没有发现任何出口或机关，看来只有靠醉眼用登山绳把我们一个个拉上去了。黑崖足有数十米高，攀爬起来实属不易，等到爬上黑崖石块，整个人已虚脱。喘了口气，我疑惑地问醉眼，他是怎么把这巨大的黑崖翻板机关给破坏掉使我们能安然爬上来的？

醉眼抬手用手电一照，原来在这条通道的入口处，有一道可收缩的铁杠子被放了下来，恰好别住了巨大的黑崖石板。我无声地拍了拍醉眼的肩头，这一回真是多亏了醉眼，我们才得以逃脱。

休息了半晌，我猛想起一件事来，一下从地上跳起来咬牙道："他大爷的！咱们在通道里遇上的那两个家伙肯定是故意把咱们引到这里来的。"

老渔夫也怒道："再让咱们遇见，非痛揍他们一顿不可。"

乖乖说："把他们也扔到黑崖下面去，这两个人太坏了。"

看了看手机，已经是晚上七点多钟，大家的手机一直处于无信号状态。

宝塔传奇

小珂说："既然通道里可以遇见那两个坏家伙，就说明地下一定有其他出口，我猜那两个人是在这里盗墓掘宝的，他们不想让别人知道地下的宝藏秘密，这才故意把咱们引向这里，当务之急是加强小心，赶紧找到地下出口。"

我们爬起来收拾收拾东西出了这个巨大的洞窟，把敞开的石门紧紧关闭，又加上了闸门铁杠。

我进黑石窟之前为追那两个人，跑得三弯两绕已经迷了方向，所以就在最后和醉眼负责压阵，由小贾和老渔夫排头开路。

我们的手电在无支祁水窟里被大水冲击丢失了一把，刚才在血柏神树那里跌下黑崖的时候又摔坏了一把，现在只能前后各打一把照亮，其余两把关了灯，拿在队伍中间的乖乖和小珂手中，以备不时之需。

我把右手缠上布捏着折叠铲，左手拿着手电，边走边和醉眼、乖乖他们闲聊，努力调节队伍里的气氛。

"醉眼。"我招呼道，"你还真是咱们队伍里的福星啊，现在没事了，你详细说说你当时怎么弄的，没像我们一样掉下来摔个半死？"

醉眼见夸，得意地一扬头："那是，我醉眼一向福大命大造化大，命硬着呢。"

乖乖闻声回头说道："就是，我看醉眼就是命中注定的八字吉祥，骨相清奇，生来的命硬，克夫、克子、克……"

话没说完被小珂拉了一把打断，随即呵呵笑了起来。

看来逢上乖乖，醉眼算是遇上克星了。

我拽了一下醉眼说："醉眼，说正事，你怎么让自己没掉下来的？"

醉眼说："我当时正好走在最后面，一看老大你们都摔倒了，我赶紧就抠住石头缝隙紧趴在地上，后来好不容易等这大翻板恢复原状，回头一看，你们都不见了，我这个急啊，爬起来才发现我可能正处在石台翻板的平衡点上，只要往前一走，这石板就要往下斜，我想找东西别住它，后来就在门口看到了那个用来别卡石板机关的铁杠子，搬下它我才走到你们掉下去的断崖头上往下找你们。"

小珂在前面接话道："醉眼，这回多亏你大家才脱险，看你这临危不惧的表现，是不是以前经常探险啊？"

醉眼说："我不过是平时喜欢玩玩攀岩罢了，要说探险还是我们老大水站去的地方多。"乖乖问我："水站，你都去过哪些好玩的地方？"我笑道："你们别听醉眼瞎吹。"

一路说说笑笑，抬眼一看，我们在地下通道里绕行了一大圈，前面，一大片坍塌的土石堵住了去路，看来此路不通。

手电筒的电池耗尽，灯光又灭了一束，昏暗的灯光下抬头看看前面堵塞的土石，又扭头看看漫长黑暗的来路通道，我们暗暗心惊，出口到底在哪里？

第二十六章
妖兽显形

好不容易从黑崖洞窟逃脱，在地下空间通道里转悠了半天寻找出口，没想到路又被塌方堵塞了，大家心里都咯噔一下。

醉眼指着坍塌的土石堆顶部说："你们看那里！"我们一看，在杂乱的土石堆顶部，数块交错重叠的大石之间露出一个刚可容人的缝隙。

小贾看了几眼，突然几步攀爬上土石堆，从一块尖利突出的石角上拿下一个东西紧攥在手里又爬了下来。小贾发现什么了？我们奇怪地看着他。小贾一言不发，在手电光下慢慢张开手掌。

一截茬口很新的布条！小贾手里捏着的竟然是一截从衣服上刚刚扯下来不久的布条！大家的眼睛一下都瞪得滚圆。有人从这里爬出去过？！我们脑中都冒出这样一个念头。

醉眼提议说："我先过去看看？"我一想，前面洞窟深浅莫测，是否真是通往外界的通道还未可知，醉眼身材瘦削灵便，派他先去探下路比较保险。我和老渔夫交换下意见后就点头同意了。为防不测，我们给醉眼腰上绑了根绳子，醉眼攀上土石堆，小心翼翼地用手推推横架的石块，确认安全后，放心地把脑袋伸进去，手电咬在嘴里，蛇一样扭着身子，手脚并用地爬了进去。我们在后面一边放着绳子一边叮嘱他小心，醉眼用鼻子嗯嗯着表示答应。

爬了五六米，土石堆的缝隙里突然"噗嚓"一声闷响，一股烟尘一下从缝隙里喷涌弥漫开来，呛得我们连连后退。坏了，醉眼出事了！我的心猛一沉，不待烟尘消散，连忙一边喊着醉眼的名字一边用手拉扯绑着醉眼的绳子，但根本拉不动，一点不像绑在人身上的感觉。

不顾老渔夫的阻拦，我三两步攀上土石堆，用手电照着，透过眯眼的烟尘和交错的土块石条一看，弯弯曲曲的缝隙尽头处，一块大石压在绳子上，把通道堵塞得不透空隙。声嘶力竭地喊了几声醉眼，不见回音，我准备爬过去用手里的折叠铲去撬捅那块石头，却被老渔夫从后面紧紧拉住。

老渔夫爬上来看清情景也不觉一阵颓然，但无法可想，老渔夫强拉着我下来说："水站，你不能蛮干，爬进去捅石头太危险，咱们现在是筋疲力尽，搬不了这么大的土方量，救醉眼得另想办法。"

我扭头正好看到小珂苍白的脸和乖乖紧张而略带惊惧的眼神，再看看老渔夫和小贾疲惫的神色，我不觉叹了一口气，现在还有什么办法可想？一股悲壮的感觉猛然涌上心头：老弱残兵，英雄末路。

现在怎么办？难道要放弃抢救醉眼，另找出路？我实在没法下这个决心。可是老渔夫说得也对，我们老弱残兵挖不了这么大土方量，电池的电量也不够了，很可能醉眼没救下来我们也折在这里了。小珂咬了咬嘴唇说："我们得赶紧找到出口，然后再带人来救醉眼。"可是出口到底在哪里呢？

我又茫然地望向老渔夫，老渔夫正想说什么，寂静的通道里响起点什么声音，好像远远地有人在敲石头，微弱的啪啪声吸引了我们侧耳去听，听了一会儿我们突然醒悟过来，一齐拥到土石堆前去喊醉眼的名字。

果然，石块敲击的声音更响了，我急忙打着手电爬进土石堆的缝隙里。好不容易挪到那块拦路石跟前，一喊话便模糊地听到了醉眼的回答，这小子爬过去的时候一脚不小心，把一块斜支着的石头蹬踏落了，幸亏收腿快，腿上只是被划了一下没受伤。现在从他那边也打不通通道，喊话又听不见，人急智生，只能拿石头砸石头希望我们能听见声音救他。

醉眼那边也是条漆黑漫长的通道，他还没有仔细察看。我沉默了一会儿，告诉他说，这土石堆靠我们几个是无论如何也挖不通的，现在的办法只有两边的人分头去找出口，不论哪边先找到出口，出去后都立刻带人回来搜救另一方。

醉眼想想确实没辙，也只能这样。我拿军旅电视剧《士兵突击》里的不抛弃，不放弃等话给他打气，我大喊着鼓励醉眼要学习发扬他最欣赏的许三多精神：天塌地陷无所惧，龙潭虎穴只身闯。独有英雄驱虎豹，更无豪杰怕熊黑。这世界到底谁怕谁？醉眼同志，考验你的时候到了，你要发扬一不怕苦、二不怕死的光荣传统，雄赳赳、气昂昂，勇把重担挑在肩，为我们探出一条脱险幸福路……醉眼听得信心满满，忍不住嘿嘿乐了起来。

我告别醉眼灰头土脸地爬下土石堆，乖乖、小珂、老渔夫他们都是一脸笑意。乖乖大拇指一伸说："牛啊，没看出来，水站你还挺能忽悠。"老渔夫也乐着说："这思想工作做得真到位，连我都听得热血沸腾了。"我说咱肚子里别的没有，口号一大堆，都是没事翻看书刊学来的。

无可奈何，暂时和醉眼分开，我们扭头向来路快步走去。这一回因为还担负着快点找到出口带人搭救醉眼的责任，我们走得都挺快，因为在地下无法辨别方向，所以只能沿路用小刀在墙壁刻画箭头做记号，走过的通道看到路口记号就不再进入。

不知道转了几个圈子，前面又进入一个大厅，进去一看我们都有些发愣，因为这里我们来过。看着眼熟的环境和围墙四壁上几个黑乎乎的莫测通道口，犹豫彷徨也没有用，趁着还有体力，老渔夫选了一个通道，带着我们闷头往里走去。

只剩了一个电筒还有电照明，我的包里还放了一个手机大小的简易小电筒，那是在地摊上花十元钱买来的手握式发电小电筒，买时觉得好玩，现在想不到竟派上大用场了。我从包里掏出来在手里咔啦咔啦地捏动着发电照明，小电筒电力不强，但随着手指的捏动发电，光照一明一暗变化照亮着脚下和四周，好歹是聊胜于无。

醉眼被困和我们分开，我们都没了说话的兴致只是闷头前行，我跟在大家后面。刚刚进入通道，背后的空间里无端地刮来一股阴风，让人后背上不由得起了一层鸡皮疙瘩。

随着风势，一股凶猛的力量一下撞击在我的后背上，就像有个铁桩子一下砸在身上一样，我禁不住"啊！"了一声。猝不及防，手电和折叠铲都脱手而飞，我也打了个趔趄，幸亏抓住了前面小贾的背包才没摔倒。

刚刚回过身来，眼前黑影一闪，一个浑身蓬散着长毛的巨大东西已经猛扑上来，在闪烁的光影里怒睁着猩红的血眼把我扑倒在地。

僵尸？妖兽？异形？

不及细想，一张獠牙毕露的血盆大口已经喷着腥气朝我逼来，这场景恐怖狰狞。那头怪兽的大嘴在我脖子上一触，我清晰地听到"咔！"的一声牙齿合闭碰击的闷响，这一刻真是魂飞天外魄散九霄，老渔夫他们全吓呆了。

怪兽在我脖子上咬下一口，随即爪子一蹬闪电般腾身跃起隐入黑暗之中，身形移动异常迅猛。我感觉脖子中间被它连皮带肉咬开了一个血糊糊的大洞，一股冰冷彻骨的凉意随着脖子上涌流的鲜血漫布全身。

我已经完全傻掉了，这一切发生得太过突然，电光石火之间，我的一条小命即将交待在这冰冷阴暗无人的地下黑洞里，我的身体终将也会像曾经在通道里遇上的那个遇难者一样，多年以后腐化干枯，成为地下空间里恶心的蚁虫蛇鼠的安乐窝。多年以后会不会有人再来探险，在这里发现和翻动我这具默默无名只剩了一副白骨的枯尸呢？

茫然中，我已经感受不到疼痛，只是任思绪随意漫游，也许这就是濒死的感受吧。两股冰凉的眼泪不觉顺眼角流淌下来，濡湿了鬓角的头发。原来临死之际，我也是这样的脆弱彷徨、软弱无助。

第二十七章
险死还生

地下怪兽把我扑倒在地，在脖子处狠狠咬了一口，受到这样恐怖场景的强烈刺激，再加上长时间待在黑暗地下洞窟中，体力不支、精神紧张，我的精神崩溃了，躺在那里茫然空洞地睁着眼睛动弹不得，大脑一片空白。恍惚中耳边似乎有人在喊着什么，不过那声音实在太遥远，根本听不清。只感觉自己的身体轻飘飘的，似乎飘了起来，却又被人拽住了飘不走。

正在享受着这无比轻松的感觉，嘴唇上的人中穴位突然一阵剧烈疼痛，接着一股冰凉的水雾猛喷到我脸上，我一下清醒过来。定神一看，原来我还躺在地上，是乖乖用手在掐我的人中穴位，小珂拎着水瓶紧张地蹲在另一侧。

看我醒来，乖乖欣喜地松了一口气，狠推了我一把埋怨说：
"水站，你吓死我们了。"我虚弱地撑起身子，看到老渔夫和小贾手
里各拿着家伙，正把我们夹在中间前后戒备。

我艰难地嚅动了几下嘴唇说："我不行了，你们走吧，别
管我。"

乖乖奇怪地摸了摸我的额头说："水站，你没发烧啊！"

我看看小珂，她也一脸奇怪地盯着我，我下意识地一摸自己
的脖子，脖子还完好无损地长在那里。

这是怎么回事？难道刚才的经历只是一场梦？我现在还是在
梦中？或者怪兽根本就没咬到我，而是我被吓昏了？

在美女面前竟表现得如此软弱，我脸上一阵燥热，捂着脖子
爬了起来。老渔夫看我起来了，欣喜中带着忧虑地问我："水站，
你没事吧？"

我点点头说："侥幸没受伤，你们看清是什么怪物了吗？"老渔
夫他们都摇摇头说速度太快了，那头怪兽一击扑中，抽身即退，动作
快得就像闪电，他们只看到一个凶猛的影子从黑暗中一闪就又隐入
黑暗中了。只有我近在跟前，看到了怪兽长满长毛的斗大脑袋，通
红的慑人双眼和血盆巨口。

这是头什么怪兽？敏捷的动作像豹子，凶猛的形象和力量又
像头暴怒的熊。

小贾突然说："王哥，我看它的身形像是一头狼。"

狼？！

我们都是一惊，怎么会在这大城市的地下通道里遇上一头恶
狼？在中国内地，狼这种动物一般只在山区出现，平原地区，尤
其是人口稠密的地方，除了动物园以外，是见不到狼的身影的。

我们带着疑问一齐看向小贾，小贾说："我们在草原上放牧，经常会遇到野狼半夜来偷羊，刚才黑暗中蹿出的怪兽体态动作都像狼，不过我不敢肯定，也许它只是一条流窜在地下通道里的野狗。"

"不，不会是狗，狗通常是听到动静或者受到侵犯，都会先犬吠警告，然后才扑咬上来。"老渔夫否定说。

"不像是狗。"我也摇头否定。

地下怎么可能会出现狼这样凶猛的大型野兽？它又是从哪里跑出来的？

难道真会有一头野狼趁着夜黑风高从山区流窜到这里来了？

老渔夫说："甭管是什么野兽，它能在地道里出现，就说明这里肯定有它的巢穴或者出入口，咱们肯定还会遇上它的，大家都要加强戒备，千万小心。"

小珂思索了一下提议说："那个动物能在地下生存，说明它肯定知道通往地面的出入口，我们不如找到它，跟着它走，也许可以找到出口，胜于现在这样无头苍蝇一样四处乱撞。"

"要是野兽伤人怎么办？"老渔夫提出问题。

小珂看看我说："也许它不是一头有意伤人的猛兽，只是咱们的出现吓着了它。"

"要是有火把就好办了，野兽最怕火。"小贾插言说。

跟着野兽走，还是继续在地下盲目摸索寻找出口？无论怎样选择，左右都是要冒险，说不好哪边风险更多一点，不过跟着野兽走找到出口的希望也许更大一些。刚才我被怪兽一下扑倒是因为猝不及防，现在我们人多又有了戒备，应该不怕怪兽的再次出现。

地下通道里潮湿阴暗，借着地面上怪兽留下的隐约可辨的梅花状脚印，我们握紧了防身的家伙，悄声屏气地追踪地下的野兽。

这是一条我们没走过的通道，拐了不知几道弯，一直提防着野兽从黑暗中突然猛蹿出来，我们走得小心翼翼。

在跟着脚印走过了几处岔道后，前面的通道开始缓慢向上倾斜，呼吸的空气也略为干爽起来，我们感受到了这种变化，大家交换着欣喜的眼神，心里都在默默祈祷着。在这条向上倾斜的通道里穿行，越向前走越感觉似乎有一丝危险的气息在空气中飘荡，打头的我和小贾不由得绷紧了刚刚放松的神经。

又拐过一个弯，小贾一把抓住了我，示意我停下来。我努力凝聚目光向黑暗中看去，前方远处的半空里，两个红宝石似的浅淡发光体正凝在黑暗中一眨不眨地盯着我们。

神秘的怪物终于出现了，我不自觉地握紧手里的折叠铲深吸了一口气，强忍住怦怦的心跳按亮了手中的大号强光电筒。雪亮的光照下，前面斜坡上头，一扇敞开的石门台阶上，威风凛凛地站立着一头足有半人高大，脑袋大如笆斗，浑身披满黑色长毛的庞然怪兽。

看到我们发现了它，怪兽猛然奓起了脖颈上的长毛，使原本就庞大的脑袋又胀大了一圈。怪兽立在那里就像一头黑色的雄狮一般，咧开獠牙阔口发出愤怒的咆哮，怪兽的吼叫声音凶猛无比寒人胆魄，我的腿肚子已经有些发软。

小贾突然用变了调的紧张声音喊道："是藏獒，快退回去，是藏獒。"

这头隐藏在地下通道里半人高大的凶猛怪兽，竟然是传说中青藏高原上可以搏狼斗豹的可怕的犬中之王——藏獒。

难怪在草原上长大的小贾面对它也心生怯意，叫大家快退。我抽身就要跑，胳膊却被紧盯前方的小贾拽得紧紧的，小贾紧张得黑着脸说："不能跑，你一跑藏獒就会扑你的，要盯着它慢慢后退。"

乖乖在身后惨白着脸颤声说："我看它像老黑。"

老黑？老黑是谁？！电光石火间我的脑子突然一下清醒过来，试探着喊了一声："老黑。"

气势汹汹的藏獒突然停止了咆哮，几个纵跃就奔到我们跟前，扬起鼻子冲着我们咻咻嗅了两下又奔回石门处，照旧拦着通道。

真是老黑？我悬到嗓子眼的心脏半落回肚子里，试探着向前迈进。看我们要过来，老黑喉咙里又陡然发出呜呜的威胁声音阻止我们向前。

我们惊喜交加又面面相觑，老黑怎么会出现在这里？正疑惑间，老黑身后的黑暗中，一个清晰的女孩声音传来："你们是干什么的？"

乖乖和小珂一听立刻惊喜地招呼起来："是小梅妹妹吧？快来救救我们。"

那个隐在黑暗中的女孩惊异地问："你们是谁？怎么知道我的名字？"

乖乖抢着说："小梅妹妹，我是乖乖，我们前几天到你家找过你爷爷的。"那个女孩说："你们把手电关了，我看不清你们。"

我急忙关闭手里的电筒，对面随即亮起一道强光，晃得我和小贾睁不开眼，我回身用手臂揽了一把，眯着眼抓住一只纤柔的手臂，也不辨是谁就把她推向身前让对面的女孩辨认，身前的人影说道："小梅妹妹，你好，我是小珂，我们迷路了。"

第二十八章
昆虫机关

小梅说："你们怎么跑到这里来了？要我带你们出去可以，但你们得答应我两个条件。"

小珂问："什么条件？"

小梅说："我爷爷定的规矩，第一，你们要保守秘密，每人都要起誓不能向外泄露燃灯塔地下的秘密。"

小珂回头看看我们，大家都点了点头齐声说："我们答应。"

随即我起头带大家发誓，大意是从地下出去后保证决不向其他人泄露秘密，否则让我们困在地下永远出不去……

小梅听我们发完誓，接着说："我的第二个条件是，你们必须把自己的眼睛用布带蒙起来，关上电筒，一个拉着一个跟我走，否则我不管你们。"

还要蒙上眼睛？但后来又一想，我们本身就在这里找不到出口，和睁眼瞎又有什么区别？蒙就蒙吧，人在屋檐下，哪能不低头。和老渔夫商议了一下，也只能答应。

我们蒙住了眼睛，小梅带着老黑过来，依次检查了一遍，然后警告说："前面的通道有十分危险的机关，必须摸黑通过，通过时无论发生什么样的变化，大家都只能拉紧前面的人不掉队，慢慢往前走，千万不能揭下蒙眼布打亮手电，或者做出激烈的动作，以免遭遇危险。"她这样一说我们放下的心又悬了起来。

小梅牵着老黑在前面带路，小珂拉着小梅的衣襟，我握着小珂的手，回手又牵住乖乖，一行人如同拴在一条绳上的蚂蚱向黑暗中走去。

在阴暗的隧道里，小梅身上喷洒的驱蚊花露水香味在空气中飘散着，闻起来十分提神醒脑。我蒙着眼，原想暗暗记住走过的路径，但在黑暗中被领着拐过几个弯后，便发现自己已经记岔了步数，只好放弃这个念头拉住两边的手听天由命。

感觉这一路有好几条岔道，因为小梅说过不许出声，大家只好闷声不响往前走。又走几十步，队伍停了下来，听到小梅在前面启动一个机关，似乎有扇门打开了，一股微风吹过，里面隐隐传来一阵嗡嗡声。

小梅嘱咐一句："大家跟紧了慢慢走，千万不要乱动。"随即带着我们小心地走了进去，我们提着心，不由得握紧了彼此互相拉拽的手。

越向里走嗡嗡声越大，开始不停地有飞舞的东西撞在我们脸上身上，越向里走空中乱飞的东西越多，我们似乎走进了一处会飞的昆虫的巢穴。

因为有小梅的警告在先，所以我除了紧闭着眼睛机械地跟着前面的小珂往前小心挪步，丝毫也不敢乱动，想来大家都和我一样。

身上的昆虫越落越多，密密麻麻连耳朵上面都落满了虫子，感觉全身上下就像披挂了一副虫子组成的铠甲一般，幸好这些昆虫体型较大，否则爬进大家的鼻孔耳朵眼里非出乱子不可。可就是这样也让人几乎无法呼吸，满头满脸以及手臂上都是密密麻麻的脚爪在不停爬动，痒得百爪挠心一般，只能拼命咬牙忍受。

我开始在心里猜测这会是什么虫子？蛾子没有这么小，苍蝇没有这么大，脑子里突然闪过一张在网上看到的一个人脸上爬满密密麻麻蜜蜂的图片，可是凭脸上的感觉，蜜蜂似乎还比这些昆虫小了一号，难道这里飞舞的虫子是蜇人的大马蜂？

我只觉一股凉气从脚下直冲脑门，小时候调皮淘气和伙伴们捅马蜂窝被蜇的火辣痛感记忆让我头皮一阵发紧。

时间似乎停滞了一般，走过了极为漫长的一段路，身上的昆虫才渐渐飞散。

终于，小梅停了下来说："我们要爬楼梯了，大家一个个慢慢来，老黑你先上。"我们长出一口气。

藏獒老黑喉咙里咕噜了一声算是答应。稍微等了片刻，前面的小珂拉了我一下随即松开手向上爬去。我等她上去，也松开了乖乖的手，摸索着墙壁向上爬。

这个通道又小又矮，脑袋稍一抬高就会碰上石砌的顶部，脚下登了数十级台阶之后又走在了一片平地上。身后传来机关启动的声音，随即似乎有一扇门被缓缓关闭了。

感觉来到的是一个空旷的地方，四周微微有风在吹，鼻端嗅到的空气十分清新，不再是潮湿带有泥土味的，难道已经出来了？

隔着蒙眼布什么也看不到，我内心急切，几乎想抬手摘掉它。恰在此时，小梅警告说："别乱动，还没到地方呢。"藏獒老黑闻声也威胁地吼了一嗓子，我们只好忍耐着，等待着，继续跟着往前走。

绕来绕去地转了几圈，队伍终于停下，小梅发话说："到地方了，你们可以把蒙眼布摘下来了。"

我迫不及待地摘下蒙眼布一看，眼前还是黑乎乎的，心头先是一愣，抬眼向四周一打量，看到近处朦朦胧胧的山石树影，远处的一弯斜月几颗寒星才猛醒过来，原来外面现在是晚上。

乖乖一下跳起来，抱住小珂欢呼，随后跑过去搂住小梅又说又笑。我和老渔夫互相紧握着手也是感慨万千。我扭头要和小贾来个拥抱，回头一看不觉大吃一惊。

队伍最后站着一人，脸颊肿胀得宛如猪头一般，双眼被挤成了两条细缝，根本辨认不出模样，勉强凭借身上的衣服判断出他是小贾。

怎么回事？鬼上身了？

看到我用手电照他，小贾用手指了指肿胀的脸部，勉强张开嘴吐出一个带翅膀的大虫子来，接着就再也支持不住，扑通一声栽倒在地上。手电光下看得分明，那被吐在地上的死虫子足有半截小指大小，细腰肥腹，身上一圈一圈满是黄黑相间的花纹，正是在通道里曾经爬满我们身上的大马蜂。

原来小贾经过马蜂通道时，鼻孔处被乱落的毒马蜂堵住不得呼吸，无奈之下只得张嘴吸气，竟有一头毒蜂不顾死活地爬进了小贾嘴里，在小贾口腔壁上狠狠蜇了一下。

小珂和乖乖被动静吸引过来，看到小贾被大马蜂蜇的惨状，忍不住惊呼出声。我和老渔夫也是倒抽一口冷气。我急忙扭头对小梅喊道："快打120叫救护车，救人要紧。"

小梅却冲着不远处一丛树影喊道："爷爷，有人被毒马蜂蜇了，你快过来。"

树影一晃，一块大青石上站起一个人，拎着东西走了过来，正是西海子公园遇上的退休的老杨头。

老杨头走到跟前，借着手电光亮看了看我们唠叨说："果然是你们下了古井，好端端的探什么险？不听劝阻！没丢掉小命就不错了。"随即闷声问："谁被蜇了？"

我们把小贾让了出来，老杨头蹲下来灌了小贾一口烧酒，随即用东西撑开小贾的嘴巴，借着手电光寻找一番，用镊子从小贾口腔内壁夹出一根漆黑的马蜂尾针抛在地上，又从兜里掏出一瓶绿色药膏，用手指挑了一坨给小贾搽匀在肿处，随即拍拍手说："行了，睡一觉后就没事了，走吧。"

我们急忙说："杨师傅，我们还有同伴没出来呢，您得想法救救他。"老杨头吃了一惊："怎么，有人遇险了？！"

我急忙把醉眼被堵住的情况介绍了一遍，同时告诉他地下空间里除了我们还另有两个把我们诱入血柏神树洞窟，起意害人的家伙。老杨头越听神色越是凝重，眉头拧了老大一个疙瘩，思索一会儿说道："我下去看看，你们先回去休息，随时等我消息拿家伙救人。"随即又把小梅叫到一边嘱咐一番后就匆匆走入了树影深处。

我问了下小梅，已是夜里快十二点了，我们站立的这片地方陌生得很，周围全是树，根本分辨不出是哪里。大家又饥又渴，疲惫不堪，只能在小梅带领下穿出树林往有灯火的地方走。

　　半路上好不容易找到个还没关门的饭馆，扶着脸部渐渐消肿的小贾进去后，五个人要来饭菜，一顿狼吞虎咽风卷残云，宛似饿鬼投胎，吃得盘干碗净滚肚溜圆。光是我一个人就干掉了两瓶啤酒三碗米饭外加一盆疙瘩汤，炒菜烤串无算，结账的时候发现老板和厨师在一旁盯着我们都看傻了。

　　大家都急需回去好好休息，给小梅留下电话让她有情况及时联系后，我们就打车各自回家。小贾住得远，我把他带到我住的地方，匆匆洗个澡后，我们扎到床上倒头就睡。

第二十八章　昆虫机关

第二十九章
再入迷窟

　　昨夜带着小贾回到家，又疲又累倒头就睡，这一觉迷迷瞪瞪睡得极不踏实，半梦半醒之中，迷幻的梦境一个接着一个，就好像一直在地下通道里绕圈没出来一样，好不容易才睡了过去。

　　睡得正香，一阵急促的电话铃声叫醒了我，爬起来一看都九点多了，小贾脸上已消了肿，正在卫生间洗漱。

　　我拿起电话喂了一声，小梅的声音一下闯入耳膜："你是水站吗？"

　　我说："我是水站，你爷爷他们回来了吗？"

　　小梅略有焦急地说："我爷爷还没回来，我需要你们帮忙，一起再进入地下去找他们。"

　　我一听他们还没回来，心里顿时咯噔一下，急忙安慰小梅说："你别着急，我们一会儿就过去找你，千万等我们到了再做决定。"挂了电话急忙穿衣找鞋，冲进卫生间一面洗脸刷牙，一面吩咐洗漱完毕的小贾给老渔夫、乖乖、小珂他们分别打电话通报情况，约定会面地点。

这一回再下地窟去救人，还会遭遇什么样的凶险殊难预料，为防万一，我和小贾先打车奔了通州果园的家乐福超市。

在超市里我们推着购物车一溜小跑，疯狂采购，什么电池电筒、面包、饼干、火腿肠、烤馍片、矿泉水、二锅头、涪陵榨菜、消毒液、丁烷气罐、应急灯，等等。凡是觉得需要的，或者可能用得着的东西，基本是不看价钱拿起就走。

刷卡结完账当场把登山包塞得满满当当，出门打车直奔小梅家，到了一看，老渔夫他们还没到。

趁着老渔夫他们还没到的工夫，我掏出火腿肠寻机和趴在院子里的藏獒老黑套近乎。昨天它的突然出现太吓人了，虽然没有伤我，但我觉得还是多和它拉拉关系培养感情比较好。

老黑扭头看到小梅首肯，三两口就把火腿肠吞进了肚里。我一边大着胆子蹲下来给老黑梳毛挠痒痒，一边问小梅，她爷爷怎么知道我们进到了井下空间？昨晚她领我们出来的地下出口又在哪里？

小梅笑笑说："你们在三教庙的井口外留下了太多的痕迹，猜也能猜出来有人下去了，再说三教庙占地不大游客稀少，哪有进去一堆人到下午还不见出来的？至于昨晚的出口，暂时保密吧。"

等了一会儿，老渔夫和小珂、乖乖就都到了。

昨天一天的经历太过危险，我原来担心小珂她们害怕危险不会再参加了，让小贾打过电话后对她们能否到来原本不抱太大希望，但是又盼望她们参加，且不说人多力量大，毕竟有美女相陪，再危险或者无聊的游历也会变得丰富多彩。

看到她们我有些惊喜地对小珂说："小珂你们俩不害怕啊？"

乖乖大大咧咧地说："这比玩欢乐谷嘉年华的过山车海盗船刺激多了，再说遇到危险不是还有你们吗？没办法，总得给男士们创造可以救美的表现机会吧。"

小珂也微微一笑说："探险就是越神秘莫测惊险刺激才越有兴趣越好玩啊，你不觉得吗？"

本来我还对再次进入地下探险有点心有余悸，现在一看美女们都这么大胆积极，咱们也不能示弱。受她们影响，一大串豪言壮语顿时涌上心头脱口而出："好，我们大家这回就穿林海、跨雪原、气冲霄汉，越是艰险越向前，我们一定要踏平那威虎山，不破楼兰终不还……"

老渔夫拍着我的肩膀说："水站，你嘴里蹦出的词都是我年轻时的流行语，听着亲切啊，现在我这把老骨头还行，但是已经比不了你们了，好汉不提当年勇啊。"

老杨头至今不见上来，不定出了什么危险。寒暄一阵后，考虑到可能要抡锹动镐去刨土挖洞，我和小贾、老渔夫又从小梅家翻腾出两把铁锹一把丁字镐带上。

备齐了应带的东西，小梅一拍老黑粗大的脑袋，老黑噌地一下立起，摇头摆尾地伸了个懒腰，迈步向外走去。

我们一边跟着老黑向前走，一边围着小梅东问西问瞎聊天，想套出更多有关燃灯塔地下的秘密。小梅大略讲了讲，却和我们知道的没多少区别。小梅说她知道的也就这么多，其余的让我们到时去问她爷爷。

在藏獒老黑的领路下，我们来到了昨晚出来时的那一片荒草树林中，远远可以看到燃灯塔的影子。小梅微微一笑掏出一把布巾说："为了保守我家的秘密，你们还是得把眼睛蒙上。"

乖乖央求道："小梅妹妹，我们保证不泄露秘密还不行吗？"

小梅坚决地摇头说："不行，这是我们家的规矩，要不然我不能带你们进去。"顿了顿小梅又补充说："不过进了通道后你们可以把蒙眼布摘下来。"

我们只得听从小梅安排，蒙完布小梅又检查了一遍，这才领着我们一个拉着一个向前走去。

在树林里绕了几个大圈，最后启动机关进到了地宫里面。我们摘掉蒙眼布，眼前依旧漆黑一片。小梅扭亮了电筒说："为了保证大家不被马蜂叮咬，我需要给你们喷药。"随即掏出一个带喷嘴的瓶子，给包括自己在内的每个人的头脸手臂等裸露的皮肤都喷了一遍。

空气中顿时弥漫着一股浓郁的花露水味道，我问道："这是花露水？"小珂吸了下鼻子说："不完全是，似乎还有雄黄、艾草等中药成分"小梅一乐说："小珂姐姐鼻子真尖，这是我爷爷为专门对付毒蜂制作的，花露水对付毒马蜂并不好使呢。"

在小梅的带领下顺通道往前走，经过几个岔道后小梅停下来说："前面该到毒蜂巢穴了，毒蜂的厉害大家昨天都见识过，不用我多说，为了不惊扰毒蜂，我们只能开一盏小灯照路，大家依旧需要像昨天一样不能说话，拉着手小心缓慢通过。"

我正想问问前面的小梅，这地下空间怎么会有毒蜂存在，肩膀被小贾拍了一下递过一包白色的东西来，仔细一看原来是副口罩。回头一瞧，小贾、乖乖他们早有准备，不光戴上了口罩，连护目眼镜都准备好了。

我戴完口罩顺手递给小梅一副，小梅却笑着摆手拒绝，随即点亮了一盏昏黄色的小灯拎在手里，吩咐大家关掉手电跟着她和老黑小心前进。

再往前走，推开了一扇石门，门后的通道里开始有马蜂出现，越往前走马蜂越多，嗡嗡之声也越来越响。墙壁上、半空中，到处都是趴伏飞舞的马蜂。我们头上的拱顶，侧壁的石缝中，到处都是密密层层的蜂巢。头顶的大蜂巢钟乳石一般悬垂下来，两侧石壁被马蜂趴得密不透风，整条百十米长的通道几乎就是由蜂巢筑成的。

我们的身上也渐渐落满了一层马蜂，就像穿了一身马蜂制成的蜂衣。不过好在小梅给我们喷洒的药水十分有效，凡是药水喷过的地方都没有马蜂落脚，那些毒马蜂嗅见药水气味始终只在我们脸前一尺外飞舞。

借着马蜂飞舞的间隙向前一看，淡薄的灯光下，藏獒老黑的身上也落了满满一层马蜂，也许是老黑已经司空见惯，也许是因为长了一身浓密的黑毛不怕毒蜂，老黑披着一身蜂衣，就像臃肿的狗熊一般走得从容不迫。

好不容易通过了毒蜂巢密布的通道，我心下暗暗叹服，这要是不知就里的盗宝者瞎闯瞎撞进到这里，凭这数以十万计的马蜂，就足以让他的一条小命烟消云散。

昨晚在通道里幸亏是遇上了老黑和小梅，否则闯到这里惊搅了毒蜂会是一个什么结果就很难说了。

随着身上的马蜂越飞越少，最后终于一只不剩，大家都松了一口气。乖乖在后面叫起来："水站，马蜂都没了，你还拉着我们美女的手不放干什么？"

我被乖乖哄了一个大红脸，强词狡辩道："保护妇女儿童的安全是我们应尽的责任和义务。"

乖乖笑道："得了吧，恐怕我们妇女们被你拉住不放才更危险呢。"

小珂甩脱了我的手抓住乖乖就去挠她的痒痒，吓得乖乖赶紧求饶。大家都乐了起来，寂静黑暗的通道里一时充满了欢声笑语。

小梅对地下环境十分熟悉，按照我们的描述很快就把我们带到了通道塌陷处。看了看墙壁上新画的一个记号，小梅肯定地说："我爷爷来过这里了。"

我爬上去仔细察看一遍土石堆上的那个洞穴，大石头依旧堵在那里不露缝隙，老杨头到哪里去了呢？

爬下土石堆我问小梅："这里还有别的通道可以通到土石堆后面吗？"小梅说从她几年前第一次被爷爷带着下到地下以来这土石堆就一直存在，听她爷爷说这土堆塌下来都好多年了，她从来没到后面去过。

想到醉眼已经堵在里面一个晚上没出来，我急躁起来，抢开十字镐就去刨石头。老渔夫拦住我说："先别急，还是先找到小梅的爷爷比较好。"

我们一齐去看小梅，小梅思索了一下，把老黑带到老杨头刻画的记号处让老黑去嗅，老黑呜呜了两声，扭头向我们来时的通道小跑过去。

第三十章
鬼门关

我们一路小跑，跟着带路的老黑进入另一条通道，跑到头一看，这是一条死胡同。藏獒老黑一屁股蹲坐在通道尽头墙壁前的地上呜呜两声看着我们不动了。

啥意思？老杨在这里土遁了？穿墙了？还是凭空消失了？

我们上下左右一通寻找，什么痕迹也没有，用铁镐敲敲四面墙壁，也都是实心的闷声，怎么回事？

小梅蹲下来去问老黑，老黑立起来嗅了嗅空气，突然腾跃起来扑向墙壁上的一方青石。老黑前爪触及的青石，径尺长短等和他处并无区别。

我走过去研究一番用劲一推，奇迹出现了，墙上的一块青石竟然被推得陷进去半尺深，同时身侧的墙壁上无声地打开了一扇隐秘的石门，又一个黝黑的通道出现在我们面前。

这个秘密通道又小又狭仅容一人通过，但是敞开的门扇却足有一尺厚，怪不得敲起来没有空洞声呢。

进了通道走不多远就又通过一扇石门，石门的背后是一个大通道，通道一头幽深难测，一头在电筒光照下可以看到两扇半掩的大门，门后坍塌的土石横杂，把大门背后堵得满满当当，纵横的石块间露着一个刚刚能容一人爬过的缝隙。

原来我们已经通过密道来到了塌方处的背后，待大家都出来了，墙壁上的机关密门又恢复了原样，看不出一点痕迹。

我在门边的墙壁上刻下记号，大喊着醉眼和老杨头的名字向通道深处找去。

有老黑在前带路，我们少费很多周折。这里的通道和北京地铁的人行通道一样宽敞，前面通道的墙壁上有一处塌开的大洞，洞口两米见方周围土石散落一地。我们很快走到近前，用手电照着向里一看，洞穴里面黑黝黝照不到底，裸露着的黄土洞壁上残留着一片片镢镐挖过的痕迹。

这明显是一个人工挖掘的洞穴，刨下的泥土还堆在洞口内侧，难道是盗墓贼挖掘的盗洞？这地下究竟隐藏有什么样的秘密？埋藏有什么样的宝贝？

老黑走到这里用鼻子嗅着空气，犹豫地回头看看小梅和我们，我问小梅怎么了，小梅猜测说："可能前面的通道和这个洞穴里都有我爷爷的气味，老黑在问我们究竟选哪条路追索呢。"

我用手电照射前面的通道，远处朦朦胧胧的黑暗中似乎有一扇敞开的大门，而新出现的洞穴，危险性似乎更大。

我扭头问老渔夫，老渔夫说："你觉得按照醉眼的个性，他会去哪里？"

我想了想说："这个多年前挖掘的盗洞也许能通向外界，也许早已坍塌堵塞，我估计后者的可能性更大，两处地方都深浅莫测，我的意见是先探查前面的通道，遇到阻碍再回头搜寻这里也不误事。"

小珂补充说："以防万一，我建议咱们可以在盗洞口留个字条。"小珂这真是个好主意，我们很快写好字条放在显眼处，然后大家向通道前面那隐约可见的大门一路走去。

半敞的巨大石门上浅雕着鹘目瞪眼的兽首蒲环，里面的一段通道非常奇怪，石阶先下行后上折，通道呈 U 型建造，U 型的顶端又是一扇半敞的石门，两扇门中间就似隔了道数十米宽十余米深，有石阶上下相连的峡谷一般。

好好的通道为什么要这样设计？我们还在门口小心打量，老黑已经连蹦带蹿攀到了对面的门口回首等候。看老黑过去没事，我们也放心大胆地往前走。

半敞的高大石门顶天立地，却只打开了一道仅能容人侧身通过的小缝，我看缝隙太小过着费劲，伸手就推了一把石门，石门微微一动，头顶立刻簌簌地落下沙土来。

老渔夫啪的一掌拍在我身上，急得变了腔调喊起来："别动它，危险！"抖搂开飘到脸上的沙土张眼一看，老渔夫惊得白了脸，正用手扶住石门翻眼看着上面。

我问道："怎么了？"小珂接茬说："水站，你太冒失了，我怀疑这里就是古代工匠为防御盗墓贼专门设计建造的悬沙门。"

"悬沙门？"乖乖、小贾一齐叫起来。听说这有可能是悬沙门，我一阵后怕，原来身后的 U 型通道就是专为悬沙门而设。

悬沙门俗称漏破天，是过去的墓葬主人为了防备自己下葬后有贼寇挖坟盗墓而设的机关，此机关一旦被触动，顷刻之间，头上墓顶预先埋藏的万斤流沙就会一泻而下吞掩一切。这里深深的 U 型坡设计会让触动机关的人来不及逃跑躲避，就被沙子埋没在 U 型谷底。

知道悬沙门的凶险，大家都更加小心地通过门后的通道。走到头，前面出现一个雾蒙蒙的宽敞大厅，大厅迎门立着一方高大的汉白玉石碑，非常奇怪的是石碑正面素面无字。

无字碑？

这里为什么立这样一方石碑？

有碑必有庙，无庙必有坟。难道这里修建了一座地下庙宇来镇妖慑鬼？或者是有哪个古代的名门巨户把坟墓安在了这里？转过去用手电去照石碑背面，原来文字都刻在了背面。

石碑背面抬头三个大字——指路石。再一看后面的小字，我和小贾不禁互望一眼长呼出一口气。

原来小字刊刻的分明就是我们分别在西海子公园的老杨头和西门市场的花眼狐狸老朱那里听到过的燃灯塔地宫歌谣。不过看碑上文字，歌谣之后另有大段残缺不全的文字，似乎被人用利器专门挖凿损毁，已经连不成句。勉强看出前面的大唐××年尉迟敬德征东×××，中间刻有××镇封妖龙××××等句，其余都难以辨认了，再看落款竟然是大明××年×月×日奉皇帝诏封镇等文句，原来是一方明代石碑。

有老黑在身侧警戒自不必担心其他，大家聚集手电的光照，议论猜测着石碑文字，扭身再看大厅四周，手电光下好大一座厅堂。

大厅里摆放着两口巨大的铜缸，里面盛了半凝固膏脂状的灯油，两尊肌肉强劲造型奇异的巨大怪兽雕像，分别足踏恶鬼高踞在须弥宝座上，睁着铜铃大眼喷须怒吼俯瞰下界，带给人无比威慑压抑的感受。

怪兽身后的墙壁半仿庑殿式城门建造，四角飞檐。漆黑的山门高阔如宇，高大的门楼下雕着兽口吞头，怪兽口内两扇青铜兽头大门紧紧闭合，门环上挂了一把黄铜大锁。

再一看，城门额上还有字匾，大家小心走到近前才看清楚，血锈般的横匾上，竟然镌着骇人的"鬼门关"三个大字。城门两端还有对子，上下联分别是："天堂有路你不走，地狱无门自来投。"在青铜门的前侧另立一块小石碑，四个红色大字——回头是岸！

怎么闯到鬼门关来了？这里又怎么会有一座鬼门关？

好在人多胆壮，大家并不害怕，醉眼和老杨头不在这里，大殿里除了一座鬼门关以外并无其他通道。

鬼门关下的青铜大门紧紧闭锁，透过两面门扇之间的缝隙用手电照射向里望，黑漆漆雾蒙蒙深不可测。里面肯定是另有玄机，小贾和我用力端起黄铜大锁看了一眼，互相会意地点点头。

黄铜大锁的锁孔处雕了小小的一个鱼龙图，看来开锁还得用小贾带来的鱼龙钥匙，不过当务之急是找到醉眼和老杨头，这里可以以后再来探索。这里既然叫作鬼门关，贸然开门闯入只怕凶险难测。

搜寻遍大殿内部没有任何新发现，我们跟着藏獒老黑和小梅又通过悬沙门回到了通道里的盗洞跟前。

盗洞口离地约有一米多高，老黑嗅嗅洞口气味，纵身一跃蹿了进去，我们紧随其后。这个洞穴很长一段都是裸露着黄土的洞壁，只是越往里走越宽敞，并出现了木柱支护，再走一段就看到了青砖砌垒的洞壁。

这里看来是个未完工的地下通道，不知道什么原因。都已经打通修筑了一半又突然放弃了，而且撤离得十分仓促。在我们过来的路上就见到地上扔了好几处镐头铁锹等挖洞工具，年深月久锈蚀不堪。

一面观察周围环境一面小心前进，走在前面的小梅突然"哎哟！"一声，身子趔趄了一下。"怎么了？"我们急问。

小梅一抬脚，从土中踢出一个倒扣着的破土陶碗来，说："它绊了我一下。"

我看看感觉有点不对头，用脚尖一挑那个土碗，半截骷髅头盖扑棱一下倒翻过来，在地上溜溜转着，小梅吓得啊的一声惊叫。

这半拉骷髅的断面平展展的，就像被人用刀斧利器从后脑勺一刀直削到眼眶部位，这是怎么回事？

又往前走了十几步，地上出现一具只剩半拉脑袋的枯骨，看来是那个头盖骨主人的尸身。分析看来，死者应该是在奔跑过程中被人用利刃一下削掉了半拉脑袋，掉了脑袋的尸体仍然向前又跑了十几步才倒下，当初生龙活虎的大活人如今只剩了一副枯骨，已经无法辨别身份。

通道里一股阴森的气氛弥漫开来。

第三十一章
白骨成堆

　　地下盗洞里一股阴森的气氛弥漫开来，再往前走，通道四壁由黄土变为青砖，整洁通畅，几辆残破散落的推土车旁又出现了死人的骨骸，这里明显是个因变故而导致匆忙丢弃的未完工的地下工事。

　　那些骸骨尸体脚上套着粗大的铁制脚镣，虽然衣服已经荡然无存只剩了一副白骨，却依然保持着临死前挣扎逃命的姿势，有的跌倒在地，还在拼力伸手向前挪动；有的双手护头，全身都蜷缩在一起，似乎在极力躲避什么凶猛怪兽的袭击一般。每一具骨骸的嘴巴都怪异地扭曲大张着，通道里仿佛回荡着遇难者濒死之际恐怖的嘶声惨叫……

　　"这到底是怎么回事呢？"老渔夫蹲在一具骸骨前疑惑地自言自语。

小珂和乖乖拉着手依在一起小声对大家说："这里太恐怖了，咱们还是赶快往前走吧。"

前面的通道拐了一个弯，小贾眼尖，伸手从地上捡起一个东西看了一眼递过来说："王哥，你看这是什么？"

我摊开手掌接住，入手沉甸甸的，用手电一照，十分惊讶，小贾捡起的竟是一枚步枪子弹。我把手里的子弹拿给老渔夫他们的时候，一边的小贾竟然又从地上捡到了好几颗子弹。

我用手电照了照，拐弯处的墙壁上留有明显的枪痕弹洞，难到刚才大家看到的枯骨都是被枪杀的？死这么多人，谁干的？前面还有什么？醉眼和小梅她爷爷到底在哪？会不会遇到了什么危险？

难道这些都是日伪统治时期冤死的中国劳工？

我把猜测讲给老渔夫和小珂，老渔夫已经用数码相机打着闪光拍完了地上的骸骨，接过我的话茬说道："咱们光猜想是起不了作用的，关键还是得把这条通道彻底探察清楚，找到相关线索，如果真是日伪时期制造的惨案，这里可就是重要的罪证现场，我们需要好好保护起来。"

乖乖插言说："咱们还是快往前走，尽快找到醉眼他们吧，说不定他们已经发现答案了呢。"我点头说："不错，咱们抓紧往前走吧。"

小梅一拍老黑的脑袋，藏獒老黑领头拐过通道的弯处向里走去。

拐过弯，远处的黑暗中飘动着一层蓝白色的光焰，朦朦胧胧又看不清楚，寂静的通道里只感觉到鬼气森森。

难道是鬼火？前面刚刚遇见了鬼门关，这里就要遇上冤鬼？

我努力睁大眼去看，在手电照不到的地方，丛丛飘动的鬼火像一片白色地毯一样铺展开来，恍恍惚惚，似乎有一座白色的大坟堆在中央。谁会把坟修在这里还涂上白粉？这里的景象真是诡异。我回头看看小贾他们都跟在后面，便鼓足勇气，抬脚往前就走，要到跟前看个究竟。

走了没几步，小贾突然一下拉住我和小梅："王哥，当心！"

我问："怎么了？"小贾紧张地说："我看清楚了，前面的白色是一具具死人骨头。"

什么？我们都愣住了。这里的通道宽约三米，弧形洞顶高约三四米，目测过去前方老长的一段通道上都是白骨，白骨堆至少堆叠了近一米多高，这得是多少具死尸才能堆得这么高？

这些白骨为什么会堆在这里？我竟然联想到网上的邪灵小说里面老道们用尸体布阵焙炼千魂魁和万魄离魂等骇人尸怪，袭击闯阵探险者的恐怖情节描写，身上的冷汗不觉又冒了出来。

老渔夫和小珂她们闻听了小贾的话也是骇然变色。最后还是小梅胆大，跟着老黑继续往前走。

我咬着牙捏紧折叠铲也带着大家往前走。

行到跟前，看到这里果然是由很多人体骨架堆成的一个白骨堆，这些白骨尸体堆积了十几层，上面不时地飘动着点点磷火，中间的骨骸一看就有人攀爬过，被踩踏得支离破碎不成形状，白骨间还散落着乌黑的铁脚镣和子弹头。

老黑扭头看看我们，一跃就跳了上去，三纵两蹿翻过白骨堆向前跑去，随后在远处的黑暗中吠叫了两声。老黑发现东西了，是醉眼和老杨头吗？

看到小梅已经爬了上去，我心里默默念着阿弥陀佛，也踏了

宝塔传奇

上去。

累累白骨层层垫在脚下，踏上去咯咯作响，每一步都走得惊心动魄。额头冷汗直渗，仿佛脚下随时会有无数只枯瘦的手爪伸出来，紧抓住我踏上去的双脚。

爬上白骨坡顶，回头拉上来战战兢兢紧随身后的小珂和乖乖，又向下走去。

好不容易蹚地雷阵一样通过了白骨堆，抹去冷汗用手电往前面一照，前面转角处一座半人高的水泥工事后面竟是两挺机枪，黑洞洞的枪口吓人地瞄视着这里。

小梅和老黑已经越过了废弃工事，不见了身影。我们小心地贴着墙边走过去，机枪早已锈蚀不堪，两具头顶扣着钢盔的白骨尸体以一种痛苦挣扎，拼命号叫的姿势歪倒在工事里，白色的骷髅头骨上嘴巴歪斜扭曲地大张着，可以想象当初垂死挣扎发出的号叫有多凄惨。

死尸两个黑洞洞的眼穴正好仰天直视着我们，似乎还在冒着贪婪的火焰。尸体横卧在地，衣服已经朽烂殆尽，但身上的武装带和脚上的皮靴还完好地扎着。

看着这两挺日本人的歪把子机枪，日式钢盔和武装带，特别是水泥工事内侧几只铁制子弹箱上刺眼的日文，我忍不住抬脚就踢飞了一个咧嘴号叫的骷髅脑袋，狠狠啐了一口。

正想再踏上一脚踩扁他，老渔夫已经一把抱住了我喊道："证据，证据，保留证据。"把我拖开拉到墙边。

乖乖、小珂和小贾看到眼前这两具丑陋恶心的日本人遗骸，和两挺杀人无数的机枪，再回头望望经过路上的累累劳工白骨，也禁不住红了眼圈。

老渔夫牙齿咬得咯咯响，掏出数码相机把劳工的白骨堆和日本人的遗骸——打着闪光灯拍摄完毕，也忍不住横眉立目地狠啐了几口恨恨地骂道："王八蛋！真他妈是畜生。"

看来我们闯入的是一处日伪时期日本人在通州修建的地下秘密工事。从眼前的情形来看，谁都能推测出来，侵华时期，日本人抓来了大批中国劳工，在皮鞭、刺刀和机枪的威逼下，强迫劳工们在暗无天日的通县地下修筑秘密工事。

也许是因为不堪日本人惨无人道的奴役压迫，也许是因为意外巧合挖通了地下古通道，劳工们怀着刻骨仇恨，爆发了对日本监工的反抗暴动，从而遭到日本鬼子机枪扫射的血腥残酷镇压。

因为别无他路可逃，劳工们只能手执棍棒奋勇冲击，虽然最终消灭了鬼子监工和机枪手，但是勇士们在鬼子的机枪面前也是血流成河尸积如山。

这里的气氛沉重压抑，我们不愿久停，喊着小梅的名字往前走，老黑在前面的黑暗中汪汪了两声作答。

一路前行，黑暗中的通道里不时冒着点点磷火，每一簇磷火下面必然会发现一具白骨。这些白骨或是戴钢盔扎武装带的鬼子尸骨，或者是带脚镣的劳工尸骨，附近间或杂乱地丢弃着锈蚀的三八大盖枪械和铁锹镐头。

看来在机枪下侥幸未死的劳工们这一路上都经过了奋勇冲杀。只是不知道最终他们是否冲出了这座秘密地下魔窟，有多少人逃了出去，又有多少人倒在了争自由反奴役的路上。

我突然想起自己前些日子从旧货市场买到的那个日文小册子，上面就画有一幅小鬼子的地下工事示意图，不知道是不是这里？可惜小册子没带在身边，只记得从上面的示意图来看，鬼子的地下工事一共修了三层，依照不同的功能，分别设置有掩体、过道、藏兵洞、司令部、休息室、粮食储藏室、弹药库等，最下层的空间则什么也没写，只是画着一个个的骷髅和黑 × 记号，估计是刑讯关压当年抗日分子的地下黑牢。

第三十二章
尘封旧事

拐过一个弯，前面通道的两侧都是一个个敞着口的铁门，我们一边往前走一边依次察看着各个铁门里侧的房间。

看过的几个房间，空间都不大，似乎是日本兵的宿舍，每一个房间都被毁坏得十分严重，空荡荡没什么东西。房间里也有尸骨遗存，由于地下工事一直沉默在地下无人打搅，各个房间都积了厚厚的灰尘。

老渔夫一个房间都不放过地拍着照片，通道里不时被闪光灯照得一片惨白。

看到乖乖和小贾都陪在老渔夫身边看他拍照，我抽空悄悄拉住小珂的手，贴近她的耳朵小声说："小珂，我喜欢你。"小珂一下把头低了下去，可惜黑暗中看不清她的表情，不知道小珂美丽白皙的脸庞此刻是不是艳如桃花，只觉得她冰凉的手在我的掌中越来越热。

我心中荡漾着激情正往前走，前面的通道里突然传来小梅的喊声："水站，你们快过来，我找到他们了。"

我们一听，全都往前跑去。老黑从前面黑暗的通道里跑出来，在我们的手电光下汪汪两声又扭头往回小跑着带路。我们跟着老黑，很快来到这条通道尽头。

这里是一间大房子，门口倒卧着两具卫兵的尸骨，锈蚀不堪的三八大盖上着刺刀斜扔在一边。不及细看，我们跟着老黑闯进了屋里，手电一照就发现了屋内的三人，醉眼正歪倒在一旁的地上不省人事，小梅蹲坐在地上，怀里抱着双眼紧闭的老杨头一声声叫着爷爷，急得连摇带哭不知如何是好。

我蹲下去一看，原来小梅爷爷的头部不知什么原因撞破了一个大口子，血早已经凝固。伸手到老杨头鼻端一探，还有气，看来只是昏迷了。我放下心来又去看醉眼，乖乖已经把醉眼扶起半身，往他脸上淋了点水后醉眼竟有了反应，乖乖又用矿泉水瓶给醉眼喂水。我也急忙掏出一瓶水来拧开盖对老杨头如法炮制，果然这方法十分有效，水一入口，老杨头缓缓睁眼醒来。

老杨头看清我们，长吁一口气想挣扎起身却没起成，另一侧苏醒的醉眼已经叫唤起来："老大，我不是在做梦吧？"

乖乖呵斥道："好好待着，别乱动，当心再晕倒了。"

醉眼嚷道："有吃的没有？我都饿死了。"小珂掏出面包递过去却不见醉眼来接。

醉眼努力扭过身子来说："先给我把绳子解开，妈的，都勒死我了。"

绳子？手电光一照，看到醉眼双手背在身后，果然被一根绳子紧紧绑缚着，手腕以下都紫胀了，脚踝处也被绳子捆着。

谁干的？难道是醉眼和老杨头闹误会了？扭回头一看，根本不是我猜测的那样，因为小梅也正在解她爷爷手上的绑绳。

我抬头四下一打量，正好看到墙上挂着一把指挥刀，走过去摘下来按了绷簧一抽，刀身和刀鞘契合得很好。把刀身抽出一看，雪亮的刀锋上只带有少量锈迹。伸刀过去轻轻一拉，绳子立刻被割断了，真是一把好刀。

这回没白来，得了这把军刀。

割断了绳子，趁老杨头和醉眼喝水吃东西的空当，我捡了块破布一面小心擦拭刀身上的锈痕一面抬眼打量四周。这里明显就是个军事指挥室或者叫司令部，一张大大的写字台摆放在室内，背后挂着残破的日本军旗，"武运长久"几个字依稀可辨。一张高背椅摆在写字台后面，一具日军军官衣着的枯骨尸身正趴伏在桌子上，手里还握着一把锈迹斑斑的王八盒子手枪，看来这个日本军官是自杀而亡的。

老渔夫拍完照正在翻看桌面上放置在日军白骨手臂一侧的一本黑皮本子，小贾拉开了墙角几个柜子的门翻看着，没发现什么东西。我看老渔夫看得津津有味，就走过去问老渔夫有什么发现。

老渔夫边看边点头说："这是一本日记，是这个死掉的日本军官的日记，我现在总算明白这里这些人都是怎么死的了。"

我到跟前的时候老渔夫正好看完，把日记本递了过来对我说："水站，你自己看吧，真是不可思议呢。"我翻了一下都是日文，看不懂，就转手把日记本递给小珂，对老渔夫说："老渔夫，你既然都明白了，就给大家讲讲吧。"

老渔夫说："我也就是大概翻看了中间和最后几页的内容，对事情的来龙去脉有个基本了解罢了。"

乖乖催促说："老渔夫，你就别卖关子了，赶紧说吧，别让我们都蒙在鼓里。"

老渔夫清了清喉咙，接着就像在大学教室里给学生授课一样来回踱了两步讲道：这件事情需要追溯到日军侵华的通州事变时期，那时候伪军暴动，杀死了当时驻在通县的一百多名日本军民，日军随后对通县县城进行了血腥报复，强迫几百名青壮年在通县修筑军事设施，其中就包括这座未完全完工的地下秘密工事。

因为是秘密工事，出于保密原因，修建不可能大张旗鼓进行，因此这座工事修修停停，停停修修，拖的时间比较长，其间日本人驻通县的军事特务机关更换了几茬，这处秘密基地最终被日军驻华北关东军防疫给水部部队长看中。

这里就被当成了本部设在北京的天坛公园西门南侧神乐署（原国民党中央防疫处所在地）的日本北支甲第 1855 部队，对外称华北派遣军防疫给水部，后称第 151 兵站医院，也被称为西村部队的细菌部队的一处秘密地下实验所。

就在这个通州地下实验所正在进行一项动物血液替代人体血液的细菌实验的时候，被关押奴役的劳工们无意中挖通了地下工事与地下古密道的贯通处，日本人派出了一个小队进入古密道探险，让劳工们继续进行土方清运、挖掘施工等工作。不料想日本人派出的探测队在古密道里触动机关，死伤累累，最后又惹动了大群杀人毒蜂的疯狂袭击，虽然炸塌了一段通道阻止毒蜂，但是

第三十二章　尘封旧事

199

地下工事的毒蜂群还是铺天盖地，蜇死了大批日本人和劳工。

这些毒蜂的突然袭击使整个地下通道里乱成一团，地下空间里面的每个人身上都爬了满满一层毒蜂，这毒蜂很是厉害，挨上十数针就会毒性攻心，倒在地上抽搐不止。

一片混乱之中，乱跑的人群又打翻了地下实验室里的细菌培养箱。为避免出现更大范围的污染扩散，日军高层发布密令，穿全身防护服的日本警卫宪兵奉命炸毁了这个地下密道通向地面的出口。

随着1945年的到来，日军在太平洋战场节节败退，1945年8月15日正午，日本裕仁天皇通过广播发表《终战诏书》，宣布无条件投降。占领华北大地长达八年的日本军队退出大陆，这座未完工的地下工事从此深埋地下，逐渐被人遗忘。

老渔夫刚刚讲完日本人地下工事的历史，乖乖已经迫不及待地追问起吃饱喝足的醉眼："你怎么搞的？怎么会让人给捆起来？捆你的人呢？"

醉眼吃饱喝足缓过神来，心满意足地点了支烟靠坐在墙角，一边休息一边把他的经历讲了一遍。

原来醉眼昨晚从坍塌的土石堆处和我们分开后，就顺着通道往里走，到达了鬼门关眼看无法通行，也钻进了被劳工挖开的洞穴。

一路前行，来到这到处都是尸身白骨的地下工事里面，一向胆大的醉眼，也被这里的凄惨恐怖景象骇得手脚冰凉。最后手电光亮越来越微弱，而这座地下工事复杂深远，仅凭单人独力无法探察，只得找个空房间关了手电休息。

醉眼又疲又累，摸了摸身上也没有吃的，只能闭眼休息。正在他迷迷瞪瞪靠在墙角似睡非睡打着盹的时候，被人抓住胳膊一下摇醒了。推醒醉眼的正是下来找人的老杨头。

老杨头找到醉眼，只简单地告诉醉眼他的同伴们都已经出去了，要想出去就跟着自己走。醉眼猛然看到老杨头出现，本来正在惊讶疑惑，一听说我们已经都被带出了地下迷道，一下来了精神，蹦起来跟着老杨头就走。

黑暗中的地下工事里只亮着老杨头一把手电，空间寂静压抑。醉眼跟在后面忍不住边走边好奇地询问老杨头这地下空间里的秘密，老杨头却始终是一言不发只管领路。醉眼问了半天不见回答颇觉无趣，也就只好闭嘴不言，通道里只剩下啪啪的脚步声。

正向前走，老杨头突然停住了，身后的黑暗里清晰地传来"嘎巴"一脆响，黑暗中有东西在逼近。

醉眼僵在原地，只觉得背后阴气袭人，一股寒意直透顶门，猛回身扭亮自己昏黄的手电去照，却什么也没看清。

再扭回头，老杨头已经闷哼一声倒在地上，一个光头黑衣大汉手里拎着一根木棍正圆睁环眼，一脸狰狞地看着自己。

啊？！是人是鬼？他要干什么？

醉眼颤声问："你、你是谁？"

光头狞笑一声说："小子，在这里遇上爷爷算你倒霉，谁让你们进入爷爷的生财宝库，发现了这地下迷窟的秘密，爷爷为了今后能长期发财不得不下手狠点以绝后患。"

第三十三章
龙形妖兽

　　醉眼转身想逃，身后却又有两只大手伸来扭住了他的胳膊，使他动弹不得。光头走过来就要把醉眼蒙头一棍子打晕，黑暗中却有一个冷硬的声音，用半生不熟的中国话制止光头说："活的留下。"

　　光头愣了一下不敢反驳，只好听话地放下棍子，过来和醉眼背后的另一个人三下五除二地将老杨头和醉眼用绳子捆了个结实，随即都拖到了这间司令部里。在这里的手电光下醉眼才看清，对方一共四人，除了光头，竟然另有两个是日本人，还有一个似乎是担任着翻译任务的小姐。

　　几个人把老杨头弄醒，连同醉眼一起进行盘问，老杨头醒来后看清周遭情形始终一言不发，醉眼也是装傻充愣，要么一问三不知，要么就是东拉西扯

宝塔传奇

答非所问。两个日本人问了半天一无所获，十分恼怒，最后就把他俩扔下不管离开了。

光头？日本人？是他们！

想不到在运河旧货市场遇到的这几个人竟然在这里出现了。几乎可以肯定，光头意外发现了这地下魔窟后，一直靠捡卖地下工事里的日军遗物发财，现在经不住日本人金钱的诱惑，又把这两个日本人带到了这地下魔窟之中。

日本人在追问什么？来到通州又在寻找什么？这里又隐藏着什么不可告人的秘密？我们一起去看老杨头，老杨头已经恢复精神，被乖乖包扎好了伤口。一切的答案，一切的地下秘密，似乎都只有会唱燃灯塔传说歌谣，熟悉地下空间秘密通道的老杨头能解开。

看到我们的目光都集中在自己身上，老杨头叹了一口气说："你们真不应该到这地下探险。"

老渔夫插言说："老杨师傅，都已经来到这里了，你就把谜底告诉我们吧，再说现在即使我们不去探察这燃灯塔地下的秘密，也已经有了其他人，而且是坏人进入了这里，他们会把我们祖先留下的宝贵文物和财富盗卖一空的。"

我也乘机说："是啊，杨师傅，我们大家可以和您以及小梅一起来保护这地下的神秘世界。"小珂在一旁悄悄一推站在身侧的小梅，小梅会意地抓住老杨头的胳膊说："爷爷，你总不能一辈子都把秘密烂在肚子里啊，就给我们讲讲吧。"

老杨头看看大家说："你们来这里的时候路上肯定都去过古通道里的鬼门关吧？"看到大家一致点头，老杨头又问："鬼门关前那块大石碑也都见到了？"

小珂问："里面一共两块石碑，您说的是不是最外面那块唐代大石碑？"老杨头微微点了点头接着问道："碑上的文字你们都看到了？"

我说："看到了，不过上面好多字不知道什么原因都被破坏了。"老杨头说："不错，碑上的文字被毁坏了，但心里的文字还是流传了下来。"

说着就慢地把古碑文念了出来。

石碑上刻记的文字是《大唐贞观神武镇妖碑》：

> 大唐贞观，岁在甲辰。国运方隆，四海归服。独有高丽小国，妖龙现世，犯我边界、侵我疆土、祸我百姓。大唐天威龙颜震怒，发天下甲士，招募十万，并趣平壤，以伐高丽。右武侯大将军 尉迟敬德奉诏讨伐……

原来古碑文记载了当年运河源头通州的一件奇事。

相传大唐初建，唐太宗御驾亲征高丽王朝，派大将军尉迟敬德为先锋统兵开路。不料想在通县境内，运河源头的一片汪洋水泊中，竟然遇到了十数头龙形妖兽，扬波喷浪阻挡住了大唐雄兵的道路。那些妖兽个个身高过丈，吼声如牛，利爪刀牙伤人无数。

大唐猛将尉迟敬德率兵与妖兽血战了两天一夜，直杀得尸积如山血流成河。最终，在大唐军队的强弓硬弩和刀枪并举之下，大部分龙形妖兽都被剿灭除掉，只有少部分钻进了水泊芦荡深处的一个地下黑窟里不见了踪影。

为了除恶务尽，尉迟敬德派了数百精兵下去追杀，发现地下黑窟神秘莫测，里面的通道盘回曲折没有尽头，而且深处还有其他异种生物出没。几百精兵下洞，最终却仅剩十几个在地下因惊吓过度而陷入半疯癫状态的遍体鳞伤的人逃了回来。

太宗皇帝李世民闻知，下令用巨石大木填死了妖兽出入的黑窟穴口，并在其上筑宝塔一座以镇妖穴。

"原来大运河燃灯塔的前身是这样的，这地下真有传说中的龙形妖兽吗？"

面对我们的疑惑，老杨头说："地下洞穴是否真有妖兽谁也没见过，不过这个地下密穴从此以后就成了一个被严密封闭的秘密世界，特别是在大明朝燕王朱棣夺位成功定都北京之后，更是派神机军师姚广孝将此处地穴内部重新布局，并修筑了地下金锁关封镇妖龙密穴，以使传说中的地下妖龙出不来，外面不知深浅的人也进不去。"

我问道："那您进去过吗？"老杨头摇摇头说："金锁关下鱼龙锁，鱼龙钥匙开金锁。没有鱼龙钥匙，谁也打不开金锁关的大门，也就进不去地下的妖龙密穴。"

我听到这里冲小贾使个眼色，看着他掏出了那个黄铜匣子，接过来轻轻启开盒盖放在桌上，对老杨头说："您说的鱼龙钥匙是不是长这样？"

盒盖一打开，在手电光照耀下，两只鱼眼宝石发出夺目光华。老杨头惊得一下站了起来，大睁着双眼傻呆呆地看着眼前的黄铜匣子和里面的一柄鱼龙钥匙，良久才颤着双手捧起了鱼龙钥匙。一边抚摸着一边喃喃自语："六十多年了啊，我以为这辈子再也见不到鱼龙钥匙，打不开金锁关了呢。"两行浑浊的老泪潸然而下。

老杨头好不容易才止住激动和感慨，抓着鱼龙钥匙问我们："这把钥匙你们是怎么得到的？"

小贾就把他爸爸得到钥匙的经历讲述了一遍，老杨头点头说道："这就对了，金锁关的开门钥匙一共三把，带走这把钥匙的正是燃灯塔三教庙的大和尚，想不到他最终在草原上坐化了，他也算不辱使命，使这把鱼龙头钥匙又回到了燃灯塔下。"

大家正在议论着这把鱼龙钥匙，藏獒老黑突然从地上一跃而起，冲向门外的黑暗中。侧耳一听，远处似有人声，并夹杂着骨头被踩的啪啪断裂声。怎么回事？老杨头侧耳听着脸色一变说："快关电筒，肯定是那几个人又回来了。"

大家刚刚关闭电筒，黑暗中远远传来男人和女人混合在一起的惊恐怒吼、尖叫，中间还夹杂着混乱的脚步和老黑愤怒的咆哮。

老黑得手了！想到老黑的凶猛勇武以及光头、女翻译、那两个日本人在老黑面前惊恐狼狈的样子，一抹笑容不觉挂上我的嘴角。

大家正准备一起冲出去协助老黑制服那几个坏家伙，黑暗中传来几声日语的吼叫呐喊，随之而来的是"叭叭"两声脆响。

啊！他们手里有枪！老黑要吃亏！正想着，老黑早已一闪身退了回来。

大家都是一阵紧张，老杨头也是面色一变，日本人过来的方向正好堵住了我们回到地面的路。老杨头略一思索咬了咬牙说道："他妈的，日本人现在还敢下到这里开枪，老子豁出去了，你们跟我走，咱们也拿枪去。"说着就拉住小梅往门外跑。

我们不暇多想，紧跟在后一阵小跑。远处的日本人大概被刚才老黑的突然袭击吓蒙了还没缓过劲，并没有紧随过来。利用这个工夫，我们很快跑到一扇很大的半敞的铁门前，跟着老杨头一下扎了进去。门内是很宽的向下的台阶通道，我们一会儿就跑到了底。这里似乎是地下工事最底下的一层，通道上同样也躺倒着白骨尸体，不过数量明显没有上一层多。

正在打着手电观察环境，上一层的日本人已经发现了我们，居高临下"砰！砰！"就是两枪打来，子弹几乎擦着头皮飞过，我们急忙都跟着老杨头向一边跑去。

日本人在上面叽里呱啦嚷着随后追了过来。老杨头跑得很快，我们几乎都有点撵不上。拐过一个弯，又跑了一段，前面出现几扇画着骷髅标志的铁门，老杨头过去二话不说冲着头一个铁门"哐哐"就是两脚。

把门踹开进去一看，里面都是一堆堆的实验器皿，墙壁处的架子上放着一个个的大玻璃瓶，里面浸泡着各种人体器官，这里不是武器库。

老杨头看了一眼又往前跑，如法炮制踹开门一看，里面依然不是武器库，似乎是个药品库房，架子上摆着很多的针剂药瓶之类。

老杨头脸色铁青，又把后面几扇门一一踹开，可惜都不是武器库。直到来到最后一扇门前一看，这扇铁门不像前面的几扇只是虚掩关闭，而是在门鼻上挂了一柄大大的铁锁，老杨头气喘吁吁地回头问道："谁有家伙打开它？"

幸好从地面带下来的小铁镐还背在背包里，我急忙抽出来交给老杨头，他接过来嘿了一声，咔啦一声劈开铁锁门鼻。推门进去一看，里面空间很大，但还不是武器库。

老杨头懊悔地一拍大腿："他奶奶的，跑错方向了。"

后面日本人已经追了过来，我们只得一拥而入先躲进去再说。房间内弥漫着一股怪异的味道，这间房子内的布置不像其他房间，而是在宽敞的空间里排放着一个个的水泥池子，盛满了黑色黏稠的不明液体，里面似乎浸泡着什么东西，匆忙间看不仔细。

大家急忙各找地方藏好，手里都拿着家伙，准备等日本人进来后不由分说，一拥而上和他们拼了。

我和醉眼低身伏在一个水泥池后面，醉眼拿着折叠铲，我拎着那把日本军刀，一颗心紧张得怦怦乱跳。

第三十四章

逃命

关了手电正在黑暗中胡思乱想，铁门咣当一下被人一脚踹开，随即几道手电的光柱射进屋内，我们紧张得大气也不敢喘。就听到那个女翻译躲在门外说道："川岛先生向大家问好。川岛先生来到这里并无恶意，本意是来寻觅祭奠自己先父遗骸的，刚才发生的开枪射击事件实在是个误会，请大家出来吧，我们保证不会伤人的。"女翻译说了半天，屋里的我们一片静默没人吭声，在对方有枪而且不明敌我的情况下，沉默是最好的对策。

日本人等了半天不见屋里有动静，就通过翻译命令光头进屋搜索，光头在金钱引诱和手枪威逼下不敢不从，当下连声喏喏地拎着一根棍子进来了。此情此景不由让人想起抗日影片中狗汉奸的丑恶形象，看着光头只恨得人牙根痒痒。

凶恶、贪婪，把我们诱到奠柏神树那里，害得大家险些丧命的看来就是这个家伙了。光头抬脚迈进房间里面，一边胆怯地咋呼，一边用木棍呼呼乱抢着往里走，眼看光头越走越近，日本战刀的刀把在我手中都已经攥出了汗水。

我悄悄地长吸一口气，准备随时给光头一击，光头突然停住了，发现什么东西似的弯下腰，用手电照着房间中央那个最大的那个水泥池子里面，看了一会儿又把木棍伸了进去，似乎要挑起什么东西似的。

光头的举动很奇怪，我们大家包括日本人都愣住了，不知道光头到底要干什么，都静静地看着他。门口的一个日本人忍耐不住，冲光头吼了一声："八嘎！"

光头一手撑着池沿一手用木棍从池子里捞起一个光滑柔软，类似人躯体，却又有些透明的东西，扭回头似乎想召唤日本人过来看看这是什么东西，不过他已经没有机会再说话了。

捞出来的确实是一具人体，只不过这"人"似乎是"活"的。我和醉眼，以及所有躲避在室内的人都清清楚楚地看到，就在光头扭过头去的那一刻，伴着手电光的照射，那人的眼睛分明张合了一下。

"砰！砰！"两声，日本人恐惧之下开枪了。只有一发子弹打中了那具人体，但那"人"丝毫没有反应，子弹打中的地方也并没有出血。反倒是光头胸部中了一枪，倒在了血泊之中，阴腐的空气中飘荡着浓浓的血腥味。日本人呆立在门口，一脸错愕，躲藏在门附近的老杨头趁机夺走了日本人手中的枪。日本人没有反应，充满恐惧的脸上带有些许歉意。我走到光头身边，发现他已没了呼吸，身边躺着的那具人体，眼睛浸泡得肿大，并不断有液体从眼角流出，造成了眼珠转动的错觉。

我一把把日本人拽过来问道："你是谁？这到底是怎么回事？这些尸体为什么会浸泡在这里？你们下到这秘密地下世界里想要寻找什么？"

其中一个日本人好容易喘匀了气，听着脸色苍白的女翻译把我的话翻完后整整衣服，嘴里"哈依哈依"着对我们连连鞠了几个大躬，这才翻着眼皮自我介绍。

原来这三个人都是日本人，眼前这个叫龟田，是日本东京大学的教授，旁边的是他雇用的保镖，女翻译名字叫美子，也是他雇用的。

龟田在日本时，业余从事二战时期中国战场的态势研究，无意中发现了一份驻华北日军的绝密文件，龟田通过调查走访一些幸存的日本二战老兵，了解到老北京城的地穴海眼锁龙传说。

传说当初日军占领北平以后，对北平城里的老百姓进行了大肆搜刮，他们伙同投靠皇军的汉奸侦缉队拷问被捕的当地居民。敲诈勒索老百姓时，从几个掘坟盗墓的古董贩子嘴里拷问获知，在北京城海眼之下，可能隐藏有历代帝王积累下的无数金银财宝。

驻北平日军根据盗墓贼的交代，想从老北平海眼入手找到地下藏宝洞的入口，一开始他们在北新桥强迫老百姓拉海眼古井里的铁链子，没想到北新桥海眼古井里的铁链子没完没了就是拉不到头。

大家都说这井里的海眼直通大海，海眼里面镇锁着一条闹海翻江龙，要是把铁链子拉到头，黑龙出世，就该水淹北平城了。

第三十四章 逃命

211

不信这一套，硬逼着老百姓拉了三天三夜铁链子。第三天头上，拉着拉着，伴随着井底下传出轰隆隆雷鸣一样的响声，大股大股的黑水冒着浓浓的腥臭黑气，黑龙一般从井口里面翻涌出来，直接就把井口周围端着刺刀的日本兵熏倒了好几个，倒在地上的日本兵一个个眼珠暴凸口吐白沫四肢痉挛抽搐，没一会儿就蹬了腿儿。

井口周边远远围观的老百姓看到这个情景，哗地一下子一窝蜂似的四散奔逃，边跑边喊："不得了啦，龙王爷显灵啦。""大家快跑啊，北新桥海眼要发大水了。""小鬼子动了北新桥海眼，龙王爷发怒要水淹北京城啦。"

日本兵都被吓坏了，一个个趴在地上冲着这口古井直磕头，井口黑气消散之后赶紧把铁链子放回北新桥古井里，盖上石板盖子再也不敢动这口井了。

大庭广众之下，小鬼子不敢公开去挖北海白塔等处著名的被封镇海眼，于是就选择了通州燃灯塔这里来动手。他们专门指令一支驻扎通州的日军部队督率着那几个古董贩子，在北京通州城秘密挖掘过好几条地道探察地下藏宝洞，可惜大多数地道挖了半天什么发现也没有，有的地道挖着挖着就被突然涌出的地下水淹了。

后来日军这支寻宝部队被军部调动南下，由于在通州城里挖了半天什么收获都没有，地洞塌方还闷死了几个日本兵。负责寻宝的日本队长认定通州城地下根本不可能有什么通海的海眼，更别提海眼深处的地下宝藏了，整件事情就是被这几个盗墓贼把日本皇军当二百五给忽悠了，一怒之下把这几个家伙都给枪毙了，寻宝这件事也就不了了之。

再后来由于军事需要，日本人就把通州城中心一处挖掘出来的地道改建成了地下秘密工事，再后来秘密工事中发生了神秘死亡事件，这里就被填埋封闭了。

龟田又通过一些特殊渠道，探听到自从日军地下工事被封闭填埋后，一直就没有被发现挖掘过，龟田由此萌生到中国寻觅探索当年地下工事秘密，并探察老兵口中传说妖兽出没的通州地下古洞的愿望。

他专门从国内雇用了保镖和翻译一同来到通州。可惜，几十年沧海桑田，当初日军老兵讲述的地下工事入口附近的地面标志早已荡然无存，取而代之的是宽阔的马路、层起的高楼，以及大街上川流不息的车马人流。

多方探听一无所获，万般无奈之下，龟田带着保镖和翻译闲逛通州的古玩市场，想着买些中国的古旧物品回去，也算不虚此行。

没想到，就在那天的运河旧货市场上，龟田一行遇见了光头和光头所卖的日军用品。因为当初那老兵说过，驻扎通州的秘密实验部队所用的各种物品上面都有单独的特殊标记，老兵曾亲手画下标记图样给龟田看过，因此当龟田挤到光头摊位时，一见之下大喜过望，不仅把光头当天所卖的物品全部购买下来，更是追到光头家里，再三询问物品来历。

在龟田金钱的攻势之下，光头最终没能守住秘密，把日本军用物品来历告诉了龟田。

原来这光头姓陈名刚，本是老通州平房棚户区土生土长的一个浑小子，自从父母双亡之后，一贯不务正业，以偷盗倒卖，开黑摩的拉活为生。

在数年前附近棚户区拆迁改造的过程中，光头陈刚目睹了建筑施工方从施工处的地下挖出了古城砖、陶罐、瓷瓶、铜钱等物，特别是挖出一罐明代银元宝的场面，着实让人眼红。

光头陈刚不觉就回想起小时候听家中长辈讲过的通州城地下有地宫宝藏的传说，就此动了到地下挖宝的歪心眼。

仗着自己家独门独户院子大，陈刚对外宣称自己要在家里挖地窖蓄藏粮食，购置了铁锹镐头绳索滑轮指南针等物，老鼠一样在地下日夜不停地掏洞，一直苦干了数月之久。

因为没有明确目标，只好瞎挖一气。数月下来，眼看什么收获都没有就要放弃的时候，光头竟然挖通了深埋地下几十年的日军地下工事外墙。狂喜之下，光头冒险进入了地下工事，因此得来了这些日军物品。

在龟田的大笔金钱、未来利润分成，为光头办理出国手续等诱惑之下，光头带着他们从自家院子挖出的地道爬行了几十分钟之后，进入了这座深埋地下的日军地下军事魔窟。

算上这次，光头一共带他们进入了三次。对地下空间的很多地方及其秘密都没有探察清楚，龟田也不是十分了解，不过对于这里液体中浸泡的尸体，龟田倒是听日本老兵讲过一些来历。

据说二战时期日军会师东南亚，占领马来西亚、泰国、缅甸等地，当地军民不甘奴役奋起抗击，在南方重重叠叠云雾缭绕的高山密林深处，日军遭到了毒虫、巫蛊等神秘方术的袭击。

被袭击的日军部队士兵死状极其恐怖，有的日军小队进入深山后一夜之间全体毙命，身上却没有明显伤口；有的日军小队在密林里莫名其妙地集体进入疯狂状态，不分敌我见人就咬，状如疯狗；还有的小队全部患上不知名的疾病，一个个腹大如鼓，军医束手无策，只能眼睁睁看着一个个士兵全身肌肤溃烂血肉脓肿，凄惨死去，一时间闹得南下日军部队人心惶惶草木皆兵。

为稳定军心同时调查原因，日本军部派出了专门的细菌病毒专家前往日本占领区调查，力求解开谜题。细菌专家从死去的士兵肌体里培育出了以前从未见过的特殊活体生物，同时在研究报告中指明，这些士兵有极大可能中了巫蛊之毒。

通俗地讲，"蛊"其实就是一种毒虫，所说的巫蛊之术就是用这些毒虫的毒素去害人，因为古时候医学落后，所以人们才将这一现象和巫术联系到一起。

日本军部从调查中发现巫蛊之术能够控制活人大脑神经，加上民间相传巫蛊之术能够让死人复生，就秘密制定计划，调集国内昆虫学家、动物学家、病毒学家，细菌学家等，大力研究巫蛊术，以图制造傀儡战士，不死军团，消灭中国，打赢大东亚战争。

因此日本军部令驻华细菌部队成立了华北和广州特别分部，在北京选定通州地下秘密工事为基地，用从南方空运过来的青蛙、毒蛇、老鼠、猫、狗等制蛊生物研制开发适用于北方的特种生物细菌病毒。

为什么选在通州塔下修建秘密研究基地呢？因为日本人做生物研究需要解剖存放大量动物和人的尸体，保存设备跟不上，后来有汉奸指点说这里是风水宝地，能够藏风聚气，保存尸体不腐烂。

这些浸泡在液体中的尸体，生前大多是中国劳工。他们被日本人用从制蛊的猫、狗、青蛙甚至毒蛇、蜥蜴身上抽出的血液直接注入了脖子上的大血管，在大脑中种下了病毒生物，并且全身浸泡在药液中等待实验结果。

这种生物病毒其中的一种据说叫作裂头蚴。当人生食或半生食含有活的裂头蚴的食物后可患有裂头蚴病。其成虫寄生在猫、狗肠道中，虫卵随粪便排出，并在水中孵出幼虫，幼虫被小虫、小蝌蚪等吞食后，继续发育成原尾蚴，原尾蚴寄生在青蛙、蛇、狐狸胆等野生动物体内或者脏器中。人吃了这些野味，裂头蚴就达到了传播的最后一站。据悉，裂头蚴主要靠吃食大脑中的各种分泌物和营养素生存，只要大脑具备合适的生长条件，它就可以在大脑中长年寄生。

裂头蚴幼虫能从人体皮肤侵入血脉，最终寄居于人体大脑，吃食人的脑液，影响人的行为，使活人变成僵尸一般的行尸走肉，对鲜血产生永不止息的渴求并对其他活人或者生物疯狗一般地攻击。

老兵对龟田讲的这些话也是听别人传说的，并未亲眼见到这些活体实验过程，也不知道实验的详细资料和结果。

事情已经过去了几十年，眼前这些浸泡在阴暗空间陈腐溶液中的劳工，尸体虽并未腐烂，但显然没有达到日军的实验效果，也没有见到所谓的裂头蚴。

我们一个个听得遍体生寒，脸色铁青，牙齿在嘴里咬得咯咯作响，只想找个什么东西去摔，去砸，去打，去狠狠地发泄一通。

第三十五章
进入鬼门关

　　看到我们的眼睛都像饿狼一样在狠狠地盯视着自己，龟田不由自主地发起抖来，颤抖着结束了讲述说道："以上所讲这些，我个人表示万分的歉意，毕竟这是我们日本大和民族犯下的罪责。"说着又是几个九十度的鞠躬，然后提醒说道："现在我们大家困在这里，已经没有了退路，下一步怎么办，还需要赶快商量个办法，早点离开这里才是，要不然我们会被困死在这里的。"

　　他的话一点没错，我们大家是才出狼窝又进虎穴，眼前若不及时设法脱困，只怕真会全体陪葬在这里。那龟田教授的身份真假难辨，姑且信他是真，暗中要加意提防，眼下大家齐心协力闯过这道难关才是。

当下我向龟田一行三人勉强挤出了一个笑容点头致意，这个难看的笑脸却使龟田停止了不自觉的颤抖。

讨论过后，我们准备先退回到悬沙门外。我和藏獒老黑走在队首，其他人依次跟在后面，三个日本人跟在队尾殿后。通过悬沙门的时候，老渔夫又强调了一遍千万不要触碰到石门以免开启机关。但不承想等到我们都顺利通过悬沙门，轮到日本保镖的时候，他一个趔趄，直撞在了石门上，这一撞破坏了悬沙门的平衡机关，大门外侧数块大石板从上方直接坠了下来，摔在石阶上，眼看着日本保镖被压在了石板下。眼睛还没来得及眨一下，数以吨计的黄沙倾泻而下，几乎就在一瞬间，流沙就把悬沙门外的 U 型谷填了个谷满壕平……

龟田和翻译发出嘶吼，却又无计可施，我们只能呆立着，眼见另一条生命的消逝。悬沙门已被流沙堵死，是万万打不开了，除非用炸药炸开石门，然后再消除流沙。但这方法对于现在的我们无异于痴人说梦，剩下的路只有一条，就是闯入鬼门关另寻生路，可是鬼门关后究竟会发生什么谁心里也没谱。

最后我们把目光都集中在了一直一言不发的老杨头身上，老杨头沉默良久，灰白着脸缓缓摇了摇头慢慢说道："这鬼门关后就是通往地宫金锁关的通路，我们根本没有机会和运气从这条路上逃生的。燃灯塔绝不是瞎编出来虚言唬人的，七星阵、剥皮板，过阵难于上青天，最关键的是，开启金锁关我们没有钥匙。鬼门关虽然有锁，毕竟是外挂的，可以采用撬坏、锯开等方法来打开关门，而金锁关的锁是和大门熔铸在一起的，没有钥匙万万开不了锁啊。"

我奇怪地问老杨头："杨师傅，我们不是有一把鱼龙钥匙

吗？给您看过的，您忘了？"

老杨头又摇摇头说："世上流传下来的金锁关钥匙一共是三把，那是因为金锁关铜墙铁壁大门上的锁孔一共有三个，分别象征着'天、地、人'三才的布局。要打开金锁关，就必须三把钥匙一起启动。"

"那另外两把钥匙在哪里，您知道消息吗？"

一旁的龟田一直认真地听着我们的谈话，这时通过翻译插言问道："究竟是什么钥匙这样神秘？"

我们互相看了一眼，就把鱼龙钥匙的形状讲给他听。

不料龟田听罢竟然嘿嘿笑了起来。

醉眼怒道："有什么好笑的？"

龟田拍着手说道："中国有句古话，叫作踏破铁鞋无觅处，得来全不费工夫。我在几年前东京的拍卖会上，参加竞拍拍下了一个东西，据说是与中国通州的大运河燃灯塔有关，这东西的形状与你们描述的一样，而且巧合的是，我这回恰恰把这件东西带在了身上。"

龟田的一番话使我们的眼睛又都瞪了起来。就见龟田从自己贴身的小包里摸出一件东西托在手上，另一只手把包裹在外面的黄绸缎一层层打开，我们不错眼珠子地盯着看。

最后一层布一打开，"啊呀！——"大家都惊呼出声来。只见手电光下，一把精巧绝伦的鱼龙钥匙静静地躺在那里，鱼眼里镶嵌的两枚绿宝石在光照之下莹莹闪动。

小贾忍不住掏出了自己的鱼龙钥匙来，两把钥匙放在一起，各自鱼眼里闪耀着蓝绿色不同的光彩，宛若两条金色鱼龙就要翻波扬鳍化龙而去，这一下，轮到龟田和女翻译发出不由自主的惊呼声了。

现在有了两把鱼龙钥匙，能不能打开金锁关呢？老杨头涨红的脸，流露出抑制不住的喜悦。小珂问："杨师傅，有两把钥匙了，剩下那一把钥匙会在哪里呢？"

老杨头好不容易抑制住自己激动的心情，大手一挥说："走，这回我有办法开启金锁关了。"

大家草草吃点东西，就在老杨头的带领下来到鬼门关前。

老杨头用龟田手里的鱼龙钥匙往大铜锁里一插，扭动钥匙打开了鬼门关上的铜锁。

大家合力推开鬼门关的关门，里面又是一处黑洞洞的未知世界，老杨头并没有急于进入，而是转回身来牵住了藏獒老黑，然后沉声郑重地对大家说："大家注意，这鬼门关后面直到金锁关之前可以说一路上布满了各种机关陷阱，踏错一步就会丢命，大家一定要听我指挥行动，紧跟着我的脚步向前，千万不可冒失乱闯，中了机关别人是无法搭救你的，我们只有通过金锁关之后，才能找到出去的通路。"

老渔夫在后面插言说："杨师傅，这里究竟会有什么样的机关？你也给大伙说说，大家心里好有个谱。"

老杨头顿了一下说道："这鬼门关后直到金锁关的通道，据说是大明军师姚广孝所建，一路上可以说是穷尽大明天下能工巧匠之力，共布设了七道铜墙铁壁一般的杀人机关，号称七星屠龙阵！不知机关底细的闯入者必死无疑。"

老杨头的话说得我们心头的石头又重了几分，老杨头说完就不再理会我们，转身一手牵住老黑，一手拉着小梅向鬼门关里面走去。

宝塔传奇

我们跟在老杨头和小梅、老黑的后面，步步小心地迈入新的黑暗空间，按着老杨头的指点通过，我们这才发现这七星屠龙阵果然名不虚传。

　　七星阵按照阴阳五行原理布置，充分利用了地下自然古洞的空间加以修改建造而成，不知底细者绝难过关。七星阵以五行为首，阴阳暗河断后，金锁关收尾。

第三十六章
七星屠龙阵

这五行阵当中，据老杨头介绍，我们将要通过的分别是断金阵、阴木阵、洪水阵、烈焰阵和虚土阵。

过了鬼门关之后，大约也就走了一支烟的工夫吧，黑暗之中一路无惊无险，醉眼嫌走得慢，忍不住打着手电跑到了老杨头前面自己充任开路先锋，我在后面大声提醒他注意安全。

话音未落，醉眼身形一晃，脚下一个趔趄滑了一跤，多亏身后的老杨头手疾眼快一把拉住了他。

看到醉眼一屁股蹲坐在了地上，我抢过去问他："怎么了？"还没走到醉眼近前，我脚底下一滑，也险些跌倒。

手电光照下，看到醉眼坐在地上，脚下的鞋子踩了一脚的泥水，脚底下的泥地上留下一道长长的滑痕。原来前面的道路是一大片水洼，水面平展如镜，黑暗空间里光照不足，醉眼误以为还是平地，一脚踏入了泥泞之中，猝然之间站立不稳，要不是老杨头拉住他，险些全身跌入泥沼之中。

老杨头看到我们都跟上来了，盯着水面沉声说道："虚土阵到了。"

老渔夫从后面走过来用手电照了照前面的水面，手电光范围之内全是水面，水面一直伸展到黑茫茫的看不见的远方，不知道这片泥沼范围多大。老渔夫从地上捡起一块土坷垃往前用力一抛，只听扑通一声，土块入水处溅起一片黏滞的泥汤。

原来这虚土阵就是一处天然的地下沼泽。一想起沼泽地陷人没顶的那些故事，我就是一阵子脊背冒凉气，这个阵，怎么破？

老杨头盯着沼泽地看了半晌，转身要过我们手里的登山杖，板着面孔对大家大声说："大家都看到了，这前面虚土阵的地下沼泽深可没顶，一步踏错，就会陷入泥沼，谁也救不了你。大家必须按照我的步子，踩着我的脚印通过，都明白了没有？"

我们齐声答应，老杨头又特意关照醉眼注意安全，不可再冒冒失失。醉眼刚才险些跌入沼泽地里，多亏被老杨头拽住，正在后怕，见老杨头特意关照，心下感激，嘴里忙不迭地连声答应。

老杨头在岸边整整装束，把身上收拾利落了，用登山杖戳点着在沼泽地中找好一处位置，一步跨了进去，我用手电照着老杨头的落脚点，紧跟在老杨头后面一步不差地踩着老杨头的脚印也踏进了沼泽。

脚一入水，我才发觉，原来这片泥水浑浊的沼泽地水面之下一步一个地排列着大块的踏脚石桩，脚步踏在石桩之上，我一直悬在嗓子眼的心才咕噜一声踏实落地。

"沼泽地"这三个字太吓人，大家谁都不敢作声，一个个眼睛紧盯着自己前面那人的落脚点往前走，藏獒老黑也紧随在后。默不作声地走了一段，大家都平安无事，我抬头把手电光越过老杨头向前照过去，已经隐约可以看到前面岸边的影子了。

我心里一松，扭过头对后面的人喊了一句："大家小心点啊，前面快到岸了。"就在扭回头的时候，眼光无意中扫见泥沼远处平静的水面上不知道什么时候涌起两道箭形分水波纹，正悄无声息地向我们这支小队伍潜游过来。

我急忙喊住老杨头："杨师傅，你看这是什么？"

老杨头顺着我的手电光一看，脸上猝然变色，大喊道："不好，大家快走。"话音未落，老杨头已经加快脚步往沼泽地岸边三步并作两步地奔了过去。

我被老杨头的举动吓了一跳，刚刚放进肚子里的心扑腾一下子又提了起来，不及多问，急忙紧跟着老杨头的脚印往前跑。大家被老杨头一嗓子吼得都慌乱起来，乖乖在后面忍不住尖叫起来："怎么了？水站，怎么了？"

我顾不上答话，跟着老杨头的步伐三步并作两步，几大步蹿上了岸，急忙问老杨头："杨师傅，怎么了？水里是什么东西？"

老杨头紧盯着水面波纹，大声吩咐："水站，快找东西往那边的水里扔。"这边的地面上光秃秃的，连块土坷垃都没有，仓促之间，哪里有什么东西可以扔？

我一边心里怦怦乱跳地卸下背包胡乱翻找着，一边盯着水面，不知道这水下潜伏的是什么怪物，让老杨头这样大惊失色。

醉眼和小梅、老黑已经紧跟在我后面上岸了，乖乖和小珂、小贾、女翻译、日本人龟田以及老渔夫还落在后面。女孩子步子慢，又被惊吓到了，更是一步一挪。

眼看着沼泽地里那道荡起波纹的分水线快游到了几个人近前，老杨头二话不说，一扬手就把手里的登山杖冲着分水线箭头用力投了过去。

登山杖一入水，就听哗的一声水响，水花四溅之中，一个巨大的黑影怪物猛然从沼泽水面下蹿了出来，这头泥沼怪兽扬须喷沫，张开的血盆大口竟然有水缸一样粗，恶狠狠地一口吞下了登山杖，我们都被这家伙惊得心里一颤，怪兽吞下登山杖之后，庞大的身躯随即又落入沼泽，溅起的腥臭泥水漫天飞扬。

这是什么家伙？黑暗之中根本就没看清楚这泥沼里潜藏的是个什么怪物。难道这有鳄鱼？乖乖和女翻译被腾起的泥沼怪兽溅了一身泥水，全都尖叫起来。此时远处水面上已经出现了很多道分水波纹向她们那边集中游去。

我和老杨头、醉眼等人急得全都喊了起来："快点走！""跑啊！"老黑也冲着水面咆哮起来。乖乖她们醒过闷来，慌手慌脚地踏着水下石桩向岸边跑了起来。

这时候我正好在背包里摸到几枚电力耗完的一号废电池，急忙边喊边把废电池当手榴弹往那边的水面砸过去，每一枚电池入水，都激起水下一阵大乱，数张血盆阔口不时从水面伸展出来鲸吞虎咽，水面上开了锅一样翻腾起来。

老渔夫这次走在队伍的最后断后，他前脚刚刚踏上岸，一只黑黢黢的沼泽巨怪已经游到他的背后从水里昂然跃起，血盆大口一张，带着一股腥臭，一口咬住了他的后腿。老渔夫"哎哟"一声，摔了一个大马趴。咬住老渔夫后腿的泥沼怪物的大脑袋在泥浆里面使劲左右摆动着，拼命想把老渔夫拽进泥沼里面。

我们几人抢上前连忙拉住老渔夫，使劲把他拖住。咬住老渔夫的沼泽怪物死不撒嘴，挣扎的劲头好大，险些把我们都给带倒。

大家一声喊，拽着老渔夫使劲一拉，咬住老渔夫的怪兽水缸粗细的半截身子被我们发力拖上了岸。醉眼刚才已经拽出了工兵铲，此刻二话不说抡圆了工兵铲啪嚓一铲子狠拍在这条沼泽怪物的头顶上。怪物头顶被醉眼这一铲子拍得血肉模糊，两眼一翻松了嘴。我们连忙把老渔夫拉了过来。老渔夫瘫坐在地呼呼喘气。

此时此刻打量这只趴在岸边的怪兽，只见这半泡在水里的家伙，身子近两米长，样貌丑陋不堪，周身无鳞，背脊乌黑，粗逾水缸的身体跟一艘潜水艇一样，浑身遍布黏液，大脑袋比身体都粗，生着两只灰白绿豆小眼，头部前端长了一张骇人的扁阔大嘴，一张一合间，扁嘴巴周围四根细长触须左右摆动。这是什么玩意儿？

确定这些巨大的怪物是水栖生物，无法上岸活动之后，我惊魂未定地看着泥沼水面上咕咕翻冒的水泡以及在岸边拥挤成一团的数头墨黑色怪兽脊背问老杨头："这家伙是什么怪物？"

老杨头长出一口气说："这是洞穴泥沼巨型鲶鱼，这东西食腐为生，在水里几乎什么都吃，是会攻击吞吃活人的，几十年没见了，没想到这些家伙在地下沼泽里还活着。"

醉眼拿着工兵铲一听说这些家伙原来是巨大无比的泥沼鲶鱼，啐了一口发狠道："吓死人了，让小爷拿你这胖头鱼炖锅鱼头汤吧。"正准备再来几铲子，结果这条蹿上岸的鲶鱼拼力一翻身，挣扎着翻进沼泽里面去了。

我们打着手电照看老渔夫的伤情，好在鲶鱼没有獠牙利齿，老渔夫的裤子布料够结实，大鲶鱼的一嘴巴只是把老渔夫的腿肚子咬得青紫了一大片，老渔夫在我们的搀扶下站起来活动活动腿脚，腿肚子虽然疼痛难忍，但缓过劲来也不影响走路。

醉眼似乎想起了什么，走过来一拍我的肩膀："水站，我记得燃灯塔的传说里好像就有塔底下镇压着鲶鱼精的故事吧，想不到啊，这里面果然有鲶鱼存在。"

他一提醒，我也想起来了，看来燃灯塔的各种传说故事绝对不是空穴来风。

老杨头详细介绍接下来要通过的几座险恶大阵分别是洪水阵、烈焰阵、阴木阵和断金阵。经过了虚土阵这通折腾，大家对通过其余几座大阵，谁也不敢再掉以轻心了。

洪水阵：通道的一边连通着地下天然暗河河道水源，一边是倾斜的泄流通道，踏错了机关，连通水源的翻板瞬时就会打开，就像厕所里的抽水马桶被打开了一样，我们大家就会立刻被倾泻而下的洪波滚水冲入泄流道里不见踪影。要想通过此阵必须预先用门口的石头压住隐秘处潜藏的翻板机关的开关才行。

烈焰阵：通道之上遍布高矮不一的发火燧石，地面沟槽里都是黑色油脂，在此通过不能有任何火烛照明出现。通道之上只消有一块发火燧石被触挪动或者倒下，在地面上擦出些许火星，整条通道即可燃起通天猛火烈焰，闯入者无一幸免。大火燃尽，机关里的大油缸又会自动流泻下黑色油脂，慢慢填满沟槽。相传在古代，以烛火为照明光源的古人要想通过此阵，必须寻到世间难觅的夜明珠，以大颗夜明珠的冷光照明才可辨路小心通过，期间种种艰险自不必说。

阴木阵：竟然就是在过阵的通道两边直接种植了数排奠柏，无数倒垂卷下的枝条横陈在通道上，相传还会有毒蛇拦住去路，听着就让人头皮发麻。

断金阵：也就是燃灯塔歌谣里唱到的剥皮板，整个通路就是一面倾斜向下的滚刀板，数十米长的倾斜通路上布满狼牙利刃，一步踏空滚落下去就会犹如滚刀山一般。

有了老杨头的指点，剩下的四阵通过还算顺利。洪水阵通过方法比较简单，我们找到机关，用石头压住翻板机关以后，简直就是如履平地一般通过了。

对付阴木阵藏匿于奠柏中的毒蛇时，大家把小珂等几个女孩子围在队伍中间，每人手里都各拿了一两个熊熊燃烧的火把挥舞着烧灼，横在眼前和头顶，用火焰逼迫着隐匿着的虫蛇给我们让开了一个通道，我们就这样快步通过了让人头皮发麻的阴木阵。

烈焰阵对没有冷光源照明的古代人是一处难关天险，可是对于拥有手电照明的我们就相对简单多了，大家只需小心迈步，互相照应着不要触动任何一块发火燧石移动掉落，也就有惊无险地通过了。

五行阵中最让我们过得心惊肉跳的要数滚刀板一样的断金阵。据老杨头介绍，以前通过断金阵是有木制梯子搭架在滚刀板上让人拾级而下的，可惜年深月久，木梯子早已朽烂无法使用。我们大家要通过断金阵毫无方法可想，只能各凭自己的灵活身手，拉着登山绳一个一个慢慢通过这处滚刀剥皮板。

即便我已加倍小心，身上也依旧被滚刀板上的利刃划了两个口子。

阴阳界河前面的路途是重重关锁重重雾，在老杨头的带领下，大家如履薄冰一般步步小心，好不容易通过了大明朝神机军师姚广孝主导布设的五行杀人阵。好在事先对五行阵有了了解，总算过得有惊无险。

过了此五行阵后，我们又在地下穿行了许久，一个个疲累不堪。

第三十七章
阴阳河

又向前行了一程，通道曲里拐弯，越发倾斜向下。前面空间越来越开阔，寂静的空间里钟乳低垂，不时有水滴滴落。

走着走着，眼看着前面的路突然断了，面前横陈着一条怪石嶙峋的无水深沟，前面黑黢黢的通道深处，空间逐渐变得空旷高大起来。在我们手中最大号的强光探照电筒的照射下，远处深沟之后，朦朦胧胧的黑雾之中渐渐隐现出一座高大的铜浇铁铸一般的金铜城关——金锁关到了。

来到阴阳河前一看，原来所谓的阴阳河只是老大一条地下深沟，沟底漆黑，大片的怪石横陈倒置，空旷无水，并不像传说中那么可怕。

我们站在沟沿，隔着数丈宽的阴阳河向对面

看，对面的城墙壁上似乎隐隐伏有一条青龙。刚一看到吓了大家一跳，定下心来仔细观察才发现，原来这座铜墙铁壁一般的金锁关全为青石垒砌，缝隙处用铜汁铁浆浇灌注入，在青石城墙外壁又镶了一层黄色琉璃，打远看去一片金碧辉煌，不过因为年代太长，地下空间又长年潮湿，贴嵌在城墙外壁的琉璃瓦片脱落不少，所以墙上就巧合地显出了一条青龙的身影。

远远看去，金锁关的大门并不是普通城门的形式，而是一扇整面的铜铸光滑门扇，严丝合缝地嵌合在金锁关的门洞里。这扇铜门在过去的城池攻防战争中有个名目，叫作千斤闸。千斤闸的作用就是让里面的人出不去，外面的人进不来。而且由于他是一扇巨大厚重的整块金属板材构成，因此在古代的攻城守城战争中，传统的火烧、冲撞等破城门招数对他全无效果。千斤闸一落就等于是隔绝了城门内外攻城士兵的生死。

我们还在打量环境，醉眼已经忙忙乎乎地用手电四下乱照，想寻找一个便利的攀爬地点下到沟底。

这一次老杨头没有走在前面带路，而是要了一支烟，点燃后坐在一边休憩起来。刚抽了几口，猛看见醉眼带着乖乖、小贾找到一处地方要下沟，老杨头吼了起来：

"不能下去，你们不要命了！"

醉眼不服地说："不就是一条小破沟吗，又不深，又没水，有什么好怕的？"

说着已经拉住绳子下去了。除了老杨头，我们都聚在沟边看着醉眼下去。醉眼下到沟底之后什么事也没有，还在沟底蹦了两下以证明脚下踩的是实地。

手电光下，只见在沟底漆黑河道里，密密麻麻无规律地排列着无数个高矮不一，滚筒一般的古怪家伙。醉眼上前摸住一个大家伙用手一转，轻快的吱扭转动声中，大家伙露出狰狞的庐山真面目。这竟然是牢固固定在河道乱石中，上面插满利刃尖刺的滚筒拒马桩。

醉眼还在四处打量，老杨头已经急得扔了烟头站起来冲着醉眼大吼，一迭声地让他赶紧上来。醉眼也不敢大意。反身拉住绳子就往上爬。心慌脚乱，刚刚爬上两步，身子被强劲的怪风一吹，脚没踏稳又滑了下去。大家赶忙拉拽醉眼上来。

我们七手八脚地刚把醉眼拉上沟沿，怪兽一样的地下暗河突然间喷涌着凶猛的浪潮，吼叫着扑到了我们脚下，急流打着旋瞬间就把丈余宽的地下阴阳暗河填满了。

在巨大水流的冲击下，我们脚下的地面似乎都微微抖动起来。在震耳的洪流怒泻声中，看着刚才还是空空荡荡的深沟里汹涌翻腾着的滔滔浪花和水流中卷起的一个个笆斗大的旋涡，醉眼惊白了脸，瘫坐在地上好半天才喘匀了气息。

这股水来得快去得也快，一支烟的工夫不到，水势就小了下来，水位也在逐步降低。又等了一会儿，阴阳河的上游不再来水，河底的嶙峋怪石渐渐显露出来。

"好家伙，果然是个神鬼难测的阴阳河。"老渔夫感叹道。

"这是间歇河吗？"女翻译转述龟田的话问道。

老杨头摇摇头说："我也不清楚，不过我听老辈传说，这里原来就是一条地下暗河，后来修建地下金锁关的时候，姚广孝派人在暗河的上游高处修建了一处地下水坝，安装了自动翻斗机关，使暗河上游形成了一个地下水库悬湖。上游水库水流积蓄到一定水位，在水的压力下就会自动打开闸门机关翻斗，让千万吨

宝塔传奇

的蓄积大水瞬息之间以势不可挡之势顺河道冲涌而下，扫荡一切。当水库里的水流泻到一定程度时，压力消失，机关上的翻斗闸门又会自动复位，重新截流蓄水，这处机关设计巧妙，翻斗闸门自从建成之后就一直自动开合反复，永无休止。"

想起河道里设置的那些插有一尺多长狼牙利刃的拒马滚筒，在阴阳河强大水流瞬间冲击下，滚筒上的狼牙利刃在水中如同风扇般旋转如轮的恐怖场景，我们的头皮一阵发紧，这河底安设的哪里是拒马滚筒，明明就是血腥的绞肉机，不知机关底细的人闯入阴阳河道定会尸骨无存。

第三十八章
金锁铜关

　　大家经历过了一次地下阴阳河的奔腾咆哮，在岸边草草吃点东西用表卡着时间，算明了阴阳河奔涌咆哮的间歇时间。在下一次的河水间歇时间里先派了醉眼跟着老杨头设法爬上对岸，把登山绳捆绑牢固，然后把大家分了两拨，分批下到河底，抓着登山绳爬上了对岸。

　　眼前是高耸的金锁铜关，身后是漆黑的地下深沟。奔腾咆哮的河水刚刚止息，只剩下河道里一个个插满狼牙利刃的拒马滚筒还在骨碌碌转动。

　　我们紧贴城墙，站在三尺宽的河岸边，心内犹自怦怦乱跳。刚才穿越阴阳河看似平稳其实也是凶险十分，从掐表时间来看，阴阳河河水每次喷涌冲泻的时间间隔只有五分多钟，而每次河水流尽，河底的狼牙滚筒停止转动又占去将近两分多钟时间。

也就是说我们每拨人只有两分多钟时间从这边河岸爬下去，穿过河底的"刀山剑海"，然后再拉着登山绳爬上对岸。最后还算顺利，藏獒老黑也被我们小心吊上了岸边。

老杨头打着手电在金锁关城墙上找到一处机关，启动之后墙上翻开一块铁板，里面露出三个梅花孔洞，正是金锁关的鱼龙钥匙锁眼。

三个锁眼里面有一个锁眼已经插入了一把鱼龙钥匙。老杨头伸手进去拔出了那柄钥匙，这把钥匙和我们已经拥有的两把鱼龙钥匙一模一样，区别就在于这条鱼龙的眼睛是橙黄色的。

老杨头握着这枚钥匙慨叹地说："这把钥匙当年就是交由我们杨家保管的，只要任意一把鱼龙钥匙就可以打开前面的鬼门关，但是金锁关必须三把钥匙同时启动才能开启。自从第一把钥匙在清朝光绪年间因八国联军入侵而失散之后，这扇门已有一百多年没有开启了。后来日本人发动华北事变，第二把钥匙又被和尚带出了庙，我爸爸苦等了二十年不见失散的钥匙回归，失望之下把这柄钥匙插在这里不再管它。时间也过去了半个世纪，我还是小的时候被我爸爸带来过这里一次，想不到有生之年还能看到三条鱼龙重新聚首，打开这深藏地下百年未启的金锁铜关，不虚此生啊。"

我们好奇地问老杨头："您说这金锁关后到底藏有什么样的重大秘密，需要布置得这般杀机重重？金锁关后是否有通路可以重回地面？还有那地下洞穴之中大唐龙形妖兽的传说到底是真是假？"

老杨头沉吟着说："这金锁关的金锁铜门已有百余年未开，

城墙背后到底是一个怎样的玄秘地下世界我也知之不详。只是听我爷爷曾经讲述过，这金锁关钥匙一共三把，一把由历代燃灯塔寺庙主持掌管，一把由京城历任地方官掌管，还有一把就是深藏皇宫大内由皇室家族亲自掌管了。要想开启这金锁关大门，必须三把钥匙同时启动。

"据古老传说：这金锁关后潜藏着天地鸿蒙时代的幽古秘密，地下空间广阔、藏渊潜海，里面洞穴支路纵横，状如蚁穴。内里不仅有可以让我们通往地面的逃生通道，据说洞穴深处还孕育了遍地的珍奇宝物，乃是世间难寻难遇的洞天宝穴。但这地下洞穴中也说不准会有潜伏休养的什么毒虫怪物，饥肠辘辘磨牙吮血，大家一会儿进入金锁关后一定要小心谨慎，须知天然洞穴迷窟内部比不得人工机关，那是步步危机全无任何规律可循的。"

听了老杨头的讲述，大家不由得又把刚刚平定下来的一颗心悬了起来。

老杨头要小贾和龟田各自拿出了手中的鱼龙钥匙，三把钥匙齐聚一起，手电光下耀眼夺目。

不及细看，老杨头已经把三枚钥匙依次插入了墙上相对应的三个金铜铸造的鱼龙锁眼。

小贾、龟田和老杨头三人并排站在一起，分别转动各自手中的鱼龙钥匙。

三人握住鱼龙钥匙分别转动不同圈数之后，按老杨头的要求，又同时把钥匙向内一推再用力一旋，就听见城墙内一阵机括铰动之声，金锁关的千斤铜闸巨门在一阵吱吱嘎嘎的刺耳摩擦声中缓缓开启了。

随着铜门的开启，一股浓黑色的雾气从门内弥漫开来。怕雾气有毒，我们都戴上口罩捂紧了口鼻。

好在这股浓雾飘散出来之时正赶上阴阳河又一次喷涌流泻，雾气很快被阴阳河奔泻带起的地下急风吹散。等雾气散尽，大家小心向金锁关内张眼看去。

门洞深广，黑洞洞看不到底，我们正在打着手电努力觑看门内景状，老杨头突然大喝了一声："不要动！"

扭头一看，原来是龟田伸手要去拔金锁关锁孔里那柄他带来的鱼龙钥匙。

老杨头几步过去拉开了表情尴尬的龟田，向我们解释道："金锁关大门打开，全赖三柄鱼龙钥匙共同开启，开门之后只要拔出任意一把钥匙，大门就会重新闭合，所以这几枚钥匙只能先留在此地，等到大家都脱险出去，日后再取了。"

听了老杨头的话，龟田只得悻悻放手。

我们小心地向金锁关门洞里走去，杂沓的脚步声在寂静的空间中听得十分清楚。再向前走了一段，门洞到头了。令人惊讶的是，这里竟然还有两扇沉厚的大门被粗大的顶门杠别住紧紧闭合着。

在我的印象中，过去的古城城楼一般都只有一个用于开启的城门，即使森严如北京的前门箭楼，或者过去的皇城内府大门——天安门和故宫午门，也是只设了一处开启门户，难道这金锁关两处门户的用意是内外兼防？就像南京的中华门一样，内里还建有个用于诱敌入内落下千斤闸关门打狗的瓮城不成？

老渔夫招呼着大家一齐上前抬下了沉重的顶门杠，然后分作两队，从两边扣住门把手左右一拉，在嘎嘎的门轴转动声中打开了大门。我们迫不及待地举着手电向里一照，竟然是无边无涯的黑暗。

强光手电的光线被黑暗吞没了一样，照进棉花一样的茫茫黑色里看不到边界。我们面面相觑，嘱咐彼此要小心，慢慢抬脚向前摸索走去。

走不多远听到身侧传来嚓的一声锐响，是铁器在石头上划过的声音，大家的手电光一起扫射过去，原来是经验丰富的老渔夫用刀具在地面的石头上刻画了一个箭头记号。

我们已经没有退路了，刻记号又有什么用呢？我情不自禁地摇摇头，然后转头向来路看去，手电光照中可以看到，金锁关背面的城墙是和岩石一样的青灰色，从地面一直垒砌到了洞穴顶部，把这天然洞穴的出口堵塞得严严实实密不透风。

城门两侧各放着一口巨大的铜缸，闻了一下，满鼻子的油脂味道。难道这里也有万年灯？不对劲啊，万年灯只有墓穴才用得上，这里也不是墓穴啊。琢磨一会儿我恍然大悟，看来这是在地下黑暗中专用的金锁关指路灯。

再往前走，脚下的地面逐渐凹凸不平起来，不时有东西硌着脚。低下身子刻画箭头记号的老渔夫突然惊呼起来："你们看！"

老渔夫发现了什么？我们聚拢过去打着手电一齐去看，醉眼首先嚷嚷出来："箭头！地上有箭头！"

原来在老渔夫面前的地面上赫然插着一支锈蚀的三棱箭头，箭杆和尾羽早都朽化了，只剩下铁制的箭头还斜插在地面上。再向周围地面照去，又发现不少。

为什么会有这么多的锈蚀箭头？难道这里是古代的一处战场遗迹？大家带着疑惑小心前行，越向前走箭镞越多，最后竟是密密麻麻布了满地，看得人遍体生寒。藏獒老黑似乎嗅到空气中什么不安分的气息，跑到一处地方猛然咆哮起来。

老黑的吼叫声让我们更加紧张起来。小梅呼喝了两声，见老黑不肯回来就走过去看，小贾一声不吭地跟在小梅后面。我们正用手电四下乱照期待有所发现，小梅和小贾已经一齐惊叫起来："爷爷、王哥，你们快过来看啊。"

我们听到他俩呼声有异，一齐快步紧奔了过去。站到跟前一看，原来此处是一个倾斜的大下坡，坡面上除了密布的箭头，还出现了残碎的骷髅骨骸、锈蚀的兵刃和未燃尽的松脂火把。

坡下远处黑蒙蒙看不到边际，老黑依旧低沉地咆哮着。老杨头手里没有电筒，弯腰从地上捡起了两支火把，让醉眼用火机引燃，将一支捏在手里，另一支向黑蒙蒙的空间高处尽力一抛。燃着的火把打着旋在半空中画了一道抛物线后远远落下。

火焰的照明范围有限，在火把落地熄灭之前，我们在微弱的火光照射范围内隐约地看到，远处似乎有座黑沉沉的城楼宫殿存在。难道这里又有一座宫殿？难道这座远处的黑暗宫殿就是燃灯塔地宫的秘密谜底？

第三十九章
牛神殿

　　来到地底下又一处黑暗莫测的空间，正在寻思，小贾已经指着斜坡边缘的一处地方叫起来："这里有台阶，我们可以下去。"大家把手电照过去一看，果然在我们身侧不远处，从斜坡上开凿了一溜整齐的石头台阶，一路延伸向下，不过这台阶周边遗弃的兵器更多，遗存的白骨尸骸也是多于周边。

　　看到老杨头手持火把照明比我们的手电管用，还能够节约电池，于是我招呼大家都多捡地上遗弃的火把，把手电关了节约电池。听我说得有理，众人纷纷行动，每个人除了手里举着一支火把照明外都多捡了好几把掖在登山包里备用。

　　醉眼一马当先跟在开路的老黑后面迈下台阶，半道上还顺手从一具骨骸身边拾了一把腰刀。

宝塔传奇

经历了一路的艰险，大家的胆子越来越大，对身边的白骨视而不见，小心迈着台阶从尸骨空当里穿过下行。

独有老渔夫一路走一路不停嘟囔："奇怪，奇怪，这里为什么会是这样的情景？"他问老杨头，可老杨头也是头一次进来这里，也没听人说过金锁关后的详细情形，老杨头皱着眉头四下打量，也说不出个所以然来。

老渔夫又把征询的目光望向龟田，龟田干脆学了个西方人的动作，耸了耸肩把两手一摊表示爱莫能助。火把的光照可以四下漫散，不像手电只能照到一个地方，我们一共十个人十支火把，再配合几把手电的远射功能，组成了一个强大的照明光源。近处的景物纤毫毕现，远处的空间也朦胧可见。

下到坡底抬眼四望，高远处虽然看不清楚，但可以看出这里的空间四处都是天然的岩石壁垒，从地下向周围和上方看，我们身处的空间整个就像两口合扣的大锅，从锅沿到锅底是几十米的陡峭斜坡，只有我们下来的地方坡度稍缓，没有台阶也勉强能够拼力爬出去。

我们正站在锅底的边缘上，不远处数十米开外，迎面是一个高耸的石台，上面黑沉沉地覆压着高大威严的重楼宝殿，配合着周遭的累累白骨残肢，地下空间的气氛阴森森的瘆人。这是什么地方？为什么会有这样一座雄伟建筑？这周围的屠杀场面又是怎么一回事？一个个问号不停地盘旋在大家脑中。

老渔夫一言不发地频频按动自己的数码相机拍摄，让龟田看得艳羡万分。龟田的包裹和带来的设备已经在沼泽处跑丢了，他只有拼命睁大了自己的小眼观察着四周。

难道这里是模仿阴曹地府十八层地狱建造的阎罗殿枉死城？

需要用活人的尸山血海来进行献祭？

一股凉气从脚底直蹿上来，我回头看去，女孩子到底胆小，乖乖和小珂紧拉着手走在一起。我正想安慰两句，小贾已经指着白骨堆中的一处地方叫起来："你们看那是什么？"

几把手电光一下照了过去，只见不远处黑影里的两具人体骨架中间，竟然趴着一具状如小犬，尖爪利牙的兽类枯骨。难道古人和我们一样，也把猎犬带进了地下洞厅？用手电略往周围一扫，我就否定了自己的想法，因为随着手电光的照射可以看到，这种细犬状的动物尸骨不止一只，每一个人的白骨周围都有三四具甚至更多的动物尸骨。

大多数动物是死在密集的箭雨之下，除此之外明显可以看出，有的动物是被刀斧斩成两半而死，有的是被铁锤一类重物击碎天灵盖或者肋骨内脏而死。再仔细一看这些死亡的人类尸体，我们才恍然明白，原来这些人不是被乱箭射死的，而是在和动物的搏斗中被活活咬死的。

这究竟是一种什么样的地下穴居动物？这洞厅里面尸骨累累，只怕死了不下近百人。而满地被人类射死打死的地穴动物尸骨就更多了，人兽搏斗的现场惨烈惊人，放眼望去没有一具尸骨是完整的。似乎人类用密如骤雨的乱箭击退了地穴动物的倾巢追杀之后，就狼狈逃窜着退出了地下洞厅，关闭了金锁关的金锁铜关大门。

金锁关关闭之后，洞厅内渐渐陷入黑暗，空气中没有了利箭密如骤雨的破空声音，只剩下浓浓的、诱惑的、血腥的甜香气味，躲在黑暗中窥觑良久的地穴动物潮水一般一拥而上，疯狂地连撕带咬。

宝塔传奇

看着白骨上清晰的牙齿啃咬痕迹，我们直觉得大厅洞穴之内渗透着一股无声的阴风，惨雾重重。

这个到底是什么地穴动物的尸骨？不等我们动手，龟田已经从地上捧起了一个那种动物白森森的头骨，一边嘟囔着听不懂的日本话一边仔细打量研究起来。

一旁的女翻译听了龟田的小声嘟囔突然惊叫起来，我们一齐问她怎么了？女翻译芳子脸色苍白地说："他说这有可能是地穴大老鼠的头骨。"

大、大老鼠？！

老天！这遍地小狗一般大小的家伙竟然有可能是一大窝单个个体比普通的猫都大的异种耗子！

一听这话，不光是乖乖、小梅几个女孩子花容失色，我们这几个大老爷们儿也不觉有点腿肚子转筋。

我们要是在地下空间里遭遇上这些家伙可怎么办？我们不自觉都紧张起来，用手电四下乱照，每个人都拣了一件兵器抓在手里防身。

最后还是老渔夫大手一挥吼道："都已经进入这里了，怕也没用，我们一起去看看那座大庙吧，也许能从里面找出这地下迷窟的秘密，或者庙里能有指路地图让我们找到逃生通道。"

老渔夫说得有理，我们稍稍安下心来不再慌乱。大家的目光一起向洞窟中央那座黑沉沉神秘高耸的大殿望去。这座殿堂会是地下迷窟的最终谜底吗？或者里面藏有解开谜底的答案线索吗？神秘的黑暗空间里一切都是不可预知的。

老渔夫擎着火把带领我们向大殿走去。大殿前黑色的台阶又陡又滑。进到殿里面大家禁不住又倒抽一口凉气。空荡荡的大殿正中，供奉着一尊高大丑陋，狰狞披发，赤足怒目的牛头巨神，神像右手执一件奇特兵器，左手抓着一条毒牙毕露扭曲挣扎的花斑大蛇。牛头神的两只黑毛巨足下踏着层层的白骨骷髅。抬头仰望神像，仿佛我们就是他脚下的蚂蚁一般，随时会被他伸足踏为齑粉。

这是什么神像？我在藏传寺庙里见过长着牛头的大威德金刚愤怒明王的威猛形象，但眼前这尊牛头神的形象明显比大威德金刚的样貌要凶恶、原始得多。他眼如铜铃巨口钢牙俯视前方，火光跳动的光影变幻间，使人感到身周充满了无形的可怖威压。

大殿里的气氛太压抑，为活跃气氛，我有意提高声音嚷道："天爷，这神殿里供奉的整个就是一尊牛鬼蛇神嘛。"

空荡荡的声音传出去却没人搭腔，回头一看才发现身后只有小珂和小贾，其余的人全被大殿两壁的壁画吸引过去了。我看了小珂一眼，想悄悄再去拉住她的手，却被她避开了，只好尴尬地假意伸手挠挠脑袋对小贾说："我们也过去看看那里画的都是什么吧。"

壁画灰蒙蒙的看不出是什么年代绘的，看上去只觉得画面内容繁复，场面宏大壮观。

两壁的壁画各有鲜明主题，我们先看的是东壁壁画，画面正中是那尊高大的牛头主神，牛头神在画面上被描绘成战神天尊一般，青面獠牙，口中吐沙喷火，脚下踏着无数的尸体骷髅。在高大的牛头神身周还簇拥有一圈小牛头神，各执兵器驱使着大批虎豹熊罴等各类神兽，与四散奔逃的敌人作战。山林里、平原上，到处都是猩红的鲜血，咆哮的猛兽和拼死搏斗的披甲勇士。

从血腥的画面可以看出，作战双方有的披甲执锐，有的袒胸赤足，这一场大战直厮杀得山摇地动血流成河尸横遍野日月无光。这会是一场什么样的战争呢？是历史的真实反映还是杜撰的神话传说？

我们不明所以，又过去看第二幅壁画。第二幅壁画画着众多小牛头神，拥拥挤挤抬着那尊巨大的牛头神，周围挤满了对牛头神载歌载舞牵猪赶羊顶礼膜拜的人群，画面远处山脚下，一群人燃烟冒火地围着几个大土炉一样的东西忙碌着，似乎正在熔石炼铁。从画面看，朝拜的人群皆身着兽皮衣物，头上插有羽毛头饰，看着不像中原人物，倒像是西南少数民族或者原始人类打扮。

这牛头神是什么神像？为什么在地下深处给它修筑这样一座神秘庙宇？两幅年代久远的壁画内容又暗示隐藏了什么史料没有记载的惊人秘密？

"我看这是一尊邪神，我们要打倒牛鬼蛇神。"看到没人说话，醉眼开始信马由缰地发表他的谬论。

大殿里面没有危险境况，大家紧张的情绪稍稍放松，乖乖开始撇着嘴和醉眼斗嘴："你得了吧，依我看这是大话西游里面的牛魔王的塑像。"

老渔夫打着闪光拍了两张照片皱着眉说："这地下洞窟里的东西越来越神秘难以猜测了，大家再仔细找找，看能发现什么线索。"

其实这座大殿里面除了那尊牛头神像和两壁的壁画以外，其他地方都是空空荡荡的。

转过神像背后的火焰靠壁，大殿还有一扇高阔敞开的后门，从后门打着手电火把望出去，原来这座黑色牛神大殿是依傍着地下洞厅的后壁而建。大殿后面相隔不远就是岩壁，一个黑黢黢的血盆大口一样的洞口正对着大殿。

环顾地下洞庭，虽有多处大小不一的洞穴通往不可预知的黑暗深处，但是唯有此处洞口最大最开阔，又被牛神大殿有意遮掩在洞口前面，不用猜测也可以看出这个洞穴是地下迷窟的主要通道。

我们还在观察猜测着牛神庙的作用，老黑突然昂起头嗅了两下，从喉咙里发出呜呜的声音。老杨头立刻警觉起来，摆手吼了一声："大家别出声，老黑发现有东西过来了。"

老杨头的话立刻让我们身上夅起了一层"毛栗子"，头发根几乎都耸了起来。

第四十章
地穴老鼠

　　大家一齐打着手电四处乱照，洞穴很大，手电光影尽头的远处只是朦胧一团，看不清什么。

　　紧张之际，我还在努力睁大双眼寻找目标。突然感觉衣袖被身边的小珂拉了一下，顺着小珂的手电光往远处一看，光影尽头的黑暗中石头后面有两点小小的红点一动不动地呆在那里。我把手电也照了过去，手电光照太弱还是看不清楚，但能看出红点后面是团毛茸茸的东西。

　　我急忙喊了一声："小贾！"让他过来看。

　　就这一声惊动了对面的东西，手电光下灰影一翻，那个东西三蹿两蹿瞬间就不见了。

　　我急忙问小珂和身后的小贾看清是什么没有？

　　小贾说："好像是老鼠。"

我一听立刻被惊得白了脸，身后的乖乖发出"啊"的一声短促惊叫，老杨头脑门上的青筋都蹦了起来，老渔夫也倒吸着凉气一迭声催促说："咱们快走，此地不可久留。"

这下大家都无暇再想其他，只要想象一下牛神庙大殿台阶下很久以前发生的那场血腥恐怖的人鼠大战，就足够让人头皮发麻不自觉地加快脚步往牛神庙背后的通道深处逃去。

牛神庙背后的通道基本保持洞穴原貌，没有人工修整的痕迹，整条通道高大空阔，足可开行卡车。不知道这条通路亿万年前在地底下是如何形成的，穿行时看到了很多从洞顶崩塌下来的巨大的棱角峥嵘的石块。

因为害怕洞穴老鼠尾随而来，大家直跑到筋疲力尽，才停住脚步，东倒西歪地瘫在地上。

好不容易喘匀了这口气，醉眼玩闹性情又起，他扫视了一遍周遭众人后，夸张地大张着手臂做出呼天抢地状喊道："老天爷呀，谁能告诉我这里是哪里啊？"

坐在老黑身边的小梅被他的怪异举动逗得不禁扑哧一乐，乖乖没好气地推了醉眼一把说："我来告诉你，你正在十八层地狱里面等着蜕去猴毛脱胎换骨重新做人呢。"我们一齐哈哈大笑起来。

休息了一阵，我们继续往前走，地面一直倾斜向下，也不晓得走了多少路程，我已经点燃了背包里携带的第三根火把。

再往前走，穿出了洞道，前面的空间一下广阔起来，火把的光线不再在周边的岩石上映出反光而是淹没在棉花一样的黑暗之中。根据经验可以判断，前面出现了更大的空间。

说不出为什么，每次遇到难测边际的黑暗空间，我的精神总会不自觉地紧张起来。

穿出洞口没多远，走在最前面的小贾、老杨头等人突然停下脚步不动了。怎么回事？我挤到前面一看也不觉呆住了。

路——断了。

前方出现的是一条巨大的地下断裂带造成的洞穴峡谷，上下两端都黑漆漆的高深不见底，用手电向对面照，可以看到这里原先有宽大的石梁虹桥左右相接，可是这座桥梁不知道何时崩塌了，中间留下了巨大的天堑断口，飞跃不过。

如果我们有抛绳器一类的特种装备，把登山绳钩挂到对面也许可以尝试悬索飞越，可是我们没有，大家只有干瞪眼看着断崖发愣。

我想试试能不能从断崖这边下到谷底然后再从另一侧爬上去，就随手捡了一块石头投下去，但半天也没听到石头落地的声音。

老渔夫说道："我来试试。"说罢一扬手，把自己的火把投了下去。

我们眼瞅着被抛下去的火把的一大团熊熊光焰，在漆黑一片的深谷裂缝里越变越小，最后变成绿豆大点的一个香火头才终于湮灭消失。火把光照有限，地下裂谷两壁的情形什么都没照见，醉眼咋舌道："我的妈啊，好深哪！这要是摔下去真是粉身碎骨回姥姥家了。"

我们探察商量半天，一点办法都没有。明明知道断崖对面是唯一通道，可是我们不是神仙，也不是有翅膀的小鸟，想不出任何到达断崖对面的办法。老渔夫和老杨头都是眉头深锁，龟田煞白着脸从兜里掏出药片吞下，这个日本人，恐怕此时早就懊悔不该起意寻宝探险了吧？

老杨头一言不发，拍了一把藏獒老黑的头顶，老黑扭身向来路走回去。我们又累又紧张，谁也无心开口说话，都只是默默地跟在老黑后面往回走。

眼看就要走到我们过来时的洞口了，老黑突然停下脚步不安地嗅起了空气，难道屋漏偏逢连阴雨，这里又要有什么变故发生？

小贾双眼瞪得溜圆，已经反手从身后抽出了从牛神庙前捡来的一柄铁鞭兵器。老黑和小贾发现了什么？

不容多想，我一手握紧了日本指挥刀的握把，一手举着火把努力向洞穴深处望去。漆黑一团的洞口处亮着大团大团暗红色、红宝石一样的小光点，离得太远看不清是什么东西。

身后一道雪亮的光柱射出，乖乖打开了大号强光手电，手电光照下看清对面的东西我立刻一阵头皮发麻，一大群地穴老鼠不知道什么时候已经追踪着我们留下的气味尾随过来，密密麻麻地挤满了通道地面，令人头皮发夅。

一群群的大老鼠毛茸茸地涌动着，仿佛给洞穴里铺了一层恶心的老鼠地毯。身后扑通一声，女翻译已经腿一软一屁股坐在了地上，又被小珂和小梅一把拉了起来。

藏獒老黑大将军一样蹿前两步，横刀立马拦在了鼠群之前，龇牙俯首发出威严低沉的咆哮。

老鼠们没有见过藏獒，有两只胆大的大概是鼠群里的侦察兵，身手灵活地蹿出来跑到了鼠群前面，冲老黑龇牙摆尾想试试老黑的身手。我们的眼睛还来不及一眨，老黑已经咆哮一声猛跃过去一爪子掀翻一只老鼠，把它踏了个肚破肠流，同时巨口一张一合，叼住另一只老鼠的脑壳，咬核桃一样咔哧咬碎甩在一边，又闪电般翻身跃回立在了原处。

藏獒老黑威风凛凛震慑群鼠，地穴老鼠们赤红着眼睛一时不敢上前。老鼠数量太多，我们也不敢轻动，可是我们前有堵截后无退路，僵持下去对我们没好处。

怎样才能从鼠群中杀出一条血路回到金锁关那里？虽然回到金锁关还是身处地下出不去，但是在金锁关那里困饿而死总比葬身鼠口要好千百倍。

每一个人脑子里都在飞快地转着念头，我猛地捅了醉眼一肘喊道："醉眼，把背包里的丁烷拿出来。"

醉眼恍然大悟，把手里的一把腰刀横咬在嘴里，卸下背包拎着，一只手伸进去在里面乱翻。

为了方便好用，关键时候能当手榴弹、燃烧瓶甩出去救急，我们还特意在丁烷瓶体周围缠了一圈厚厚的布条，预备到时候能够浇上酒精点燃。

拿着这个自制的简易炸弹，不知道能否在鼠群中炸出一条通道？如此密集的鼠群，这几个小炸弹是否管用，是否够用，都是未知数。

洞穴鼠群和老黑对峙良久，后面的老鼠开始慢慢往前挤压移动，推动着前排老鼠离我们越来越近。老黑虽跃过去接连咬死数只老鼠，却无法阻止鼠群的移动。有道是双拳难敌数手，猛虎还怕群狼。眼下只有豁出去一试了。再不设法，鼠群会把我们逼下悬崖的。

我把丁烷气瓶凑近火把点燃，猛扔进鼠群中间。掉落的火团烫得几只老鼠吱吱乱叫，火团周围立刻空出一块地方，但丁烷气瓶滚了两下就不动了。

糟糕！丁烷气瓶是铁皮罐子！这样扔出去是不会燃烧爆炸的。

我正想着，鼠群中的丁烷瓶在周身火焰的灼烧下已经变形了。

"嘭！"的一声，大团丁烷气体受热炸裂开来，遇到明火立刻爆燃成一团耀眼的大火球，夹带着一大股皮肉的焦煳味道翻卷开来，大群被火焰燎着的地穴老鼠吱吱乱叫着拼命向我们冲来。

我们大家还有藏獒老黑早已躲在一边，被点燃了毛发的地穴老鼠像一个个滚动的火球一样盲目地窜来窜去，有的跑到通道尽头掉下断崖，有的跑不动了瘫在地上被烧成一堆焦炭，跑到我们近前的火耗子都被大伙用手中的家伙连踢带打弄开了。

等炸了窝的火耗子跑完，往通道里面一看，大家的脸全绿了。

小小的丁烷气瓶威力有限，只是暂时炸退了鼠群的进攻而已，大批的地穴老鼠还拥挤在通道深处不肯退缩。也许是饿了良久的原因，受到烤肉香味引诱，老鼠们竟然窜上前来，开始啃吃被烧死的同类尸体。

眼看大群老鼠忍耐不住要向我们猛冲过来，我又点燃了一个丁烷气瓶扔过去。一直躲在我们身后的龟田突然发出连声大叫，在我们每人背后拍了一巴掌。我扭头一看，龟田正一脸狂喜，手舞足蹈地指着崖壁一处大喊着："鲁、鲁、鲁！"

第四十一章
悬空栈道

什么鲁、鲁、鲁？！龟田是被大老鼠吓得神经错乱了吗？我随龟田手指方向一看，在我们所处平台尽头的悬崖边上，沿着陡直的深谷石壁，不知道哪个年代修建的一条羊肠栈道，上接绝壁下临深渊，蜿蜒曲折通向远处，原来他喊的是路。

年深月久，铁链和栈道木板都已变得乌黑，要不是龟田用手指着，还真是难以发现。

这真是山重水复疑无路，柳暗花明又一村。

此时容不得半分犹疑，岩石地洞通道里烧焦的老鼠肉香浓郁，饥饿的鼠群已经疯狂了，我们耳朵里满是大群老鼠们狂躁的撕咬叫闹之声。老渔夫和老杨头几乎是同时大吼了一声："走！"领着大家就冲上了栈道。

我点燃并投出手里最后一个丁烷气瓶，趁着鼠群争抢鼠肉还没有猛冲过来，紧跟着前面的人踏上了地下深谷绝壁上的羊肠栈道，醉眼和小贾殿后。

我阅读过李白的蜀道难难于上青天的诗篇，也眼见过川蜀古栈道上接绝壁下临激流的实景照片，我更曾经亲身攀爬过西秦天险华山，在华山千仞绝壁上手抓铁链，提心吊胆地通过长空栈道。相比之下，这条地下深渊栈道，比华山上的长空栈道更加凶险。

长空栈道虽惊险，好在知道它是安全的，只要抓紧铁链走过去就可以到达彼岸，但这地下悬空栈道，我们却谁也不知道它会通向哪里。它已经静默在地下数百年没人通行，木板铁链是否会腐朽锈蚀？前方会不会无路可走？这些都是未知数。

地下裂谷栈道简单铺设的木板通道也就一尺宽，刚刚能够容人落足，栈道一侧是千仞绝壁，另一侧是无底深渊。脚踏在木板上摇摇晃晃，似乎随时都有翻覆的可能，大家只能把火把横咬在嘴里照明，腾出双手紧紧抓住石壁上冰冷的铁链往前一步一移地小心挪动。

踏上栈道走了没多远，"嘣！"的一声，扔在通道口附近的丁烷气筒爆炸了，翻卷的火焰把涌到洞穴出口的老鼠炸得一片惨叫四处乱窜。

借着瞬间爆燃的大团火光，我急忙抬头向对岸看，隐约看到对面悬崖上也有一条栈道通向洞口，紧张慌乱的心跳才稍有平复。看来很多年前，这地下石梁虹桥塌毁断裂之后，后来的人为了能够继续通过这地下裂谷到达对面，又费尽千辛万苦，在这裂谷两侧的千仞绝壁之上修筑了这条羊肠栈道。

老渔夫没用火把照明，他在队伍中间边拉着铁链往前挪动边招呼大家抓紧铁链加强小心。

　　其实不用他提醒，大家都是壮着胆子在往前走，小梅、乖乖和龟田几个人更是把整条胳膊都挂在了铁链上，身子紧贴着崖壁一步一步往前挪。

　　为了给大家鼓劲，我一手抓住铁链，一手取下咬在嘴里的火把大声告诉其他人："大家放心往前走，我已经看清了，对面也有栈道相通，我们肯定能安全到达对面的。"

　　走在地下裂谷栈道，由于四周都是漆黑一团，虽然知道脚下就是裂谷深渊，但是看不到栈道下的深渊有多深，也就没有那种凭虚凌空的眩晕感受。只能听见一侧铁链的清脆击响和自己的怦怦心跳，看到脚下的栈道和前面人的背影。

　　四周虚空一片，皆是浓密得化不开的黑暗，恍惚中我仿佛感觉自己身处走不出去的神秘梦境，只要一脚踏空就可以跌入无底深渊。

　　长长的栈道没有尽头似的延伸着，四周一片黑暗，梦游一样的机械行进容易让人犯迷糊。我正准备找话题和醉眼逗个闷子，前面已经悠然飘来了一阵歌声，侧耳仔细一听，原来唱的是《映山红》

　　　　夜半三更哟盼天明，
　　　　寒冬腊月哟盼春风，
　　　　若要盼得哟红军来，
　　　　岭上开遍哟映山红，
　　　　若要盼得哟红军来，

岭上开遍哟映山红……

一曲唱罢余音绕梁，我正猜想是哪个女孩唱的，老渔夫已经亮开嗓门叫起好来："好！好！小珂，你的嗓子真不错，都赶上专业歌手了。"

小珂有些不好意思："瞎唱的，给大家鼓鼓劲，唱得不好。"老渔夫鼓动道："水站，美女们都开头了，你们男生敢不敢也亮下嗓子和女生赛一把？"

醉眼说："那有何难？咱们是张口就来。"随即又小声问我："老大，咱们唱什么歌？"

我立刻回复说："当然是屠洪刚的《精忠报国》最带劲了。"我的建议立刻赢得醉眼和小贾的赞同。

起了个头我们三人就一起合唱起来。歌词激昂有力，唱着歌往前走似乎浑身充满了力量，黑暗和危险也不再那么可怕。

我们正唱得带劲，走在最后的小贾突然喊起来："不好！"随即他那里传来一阵叮叮当当的铁器猛烈撞击声。醉眼也惊慌大喊起来："快走，大耗子追上来了！"

我急忙回头一看，大群赤红着双眼的地穴老鼠已经顺着栈道追到了我们近前，就连扶手铁链上也爬满了杂耍高手一样的老鼠。耗子们在狭窄的通道上灵活得就像猴子一样上蹿下跳。小贾背后的背包上跳上了两只疯狂的大耗子，小贾抽出了铁鞭往身后乒乒乱打。

我急忙扭头冲前面大喊："快走，耗子来了！"我们的队伍一时大乱起来。老渔夫一面往前疾奔一面喊："抓紧铁链，小心脚下。"

耗子们丝毫不惧我们手中的武器，虽然被小贾猛抢的铁鞭和醉眼手里的腰刀扫打得接连掉落，但是仍然不要命地冲上来。小贾的背包和衣服已经被扯烂了，铁鞭抽下去，鼠群中就是一片血肉横飞，一只大老鼠一下从铁链上猛跃起来扒在小贾脸上张嘴就啃，小贾痛叫一声松开铁链用手去抓老鼠，不料脚下又被冲过来的老鼠一绊，一脚踏空一下栽进栈道下的黑暗中不见了踪影。

我刚刚大喊了一声："小贾！——"抓着铁链的手腕上紧接着就是剧烈一疼，几乎松手，老鼠们已经越过手忙脚乱的醉眼蹿了过来。一只肥硕的大老鼠趴在铁链上圆瞪着小眼狠狠一口咬在我的手腕上，我手里只有火把，立刻拿火把向老鼠烧去，老鼠被烫得身子一扭吱吱叫唤着掉下铁链。

顾不得手上流血的伤口，我踢开窜到脚边的两只老鼠，一下把背包里剩下的两根火把都拽出来点燃了。醉眼腿上被老鼠咬伤，支持不住，已经背对着我一屁股坐倒在栈道上。他一面用手里的腰刀疯狂乱扫扑上来的耗子一面破口大骂。

老鼠怕火，我挥着火把乱舞，挡住了群鼠的疯狂扑咬。要是有手榴弹、机关枪，我非把这些杂毛耗子突突了。

趁着耗子没往上扑，我抛出左手的火把扔在醉眼前面，一把拉住了醉眼大喊："烧它们！"

醉眼一面抄起火把晃动着挡在身前一面喊："快找东西点火啊。"

点火？丁烷气罐已经没有了，在这光秃秃的悬崖陡壁凌空栈道拿什么东西点火呢？

我还在犹豫，醉眼已经三下两下把扯坏的外衣撕脱了，点着后兜头扔向鼠群，一大群老鼠立刻惊叫着退开了。栈道木板看来是用桐油泡过，这才在黑漆漆的地下空间中长年不朽。趁着老鼠们被火阻挡冲不过来，我和醉眼冲栈道下漆黑的深谷大喊了数十遍小贾的名字，又抛了一根火把下去照明，无奈黑谷沉沉，小贾掉下去后始终是音讯皆无。

眼看醉眼抛出去的衣服已快燃尽，我无法可想，只得拉起醉眼后退，两人合力把眼前这条四五米长的栈道木板掀下深渊。掀掉栈道木板，不光是断了老鼠们的前路，同时也断了我们的退路。

钉入崖壁的铁链斩不断，我们只得把两支火把交叉捆绑缠绕在铁链上，火把能够持续燃烧一个多小时，滚热烧红的铁链肯定能让老鼠们无处下爪爬不过来，只盼我们加紧点步伐，及时通过栈道赶到对面崖壁洞穴的入口。

一切都弄好了，我和醉眼此时才有工夫仔细看一眼自己被咬的伤处，一看之下都倒抽了口冷气，地穴老鼠果然凶猛，咬人是口口到肉。我的手腕处和醉眼的腿上都被咬了血糊糊核桃大一个肉洞，白肉翻花血肉模糊。此时紧张的神经稍一放松下来，创口剧烈的疼痛立刻阵阵袭来，不一会儿我的脑门上就青筋绽露，渗出了一层豆粒大的冷汗。

胡乱包扎了伤口，大家打着手电又搜寻呼喊了一会儿小贾，却怎么也不见小贾的踪迹，小珂、乖乖的眼里都盈满了泪水。可是深谷下面漆黑一片，不知道有多深多广，强光手电能照射到的尽头除了崖壁上的嶙嶙巨岩以外就是一片无尽的黑暗。我们带的绳子只有三四十米长，我和醉眼又受了伤无法下去，实在无法可想，我们还要保存体力继续前行，只能在心里暗暗为小贾祈祷期盼他能够平安无事。

第四十二章
龙骨岩

草草地让乖乖给我和醉眼各自包扎了伤口，我们只能离开。掉下悬崖绝壁的小贾生死未卜，栈道上带着伤痛的我们也不知能否走回地面，经历此番变故，曾经歌声嘹亮的队伍又沉默了，大家只是机械地挪动步子往前迈进。好在地下裂谷栈道保存得十分完好，一路再没有出现其他危险。

不知道走了多久，老渔夫打破沉默说："各位，我刚才就在琢磨，金锁关前的七星屠龙阵难道真的是为了防范有人从外面偷入地下的吗？我看未必呢，你们看，这地下的大老鼠这么凶狠，并且数量庞大难挡难防，这七星屠龙阵会不会就是为了防范地穴老鼠才设置的？"我们听了心里都是一顿，觉得老渔夫想得有道理。

老渔夫紧接着又问老杨头："杨师傅，这地穴老鼠为什么会这样肥大凶猛？"

　　老杨头还没搭腔，一瘸一拐的醉眼就抢着说道："我看这地穴老鼠没准也是日本人当初搞的试验品。"

　　"不可能！"醉眼的话音还没落就被我和小珂乖乖异口同声否决了。

　　原因很简单，我们在牛神殿大厅里可以看到，大批地穴老鼠几百年前就存在于地下空间生活，并且曾经和进入地穴的众人展开过厮杀搏斗，怎么可能是日本人几十年前培育的试验品呢。

　　醉眼辩驳不过又抛出一个论断："它要不是日本人的试验品，我看就是过去哪个皇帝搞来给他的地下财宝看家护院的。"醉眼此话有一定道理。

　　老杨头此时方才开口说道："我在通州住了大半辈子，从未见过这样的大老鼠，只是听说《山海经》里记载，古代有鬼鼠冥蛇居于地下，凡是它们出没的地方都有凶险。"

　　小梅不屑地说："爷爷，《山海经》的故事哪里有真实的？那都是古代人瞎想出来的。"

　　老渔夫说道："那可未必，现在已经有研究证明，《山海经》是我国古代的一部地理奇书。"

　　我也说道："是啊，我曾经看到过一份研究报告指出，《山海经》绝不是一部空想出来的海外奇谈，例如《山海经》云，鸟鼠同穴之山，渭水出焉。鸟鼠山，就位于甘肃省渭源县城西十公里的龙王沟垴，又名鸟鼠同穴山、青雀山，是渭河的发源地，其山南之水流入渭河，山北之水流入洮河。"

　　走在我们前面的龟田也开口加入讨论："我看这地穴老鼠很

像是非洲的瞎鼠的变异品种，瞎鼠在大英百科全书中是这样介绍的：瞎鼠又称鼹型鼠，是高度适应地下穴居的啮齿类，瞎鼠有很大的头和发达的门齿，十分善于挖洞，据说牙齿能咬断铁丝。"

难道这家伙真是从海外运来，封闭于地穴深窟，为过去的皇帝看财守宝守护地下不为人知的秘密的吗？这地穴深处到底有什么重大秘密？

大家的猜测莫衷一是，我们已经走完了栈道全程。这里是一处裂谷崖壁上的小平台，走到这里地势转低。我们一直贴着崖壁里侧走，沿途全是石头道路盘旋向下。不知不觉中两侧的石壁都陡峭起来，说话都隐隐带着嗡嗡的回音，我们似乎是走进了一处地下峡谷，两侧壁垒如削，足下乱石横陈，比悬空栈道安全多了。

老黑在前面的灯影和黑暗之中来回欢跑起来，小珂试探着问老渔夫："您看这条地下通道通向哪里？我们现在又是在地面的哪一部分底下？"老渔夫看了看腕上的手表沉吟推测道："咱们从西海子公园那里下地道到现在，已经十几个小时了，其间虽然走过的地下通道盘旋曲折，但是深度却是一直向下延伸，如果我估计的方向没错的话，咱们是一直在向西或者向南前进。"

醉眼惊叫起来："按您老这么说，我们在地下不停地走，还能一直走到天安门城楼底下去了。"老渔夫说："看这地下洞穴支路纵横，真没准会有一个岔洞通到天安门那里。"大家一时哑然，乖乖继续追问道："这里地下为什么会出现这样的一处地下岩石洞穴呢？我记得资料里说，通州一带好像都属于潮白河冲积平原，应该是沙石地质啊。"

老渔夫呵呵笑了起来说："潮白河冲积形成平原才是多少年

的事情？这里的地下岩石恐怕都有数百万到上亿年的历史了。远古时期，北京地区就是一片汪洋大海，这里发生过很多次海陆变迁，这里的地下岩洞没准在亿万年前是火山喷发形成的海底洞穴呢。"

老渔夫的话听得我们心驰神摇又莫名惊惧，难道我们会像法国科幻大师儒勒·凡尔纳的著名小说《地心游记》里的主人公一样，沿着地下神秘莫测的通道走向地心吗？

我想问问小珂的看法，小珂已经拉着乖乖紧走两步和龟田并行一起，在轻声询问什么。龟田叽里呱啦一长串日语说得又快又急，从背后只看到小珂不住地点头。等他们刚一聊完，醉眼就性急地跟过去，拉住乖乖她们去问龟田说了什么？

小珂解答说："龟田教授认为，从眼下看到的岩石以及地下构造来看，他推测，这里可能是华北地下塌陷断裂带的一条分支，换言之，也就是古代华北平原造山运动形成的一条地下断裂裂缝，俗称地震带。"

我的妈，按龟田的说法，我们正站在华北地震带的裂缝里，只要大地稍微一摇晃，这条地下峡谷裂缝一错位，就会把我们这些大活人夹馅饼一样，在坚硬的岩石间夹成肉馅。

醉眼听了小珂的解答，一连呸了几口，开始寻找歪理反驳龟田。

老渔夫则悄悄退后几步，和我走了个并排，抓住我的一只衣袖忧虑地说："水站，咱们必须得集体开个会讨论一下了，现在咱们在地下空间都转悠了十几个小时了，还没找到出口，眼看着前面的路会越来越凶险，还需要多久才能走出地面谁心里都没谱，当务之急我看是要清点一下食物和水等用品，做多日坚持的打算了。"

老渔夫说得十分有道理，这些也正是我暗暗在心里忧虑盘算的事情。

不怕走不出去，就怕没有了照明、饮水和食物。如果我们真的水尽粮绝，电池火把也燃烧耗尽了还没有找到地面出口，肉体和灵魂将永远埋陷于这地下无尽的噩梦般的黑暗之中，我相信再冷静的人也会发疯的。

又疲又累之下想到这里，我的脑袋一阵发晕，额头又渗出一层白毛冷汗。老渔夫看我脸色不对，扶了我一把投来关切的目光。

我摆摆手告诉他没事，随即大声招呼走在前面的老杨头和小梅，让他们在前面找地方大家都休息一下，老杨头瓮声答应了。

又走了不知道多长时间，前面的路过不去了，一块巨大的岩石横亘在眼前，把整个通道堵塞住了。从满地的碎石可以看出，这块石头并不是原来就长在这里，而是后来从峡谷上面崩落下来的，两侧的岩壁上都留有巨岩滚落时的撞击划擦痕迹。

老杨头看看环境招呼说："就先在这里吃点东西休息吧，养足了精神我们再爬过去。"我跟着喊道："大家坐得靠拢一点，咱们好开个会，另外要节省能源，留下一个火把照明就够了，其他的火把手电都熄灭。"

把一根火把插在石头缝里照明，大家各自找石头围成了一个松散的圈子坐下休息。在我和老渔夫的提议下，除了没有背包的龟田和老杨头以外，其余人都把自己的背包清点整理了一下。

一番盘点下来，我心里稍安定了一些。由于我和小贾二下地洞前在家乐福采购的食物比较多，带到地下的时候我和小贾、醉眼背包均匀分配了，再加上老渔夫和小珂、乖乖包里装的食品，我们节省点，每天只吃两顿也足够三天用量。火把还剩有五六根，手电筒的备用电池也余量充足，麻烦的就是饮用水带得不多，好在地下潮湿阴凉也不需要大量喝水，而且有可能在地下找到水源。

我和老渔夫互相补充着，把我们的担心和物资分配计划说了出来，大家一致同意了。接着由小珂、乖乖负责分配，包括老黑都领到一份食物充饥。

短暂的吃饭休息之后大家的精神劲上来了一些，但是依然比较困顿。整理好东西，我们用登山绳绑上三爪抓钩一下抛过拦路的巨岩，在上面抓牢绷紧了，用手电照着开始攀爬翻越。

我和醉眼各自有伤在身，手脚使不上劲，于是留在最后把绳子绑在腰部让大家给拽了上去。上了岩顶迈步到巨岩另一侧一看，大家都吓了一跳，张着嘴半天没人吭声。

原来这块巨大岩石的背后，森然陈列着一具高大出格的兽类骨骸。岩石本身有三米高，这具骨架直挺挺戳在地上的肋骨脊椎竟然差不多和岩石一样高。这是什么动物？难道古代人把大象或者骆驼也给赶到这里来了？

我们不是生物学家，这具动物遗骸的头部又被压在巨岩下面无法辨别，一时搞不清是什么动物，不过可以明显看出，这头动物是在地下峡谷里奔跑到此时，被突然从高处滚跌掉落的这块沉重岩石一下砸死的。

白骨森森泛着冷光，我们发了会儿愣，猜想不出这里为何会有这样大体型的动物存在。不过先前已经见识过地穴老鼠的疯狂，因此我们对于前面还有可能遇到的未知危险都有了一定心理准备。

老渔夫"啪啪"拍了两张照片，招呼说："咱们先下去再研究吧。"我们陆续下到地面，再看这具骨架，粗大异常，肋骨脊椎就像房架子一样支撑着。由于头颈部整个被巨石拍扁压着，下来后还是不能知道它是什么动物，我们就从这动物的骨架底下穿行出去。

骨架身体的后半部分并不是完整的，而是七零八碎地断掉消失了。峡谷往后的通道地上无规则地散乱着一块块的骨头，似乎是这头动物被巨石砸死之后，又有其他动物黑暗中趁火打劫，从背后扑上来把它的遗体当作了鲜美大餐，掏肠挖心，生撕活扯地把这只怪兽吞食了。这地下迷宫还会隐藏有什么样的狰狞怪兽在前方等待着我们呢？

翻过了这处龙骨岩，走了没多远，前面又遇到几块更加巨大的石块互相叠垒着堵在路中，大家疲累至极，实在无力攀爬了，只能就地休息。

没办法，我们在黑暗的地下盘桓奔波了十几个小时，现在已经是地面上的黑夜了，好在有老黑可以担任警戒任务。燃着一根火把照明，大家便互相依靠着呼呼入睡了。

这一觉睡得一点都不安稳，迷迷瞪瞪睁开眼睛看到的依然是和梦里一样的黑暗，好半天都没搞清自己现在是醒着还是依旧在梦里。直到一翻身无意碰到手臂上的伤口，剧烈的疼痛传来，才明白自己已经醒了。

我小心地挪动了下身体，眼前"嚓！"地一亮，靠在身边的老渔夫摁亮打火机要吸烟，我伸手要了一根，接过火机点燃，也默默抽起来。

我小声问老渔夫睡得怎样？老渔夫裹紧了衣服说："我这老

胳膊老腿的真遭罪，刚才梦见我躺在席梦思床上呢，哎哟，这破石头，硬得都硌死我了。"

抽了一根烟，我身体里的疲累劲头又犯了上来，眼皮不自觉地就合上了。

第四十三章
地穴宝塔

迷迷糊糊中，我被尿憋醒，爬起来去远处找个背人的地方哗哗放了水，揉着惺忪睡眼又回到自己先前躺卧的地方，电筒无意当中左右一照，脑袋里嗡的一声，就像响了一个炸雷——醉眼、小珂、乖乖、老渔夫、龟田……都不见了！！！

我不是在做梦吧？一瞬间感觉身上的白毛汗都渗出来了，惊惧之下我不由自主地喊了一嗓子："醉眼，你们人呢？"

远远地有人答应了一声，抬眼一看，前面远处的火把光照下站着一群人，正是醉眼他们。

我急忙抄起自己的背包一路小跑跟了过去，到跟前一拍醉眼的肩膀："你们干什么呢？离开也不叫我一下，吓我一大跳。"

醉眼见我过来，扭头竖起一根手指，做了个"嘘——"的动作，压低声音说："水站，小声点，你往前看。"

我抬头一看，不由也张大嘴倒吸了一口凉气。只见火把和手电光照下，眼前的黑暗中，隐隐约约耸立着一座看不到顶的黑沉沉的高塔，塔前通道两旁是高大的石人石兽，威严可怖。这是什么塔？地下空间里怎么会有这样一座高大宝塔出现？塔为什么要建在这里？

难道是九层妖塔？仔细看了看，这座宝塔和大运河燃灯塔的外形不一样，形制明显比燃灯塔古老得多。

通道前方立有一座高大石碑，我们围聚在一起打亮手电去看，黑色的石碑上镌刻了几个古朴的大字"天王镇妖塔"。老杨头突然一声不吭，拉着小梅扑通一声就跪在了那座诡异的宝塔跟前咚咚咚磕了几个头，嘴里喃喃自语："祖宗有灵啊，终于让我在有生之年见到了这座打小就听说了的传说中的天王镇妖塔。"

看老杨头举动异于寻常，我们没敢打扰，等他磕头拜塔完毕，我们才把他和小梅搀扶起来，一头雾水地向他打听这座宝塔的来历。

原来，老杨头一家，就是燃灯塔地穴入口世代相传的守塔人，整个家族十几代人世袭担负着守护宝塔地穴秘密的任务。

相传这燃灯塔地穴，就是一处海眼，往古年间常有洪水喷涌，洞穴里有妖兽随洪水出没伤人。后来大元朝定都北京，忽必烈任命全真道士在这大运河地穴洞口上面，盖起了宝塔镇服妖兽，这才保得一方平安。可是这海眼地穴里的妖兽，虽然受到佛法宝塔镇服，但人间风雨战乱有时会导致宝塔崩摧，从而使海眼妖兽重现人间。

大明朝推翻元朝统治之后姚广孝重建北京城，勘察北京城的各处海眼，勘察到通县大运河时，看出这处海眼的真穴在地下深处，地面上全是黄土覆盖，填镇了一处地面洞穴，过不多久，妖兽就会在另一处钻出新洞穴来。所以姚广孝调遣大批兵丁工匠，掘开了地面洞穴，沿着洞穴脉络走向顺藤摸瓜，找到了地下主洞窟真穴口，在玄武岩洞口上方修筑了一座天王镇妖塔封镇地下潜流海眼。

为保万无一失，使地下妖兽无法窜出海眼为祸人间，姚广孝又修建了地下金锁铜关以及阴阳五行阵。这样即使有妖兽窜出，也依然难逃阴阳五行阵的重重机关，更不用说还有专门的精锐神机营军兵驻扎守护。

后来朝代更替战乱频仍，金锁关的三把鱼龙钥匙失散，这地下空间便百多年无人进出。老杨头打小也只是在爷爷讲的故事里大致了解地下迷窟金锁关背后的情况，想不到今天机缘巧合，能够深入地下，见到古老传说中的地府天王镇妖宝塔，一时激动，才忍不住跪拜起来。

海眼海眼，找了半天，原来这里才是一切问题的谜底。这个地下海眼是什么样子的呢？是否真的直通东洋大海？海眼里面是否和传说中一样，堆满了数百年来祭祀供奉的无数奇珍异宝？

醉眼忍不住问老杨头："杨大爷，我有个事情一直闹不明白，一直憋着想问您呢。"

老杨头说道："什么事？你问吧。"

醉眼挠了挠头说："海眼传说中，这个洞眼真的直通东洋大海吗？这海中妖兽具体是什么怪物？您得给我们说说，别不定什么时候从哪里蹦出来一个比咱们遇到的洞穴大耗子还厉害的家伙，麻烦就大了。知道个底细，我们大家伙儿也好提前有个准备，别回头稀里糊涂就填了怪物的肚子。"

醉眼一提到洞穴大老鼠，我头皮就是一紧，这小子说的对啊，知己知彼，百战不殆，在这神秘莫测的地下迷窟，凡事先搞清情况最重要，得先把老杨头肚子里的秘密都掏干净了，心里才踏实。

大家估计也都是同一想法，都围拢过来看着老杨头。

老杨头见问，拍了拍衣服上的尘土，缓缓说出一番话来：

相传在上古时期，北京平原这里是一片汪洋大海，三山环抱之中，长风浩荡，巨浪翻滚，长鲸喷涌，海兽遨游。当时远处的山东半岛也还是一片海鸟翻飞的汪洋，泰山、崂山等山东名山不过是汪洋大海里的海岛而已。

直到四千年前，随着黄河、淮河、无定河等大小河流千百年来泥沙的冲积搬运，海退陆生，才形成了今天华北平原以及北京地区这块盆地平原的大片土地。但是那时候也是人烟稀少，打的井水既苦又涩、难以下咽，以至于无法维持基本的生计，福地实为"苦海"。

天道不息，转眼间三千多年在历史的车轮下滚滚而过。这片上古荒泽先后经历了多个朝代，饱经兵戈，燕山脚下的平原在千年时间涤荡下，逐渐发展得山环水抱。

这地方依山襟海，形势雄伟，诚如古人所言："幽州之地，环沧海，拥太行，枕居庸，襟河济，诚天府之国也。"北京平原西部的连绵西山，为太行山脉；北部的军都山为燕山山脉，这两大山脉都属于昆仑山系。北京的东北承连长白山山脉，这几大山脉海拔都在千米以上，围绕汇合形成面向东南汪洋大海展开的半圆形大山湾，几条天然屏障一般的山脉，恰似巨龙盘旋，环抱着北京平原千里沃野。

而北京平原的地下千米深处，埋藏着一个规模宏大的地下水源，这处地方就是传说中苦海幽州老龙的龙巢老穴水晶宫。因为有了这处地穴的存在，地下水脉潜藏流涌。

按照老杨头的骇人说法，北京城地下千米深处竟然是一片地下海洋？！难道我们现在已经进入地下深处，头顶上就是千米岩层，整个北京城，无数高楼大厦，千百万居民此时此刻都压在了我们的脑瓜顶上了吗？我顿时有点后脊梁发凉，腿肚子转筋的感觉。

大家听了也都是目瞪口呆，只有老渔夫不慌不忙地补充道："刚才杨师傅说的话很有可能呢。北京的地势本来就是西北高，东南低，群山环绕，面朝大海。

"据国家相关部门多年地质探测研究的结果表明，北京地区目前就还有好几条巨大无比的断裂构造带，例如在北部山区的怀柔区长哨营至密云区的古北口断裂带，这个断裂带东西长几十公里，宽也有十几公里。活动大断裂带的拐弯、分岔、两端和交汇部位，以及有断陷盆地的地方都容易产生地震。

"北京地区的岩性堆积物主要分布在山前平原区，其厚度从山前向东南再到大海逐渐加厚至数百米，主要为各类壤土：沙壤土、砂、卵砾石。地层基岩基本都埋没在厚厚的沙土之下，多出露在山区一带，主要构成有岩浆岩类、变质岩类、沉积岩类。

"现代的科学探测技术虽然可以让我们观测到亿万光年外的星系，但还是无法准确地探察出大海内部深处的地质奥秘，就更不用说这有着厚厚岩层覆盖的地层深处的秘密了。所以，在北京地下深处，完全有可能存在着原始地下水系海洋。"

老渔夫是一副唯恐天下不乱的架势滔滔不绝地给我们普及地质学基础知识。

我看醉眼越听脸越白。估计他和我一样，担心我们一路走来，越走越深，进入地层深处，最后无法返回地面，缺粮断水饿死地下。

我一边听着老渔夫的话，一边脑子飞速运转，不禁又想起一件事来，忍不住问老杨头："杨师傅，据传说，这锁龙井下有历朝历代进贡海龙王的无数奇珍异宝，这是真的吗？"

奇珍异宝几个字一出口，大家的耳朵都支棱起来了，老渔夫也不自觉地住了口，大家全都目光炯炯地盯着老杨头，期盼他的嘴里再蹦出什么惊天地泣鬼神的话语来。

老杨头说："海眼内是否藏有大量奇珍异宝，目前还只是传说，毕竟百年时间过去了，没有看到过相关资料记载。"

听了老杨头的话，我们微微有点失望，于是大家不再多话，各自加强小心向天王镇妖古塔走去。

进到天王塔里，只见十三级黑黢黢的塔壁从地面直贯到顶，宝塔四壁各有一个怒目的金刚天王塑像，手执兵刃从半空中威严地俯视着我们，带给人强烈的震撼和压迫感。宝塔墙壁粗糙不堪，近前一看，井壁上一层层排列的都是拇指粗细，不知名虫子结的粗硬的空蛹壳，一层层，一摞摞，不知道积累了几百年，密密麻麻，足以让人产生密集恐惧症。

古塔内部地面是下沉式阶梯，走下阶梯可以看到，在地面中央有一口井，上面压着巨大的石头盖板，盖板上有根粗大的铁链连接着悬吊装置。

这塔，这井，看起来很普通，但是出现在这地下深处，绝对大有古怪。

我们互相看了几眼，不用说话，大家都知道意思，各自加强小心。我们再次打量周遭环境，仔细搜寻下果然有新的发现，在古井口的井栏上，刻有古拙的文字，拂去厚厚的灰尘，井栏石壁上显露出"上通天道下黄泉，黄泉道上路难通"十四个惊心动魄的字来。

这正是燃灯塔古老歌谣里的两句，此刻出现在这里暗示着什么呢？是告诉我们古塔这里已经是终点了吗？是重返地面的重要提示吗？还是暗示我们哪里有什么暗藏的机关需要注意？天道是什么意思？是说这里有登天的梯子可以攀爬吗？黄泉又是什么意思？是指这口井吗？

我正在拧着眉头苦苦思索，醉眼突然惊奇地说："你们快看，这塔是活的！"

我们顺着他手指示的方向去看，果然看到古塔高处黑黢黢的塔壁在轻轻蠕动着。

闹什么鬼？

几把手电一起扭亮照射过去，只见高处的塔壁上密密麻麻全是大肉虫子，多得让人头皮发麻。

手电光下，可以看到古塔内壁上有一圈已经残破的登塔阶梯，一直盘旋向上通向黑黢黢的高处。这登塔阶梯难道就是石刻文字上说的天道？古塔高处黑乎乎一团，根本看不清楚是什么状况，这登塔阶梯的木栏部分已经朽坏，仅剩一些插入塔壁的木桩还勉强支撑着几片踏脚木板，能不能攀登上去还很难说。

我正准备踩上去试试这楼梯踏板的结实程度，醉眼已经扶着塔壁一脚踏上去了，他迈了两步踩了踩踏脚木板。

醉眼刚刚自鸣得意地说了句："没事，可以上。"脚底下咔吧一声脆响，木板一下子碎裂了，险些摔他一跟头。幸亏他刚才另一只脚站在插入塔壁的木桩上，这才没跌下来。

仔细查看完塔内环境，除了四座天王塑像比较威猛可怖，登塔阶梯已经毁坏无法攀登之外，这座天王镇妖塔好像没什么古怪，要说古怪，可能就是宝塔中央这口被大石板封盖的千年古井了。

地面上的燃灯塔下有口古井，我们下井之后一路历险，想不到最后又在地穴深处发现了另外一座宝塔和古井。是骡子是马得拉出来遛遛，是灾是祸也得硬着头皮闯闯。

第四十四章
黄金宝塔

左右到了这里也是无路可走，大家都是一般心思。

我和醉眼、老渔夫三人合力去搬动古井盖板绞盘，随着一阵刺耳的金属摩擦声响起，巨大沉重的花岗岩青石盖板被我们三人绞动铁链缓缓升起。老杨头和小梅，乖乖，小珂，以及日本人龟田，女翻译，一个个手执防身家伙，心惊胆战地全神戒备。我和醉眼以及老渔夫也是两眼紧盯古井井口，准备一旦发现不对劲就立刻撒手，让沉重的千斤石盖迅速坠落下去封盖住井口。

轧轧轧……

巨石井盖已经完全升起，我们卡住绞盘等了足足一支烟的工夫，一点异常都没有，大家依然不敢放松紧绷的神经。我和醉眼各自手执日本指挥刀和工兵铲一步一挪凑到井口近前，井口里面冰凉刺骨，用手电一照，井下深处一池碧水，平静无波。

看到我俩没事，大家都松了口气，凑到井口往下打量，看了良久没有什么新发现，都有些失望，地下空间的最终秘密就是这座天王镇妖塔，来到这里竟然什么发现都没有。

无法可想，也搞不明白"上通天道下黄泉，黄泉道上路难通"十四个字是什么意思。在古代，除了阁楼以外，宝塔是古人建造的可以登临的最高建筑物，登塔也可以比喻为登天。如果上通天道是说通过宝塔内部的登塔阶梯可以登到天王镇妖塔的最高处，别说木头楼梯早都朽坏了，即使楼梯完好，我们登到塔顶也依然走不出这地下空间。

大伙儿垂头丧气地退回来商议办法。醉眼懊丧地一铲子杵在地上，坚硬锋利的工兵铲和漆黑的青石地面相撞，发出一声清脆的声响，迸出几丝火星。

我们都没有在意，龟田突然紧张起来，要过醉眼手里的工兵铲又往地上各处铲了几铲子，每一铲子落地都是锵的一声脆响。

龟田喊道："你们看，这地面不是石头的，是青铜的，你们再铲下其他地方看看是不是也是青铜的。"

听了女翻译的翻译，我们打着电筒一照，果然，被醉眼和龟田用工兵铲铲过的地方，黑色的泥尘脱落，底下显露出青铜的金属闪光来。原来这座天王镇妖塔的地面竟然不是土木砖石垒造，而是由青铜浇筑而成。

老渔夫发言道："我明白了，如果我猜测得不错的话，这整座天王镇妖塔都有可能是青铜铸造的。"

乖乖奇怪地问："为什么呢？"

老渔夫说:"这个缘由说来话长,据历史资料记载,秦始皇统一六国之后,曾经'收天下兵器,聚之咸阳,铸以为金人十二,以弱天下之民。'意思是说秦始皇收集天下所有的兵器金属,运载聚集到咸阳,熔化铸造成了十二个巨大的金人,当时的兵器主要是用铜所铸,古人又把青铜称为金,所以这些铜人被称为金人,这十二个大金人总重达四五十万公斤。这样做是为了使得天下没有叛乱的人,没有铸造武器所需要的金属,大秦帝国的天下就能够永享太平了。

"这些金人按照现代尺寸推测应该是身高五丈(十五米左右),足履六尺(两米左右)。据《关中记》记载,秦始皇所铸的十二金人,均是坐像,每座金人坐高三丈,胸前有大秦丞相李斯撰文,大将军蒙恬亲自笔书的篆书铭文。金人座下都是空心的,里面有一根绳索相连,拉扯绳索一端,十二个巨大的金人可以同时旋转宫调,演奏乐曲。

"大明永乐皇帝朱棣虽通过'靖难之役',从侄儿手中夺取了帝位,但总感有'以臣杀君''同族相戮'的舆论威胁。于是想方设法制造出很多'真武护佑'的神话故事,以示皇权是神授的,是天意。为了报答神之恩典,他登基之后除了大兴土木营造紫禁城外,又在湖北武当山督军夫三十余万人为玄武大帝修建宫观,铸造了武当山天柱峰镇山之宝——金顶铜殿。所以他很有可能是暗中效仿秦始皇,收缴天下兵器,于北京城地底之下秘密熔铸成了这座天王镇妖塔。

"从另一个角度考虑,永乐皇帝铸成此塔,也具有'藏金于地下,有备无患'之用意。"

说到这里,老渔夫不觉停顿一下瞟了一眼龟田,接着道:

"这一点和日本大量买来外国的煤炭、金属矿石等资源倾倒储存在海底的做法一样，都是为了将来战争需要而未雨绸缪，有备无患。"

老渔夫学识渊博，我听了他的推理解释，感觉颇有道理，如果从国家战略物资储备这一点来讲，这座天王镇妖塔倒是堪称镇国重器。目测这座天王镇妖塔高达数十米，直径也有十多米，如果整体都是金属铸造，怕得需要数千吨金属？

大家听完了老渔夫的推测，三两一群用手里的家伙在燃灯塔里四处探察，看看这座宝塔是否全为金属青铜铸造。我也拿了指挥刀这里戳戳那里捅捅，入手之处果然都是坚硬的金属触感。

没多久乖乖突然惊叫起来："你们过来看哪，我们这里有新发现。"

我们过去一看，原来她和小珂、小梅三个人也结伴拿着一根铁棒四处探察，怀着好奇心理她们拿手电照着，用铁棍去捅那塔壁上密密麻麻的虫蛹空壳。

一捅就捅掉一个蛹壳，一捅就捅掉一个蛹壳……想不到一层蛹壳后面还有一层。乖乖把铁棒插进蛹壳缝隙里一撬，一大片蛹壳噼里啪啦碎了一地。铁棒和天王塔塔壁的摩擦划痕果然也是金属的，不过颜色好像和青铜地面的不一样，因此招呼我们过去看看。

醉眼听说有新发现，拎着从龟田手里要回来的工兵铲过来，二话不说，握着铁铲紧贴天王塔塔壁就狠狠地铲了一大片虫蛹壳下来，一铲子下去，刺耳的摩擦音后，空气突然静默下来，人人仿佛都听见了自己咚咚的心跳声音。

手电光下，天王塔墙壁上，一大片被工兵铲刮削过的地方金光耀眼。

我的天！这一小片被层层虫蛹密密包裹的天王镇妖塔塔壁，竟然是黄金铸造的！！！

大家呆愣了片刻，突然都有点疯狂欣喜起来，抢起手里的家伙连捅带撬，大片的蛹壳剥落，刺啦刺啦的刺耳刮削声音下，尘土飞扬。黄色的，黄色的，这里是金黄的，那里也是金黄的，刮削完毕，展现在我们面前的整个一面墙壁都是金灿灿的。这座地下天王镇妖塔，竟然是一座巨大的黄金宝塔，我惊讶得大张着嘴，半天都没合上。这地下海眼洞窟，竟然真的是一个藏宝洞，洞窟深处的这座宝塔，就是传说中的宝藏。

小珂悄悄靠过来小声说："水站，我总觉得哪里不对劲，不可能整座天王塔都是黄金铸造的，这得需要多少黄金储备才能铸造出这么大的一座宝塔？这会不会只是黄铜或者铜合金表现出的金黄颜色呢？"

小珂分析得有道理，我正要仔细察看天王塔，就在这时，我们身后的藏獒老黑突然冲着塔心中央的古井低吼起来。

又有什么古怪？

我回头一看，暗暗吃了一惊，龟田并没有加入铲刮黄金墙壁的队伍，此时此刻，他一张胖脸涨得通红，正满脸狰狞地远远站在我们背后，手里端着一把小手枪。

你大爷的！龟田想玩阴的，把我们大家打死后独吞这黄金宝塔的秘密。

老渔夫他们也扭头发现了这一幕，纷纷怒吼起来："你要干什么？""王八蛋，你敢动一下试试。"

看到我们都发现了他，龟田嘿嘿一阵狞笑，手里摆动着那把手枪，嘴里叽里咕噜冒出一大串日语来，一看他的样子就知道这家伙狗嘴里吐不出象牙。果然，女翻译也换了一副面孔。

双方正在僵持，龟田背后原本平静无波的古井里已经起了变化，猛然间，水中涌出大团大团的红色带翅飞虫，呜地一下飞升上来，女翻译扭头看到了这一变化，尖叫一声抱着头猛蹲下来。

龟田看到我们都目瞪口呆地越过他看着他的身后，耳朵里又听到身后的古井在呜呜作响，心下恐惧，忍不住也扭头去看。但他离井口太近，这一下猝不及防，啊的一声惊呼，就被大团飞虫袭个正着。

手电光下，这飞虫浑身通红，一指长短，和蚊子一样。长长的口器毫不犹豫地扎进龟田脸上的皮肤大口吸血。

龟田心急之下砰砰乱放了几枪，随即扔了手枪，两只手在脸上一阵乱拍乱抓，直接就把自己挠得血肉模糊。凄厉的惨号声中，他的脑袋瞬间肿胀得像气球一样，在红色飞虫疯狂的口器吮吸下紧接着又迅速塌瘪下去，扑通一声栽倒在地……

这时候，我们脚底下的古塔地面也隆隆震动起来。

快跑啊！

我们还没跑出古塔，高处塔壁上的大肉虫子也活跃了起来，几乎是同一时间，噼里啪啦下雨一样从半空中掉落下来。

大家纷纷往塔外逃去，我一手护头一手抓住小珂的手就往外冲。

不知是不是我们所处的地方位于断裂带上，而断裂带处又发生了地质运动，整座高大的天王镇妖塔都隆隆旋转起来，泥块碎石雨点一般往下落。我们一边跑一边回头看，整座天王镇妖塔像一个巨人一样抖落了满身泥尘，重新恢复了满身金光灿烂的样子向上隆隆升起。

霎时间，金碧辉煌的天王镇妖塔，把地下黑暗大厅照耀得一片光明。随地势隆起的宝塔就跟一个金色大钻头一样，顶端直接钻穿了洞窟顶端的石壁穹顶，一片大水从洞窟顶部倾泻而下。

大家伙儿已经成了惊弓之鸟，趁着大水还没有漫灌整个洞窟，一窝蜂似的扎进浓厚的黑暗，玩命向前跑去。

一路狂奔，跑得上气不接下气儿，这黑暗之中辨不清方向和距离，我停下脚步扶着颤抖的膝盖好不容易把气喘匀了，这才发现，我和大家都跑散了，茫茫黑暗中，孤零零只剩下了我一个人……

"醉眼——"

"老渔夫——"

"小珂——"

我慌了，大喊起来，声音远远传送出去，却没有一声回响。

完了！

恐惧的感觉让我整个心脏都紧缩了起来。没办法，我只能一路呼唤着他们的名字，一路摸索着向前走去。

黑暗和恐惧无边无际，黑暗中似乎还有无数的恐怖怪兽在磨牙吮血。

正走着，眼前的黑暗中陡然出现一道白光，我忍不住往光亮处跑去。这处白光越来越明亮，越来越温暖。醉眼他们一群人正站在白光处呼喊着我的名字。

站在日光之下，思索着这一番探险经历的前因后果，以及种种蛛丝马迹，我终于明白，燃灯塔的最终秘密，就是这座地下天王镇妖塔。

我猜测，大明永乐皇帝朱棣会聚天下能工巧匠，耗费无数金银在营建北京城的时候，思谋深远，为了子孙后代的江山永固、万载无忧，把营建北京城没有用完的黄金白银等各类金属运进地下，熔铸成了这座金碧辉煌的天王镇妖塔，镇服北京城地下龙脉穴眼，同时也为子孙储备了一大笔金银。

为了防止皇家秘密外泄，铸造天王镇妖塔的同时，还在地下空间里布设了种种机关，从海外搜罗豢养了地穴老鼠，冷血蜥蜴，泥沼巨怪鲶鱼等奇异生物。千百年来天王镇妖塔的宝藏秘密从未泄露，只是偶尔有泥沼巨怪鲶鱼，冷血蜥蜴从地下空间的缝隙里钻出地面，在人间为怪为祸，这才在民间流传下了燃灯塔的神奇传说。

明末最后一个皇帝——崇祯皇帝在位的时候不是没想过打开地穴，把天王镇妖塔重新熔化了，炼制成金银，用于赈济灾民发放军饷。但是明末朝廷官场已经贪腐成风，把天王塔熔铸成金银，恐怕也只会填饱了贪官污吏的贪婪巨口。

后来清兵入关，从明宫档案里查询到有关天王镇妖塔的蛛丝马迹，大清康熙皇帝亲自带队进入了地下空间，没想到被地下空间里成群蜂拥而上的地穴巨鼠杀了个损兵折将，康熙皇帝在亲随护卫的拼死抢救下，才狼狈撤出金锁关。地下空间的神秘莫测和万分凶险，也让康熙打消了挖掘这座宝塔的念头。

不管那么多了，我们终于找到地下迷窟的出口，得以重见天日了。